Throw DOWN

Teagan Kade

*****

Herausgegeben von Teagan Kade

Überarbeitet von Sennah Tate

COPYRIGHT

Contents

WÜRDIGUNG

An Sennah: Für all die langen Nächte, in denen ich versucht habe, meinen Worten einen Sinn zu geben. Ich hoffe, ich habe die Potter-Anspielungen dieses Mal richtig hinbekommen.

KAPITEL EINS

ERIN

„Oh. Mein. Gott. Du weißt nicht, wer Peyton King ist?“

Dem entsetzten Gesichtsausdruck nach zu urteilen, weiß die mausgraue Studienanfängerin am Küchentresen es wirklich nicht.

Die blonde Besserwisserin, die ihr gegenübersteht, ist aber mehr als glücklich, sie aufzuklären. Sie senkt ihre Stimme, um einen dramatischen Effekt zu erzielen, und bemerkt dabei nicht einmal, dass ich direkt hinter ihr stehe. Ich habe mich praktisch gegen die Schränke gepresst. „Wenn du kommen willst und ich meine so richtig kommen willst, so wie nie zuvor, dann ist er deine Anlaufstelle.“

„Ist er ... richtig heiß oder so?“, fragt das Mäuschen und Blondie lacht. Das Bier schwappt über den Rand ihres Bechers. „Er hat den Burj Khalifa der großen Schwänze. Ich spreche von m-a-s-s-i-v.“ Sie streckt ihre Hände zu einer Größe aus, die für keinen Phallus, egal ob Mann oder Tier, physisch möglich ist.

Sieht so aus, als hätte ich eine Cheerleaderin gefunden, denke ich mir, obwohl ich überrascht bin, dass sie weiß, wie das höchste Gebäude der Welt heißt, geschweige denn irgendetwas über Architektur im Nahen Osten.

Blondie nickt in Richtung Tür. „Wenn man vom Teufel spricht.“

Ich lehne mich an die Küchentheke und halte meinen Becher an meine Brust gepresst. Ich bin eine perfekte Imitation der Leute um mich herum, denn hey, ich bin doch auch von eine von ihnen, oder?

Ein Typ kommt herein. Groß, dunkel und gut aussehend auf eine Art, die das Zentrum des Universums sein könnte. Jeder kennt ihn und jedes Mädchen lächelt. Ich weiß, dass ich mein Ziel gefunden habe. Er schlendert locker in Richtung Küchentheke und das schwarze T-Shirt mit Kragen, das er trägt, hebt ihn von den meisten Typen auf dieser Verbindungsparty ab.

Mäuschen und Blondie sind fast sprachlos, als ihm jemand neben mir ein Bier reicht.

Bleib cool, denke ich mir.

Er dreht sich um, nimmt einen Schluck und sieht mich an.

Bumm.

Seine Augen sind so dunkelbraun, dass sie fast schwarz wirken. Sie sind rauchig und geheimnisvoll. Die größten Alarmglocken, die ich je gesehen habe, abgesehen von Tattoos im Gesicht.

Es gibt keinen Zweifel.

Dieser Typ bedeutet Ärger.

Sein Blick beginnt bei meinem Gesicht, sinkt schnell auf meine Brust und dann zu meinen Beinen, bevor er sich wieder hebt.

Der Becher löst sich von seinem Mund und ich will mich ihm vorstellen. Dann dreht er sich um.

Was zum Teufel?

Ich weiß, ich bin schon eine Weile aus dem Spiel, aber ich habe es immer noch drauf. Irgendwie.

Bist du dir sicher?

„Hey“, beginne ich und spreche dabei lauter, als ich sollte. Aber es ist genug, um seine Aufmerksamkeit zu bekommen.

Er dreht sich wieder um und lächelt. „Hey.“

Ich strecke meine Hand aus. „Ich bin Erin.“

Er nimmt sie, sein Griff ist fest und warm. „Peyton.“

„Ich weiß. Du hast einen ziemlichen Ruf.“

Das weckt sein Interesse. „Wenn du dich auf meine Spiel-Statistik beziehst, nehme ich an, sie ist beachtlich.“

„Du bist ein Football-Spieler?“ Es ist ein Schuss ins Blaue, aber bei seiner Statur und Überheblichkeit kann ich mir nicht vorstellen, dass er im Schachklub ist.

Er lehnt sich näher heran. „Und du bist kein Erstsemester.“

Gott, er riecht unglaublich gut. Ich muss mich selbst daran erinnern, warum ich eigentlich hier bin. „Spielt das eine Rolle?“

Er kichert, schüttelt den Kopf und schaut auf seine teure Uhr, die mir zeigt, dass er reiche Eltern hat. Er ist wahrscheinlich einer von der Super-Elite, die diese Universität umgibt. „Ich habe vielleicht fünfzehn Minuten Zeit, nicht dass du so lange brauchen wirst, um mich zum Kommen zu bringen.“

Ich nippe gerade an meinem Bier, als er diesen Satz ausspricht und verschlucke mich an der warmen Flüssigkeit. „Wie bitte?"

„Deswegen bist du doch hier, oder? Um meinen Schwanz zu begutachten. Vielleicht willst du ihn ein bisschen lutschen und deine ‚Fähigkeiten' testen. Natürlich auch meine." Er bewegt seinen Kiefer hin und her und lächelt mit aller Verlogenheit der Welt. Ich starre ihn an und er könnte genauso gut Satan selbst sein.

Ich bin fassungslos. „Ich, ich habe nicht ..."

Er legt seine Finger auf meine Lippen. „Man kommt nicht auf eine Party wie diese, um sich zu unterhalten."

Ich bin sprachlos. Jedes Wort, das ich versuche, hervorzubringen, bleibt mir im Hals stecken. Die Arroganz dieses Kerls ...

Er sieht mich an und sein Blick fällt auf meine Füße. „Flache Schuhe – eine praktische, erwachsene Wahl. Einfache Jeans – keine Designer-Marke, was bedeutet, dass du kein Wall-Street-Banker bist – und ...", sein Blick ruht auf meiner Brust, „ein Top, das vor drei Jahren einmal in Mode war. Ich schätze, damit bist du ... wie alt? Einundzwanzig?"

Der Wichser hat recht, aber die Genugtuung gönne ich ihm nicht. Ich schlucke, bevor ich spreche. „Das ist hier keine Quizshow."

„Es ist auch keine Kuppelshow, denn ich bin nicht auf der Suche nach etwas Langfristigem, *Erin*. Also, du kannst mit nach oben kommen und dir das Gehirn rausficken lassen, etwas, wovon du morgen deinem Strickkreis erzählen kannst, oder du kannst dich hier verpissen.“ Er stößt mit dem Daumen gegen die Tür, um seinen Standpunkt klarzumachen, aber ich bin mir ziemlich sicher, dass ich ihn auch so verstanden habe.

Ich bin es nicht gewohnt, von einem menschlichen Fleischwolf übertrumpft zu werden. Ich stelle meinen Becher ab. Was auch immer ich hier zu erreichen gehofft habe, es wird nicht passieren. So „umwerfend“ Peyton King auch zwischen den Laken sein mag. „Dann werde ich wohl von hier verschwinden.“

„Erin, die Prüde, allerseits“, ruft er und klatscht langsam und laut in die Hände, während ich rausgehe. Es ist wieder wie in der Oberstufe.

Ich zeige ihm meinen Mittelfinger. Aber das macht keinen Unterschied. Er wird sich die nächste ahnungslose Idiotin suchen, die in seine Umlaufbahn stolpert, noch bevor ich das Gebäude verlassen habe. So arbeiten Typen wie er. Sie benutzen und sie missbrauchen.

Und sie werden dafür leiden, sage ich mir.

Mit diesem Gedanken im Hinterkopf verlasse ich Gamma Phi Delta - mit einem Lächeln im Gesicht und meinem Höschen fest an seinem Platz. Sollen die ahnungslosen Dinger ihn doch haben.

KAPITEL ZWEI

PEYTON

Ich bin es gewohnt, in einem leeren Bett aufzuwachen. Aber ich bin es nicht gewohnt, dass Tony Hamilton, der beste Verteidiger da draußen, am Ende meines Bettes sitzt.

„Morgen, Bruder“, sagt er und steht auf. Der Wichser trägt eines meiner Lieblingsshirts, was bedeutet, dass er hier geschlafen hat und dass es einen ganzen Abschnitt der Nacht gibt, an den ich mich nicht erinnern kann. Das ist wahrscheinlich auch der Grund dafür, dass sich mein Kopf wie ein verdammter Betonklotz anfühlt.

Ich setze mich langsam auf und blinzle. Ich erinnere mich an etwas. „Wo sind sie?“

Tony schnieft. „Die beiden brünetten Zwillinge? Oh, die sind gegen drei Uhr morgens abgehauen, nachdem sie *alles* bekommen hatten, was sie wollten. Ich nehme an, sie verbreiten gerade ihre Geschichte, während wir hier sprechen.“

Mein Kopf explodiert gleich.

Er reicht mir ein Bier. „Hier. Das wird helfen.“

Ich nehme einen Schluck und würge ihn fast wieder hoch. Ich halte die Dose von mir weg. „Ist das Bier oder hast du in diese Dose gepisst, um mich zu verarschen?“

Tony lacht. Er ist der Witzbold im Team und sieht aus wie der Ryan Reynolds für Arme. „Bruder, wenn ich dich verarschen wollte, würdest du es wissen."

Seine Streiche sind überall auf dem Campus legendär. Das gesamte Büro des Dekans in die Toiletten der Turnhalle zu verlegen, war ein Meisterwerk.

Tony holt ein T-Shirt aus meiner Kommode und hält es mit zwei Fingern von sich weg, bevor er es auf mein Bett wirft. „Kommst du zum Training oder brauchst du eine Bluttransfusion, um angesichts deines riesigen Ständers laufen zu können?"

Ich hatte gar nicht bemerkt, dass sich die Laken um meinen Schwanz spannen. Ich zucke mit den Schultern. „Hey, wenigstens wurde er letzte Nacht gefüttert."

„Das ist kein verdammter Alligator."

Ich breite meine Arme aus. „Alligatoren wären neidisch darauf."

Tony schüttelt den Kopf. „Du bist unfassbar, King."

„Hey, ich habe an mich geglaubt, als es sonst niemand tat."

Tony spottet. „Zitierst du jetzt Sugar Ray? Du weißt, dass du meinen Lieblingsboxer in Ruhe lassen sollst."

Ich schwinge mich aus dem Bett, ziehe das Shirt an und greife nach ein Paar Boxershorts auf dem Boden. „Also Duran ... *Das* war ein Boxer ..."

Ich ducke mich, als ein Plastikbecher an meinem Kopf vorbeisegelt. „Zieh dich an und los gehts. Bevor der Trainer *und* ich dir den Arsch aufreißen."

„Du weißt, dass ich darauf nicht stehe", sage ich ihm. Tony kann vielleicht Witze reißen, aber Wortspiele waren noch nie seine Stärke.

Tony streckt einfach seine Hände aus. „Das wird deine verdammte Beerdigung, Bruder."

*

Trainer Mooney sieht an guten Tagen schon nicht erfreut aus. Man könnte Marilyn Monroe zurückbringen, um ihm zum Geburtstag einen zu blasen, und er würde immer noch so aussehen, als hätte jemand seine Katze getötet. „Ich hörte, anstatt wie richtige Athleten zu schlafen, hielten einige Teammitglieder es für angebracht, eine – Wie hieß das? – ‚AOK'-Party zu feiern? Was soll das überhaupt bedeuten?"

„Alles ohne Kleider", ruft Tony und grinst.

„Was?", schreit der Trainer.

„Alles ohne ..."

„Halt die Klappe, Hamilton. Ich habe dich schon beim ersten Mal verstanden."

Er nimmt seine Mütze ab und fährt sich mit der Hand durch die drei verbliebenen Haare auf seiner Kopfhaut. „Ich habe mein eigenes Akronym für diesen Morgen, Jungs. Wollt ihr wissen, wie es lautet?"

Diesmal sind alle still.

Ich brenne darauf, einen Vorschlag zu machen, aber ich verkneife es mir.

Der Trainer schaut lächelnd zu uns und setzt seine Mütze wieder auf. „VHT, Jungs. V.H.T."

*

Tony bricht neben mir auf der Bank zusammen und wir beide starren hinauf zum löchrigen Dach der Umkleidekabine. „Warum tut mein kleiner Finger weh? Wieso zum Teufel tut er weh, wenn er doch gar nichts getan hat? Ich habe Schmerzen an Stellen, von denen ich nicht einmal wusste, dass ich sie überhaupt habe."

Er hat nicht unrecht. Der Trainer hat uns heute die Hölle heißgemacht. „Es hieß nicht umsonst ‚Verdammt hartes Training'. Sei dankbar, dass du noch lebst."

„Heute. Aber morgen vielleicht nicht mehr, wenn er so weitermacht. Ich dachte, das wäre die Universität und kein Arbeitslager." Tony setzt sich auf und sieht mich an. „Gehts dir gut?"

Die Wahrheit ist, ich bin abgelenkt. Ich erinnere mich an die Zwillinge – es ist nur ein verschwommenes Bild von Titten und Ärschen, nichts weiter. Genauso irrelevant, wie jeder andere Sex, den ich in letzter Zeit hatte. Nein, die wirkliche Ablenkung war das Mädchen an der Küchentheke. Sie wirkte bemüht, nicht aufzufallen, aber ein Chamäleon war sie nicht. Die Frage ist, warum? Ich habe sie noch nie auf dem Campus gesehen. Sie ist sicher keine

Studienanfängerin ... Das Rätsel ist faszinierend, aber ich interessiere mich mehr für den strammen Körper, der sich dahinter versteckt. Er wirkte so furchtbar, furchtbar reif.

Bevor du deine große Klappe aufgemacht hast, meinst du?

Ich kann es nicht ändern. Wie der Vater, so der Sohn. Obwohl ich nicht vorhabe, fünfmal zu heiraten wie er. Ich plane ein Junggesellenleben – keine Verpflichtungen, keine Bindungen. Ich habe meinen Spaß, mache meinen Schwanz nass und schmeiße sie dann alle raus. Das ist der beste Weg. Sie haben ihren Moment und erzählen dann all ihren Freundinnen, dass sie meinen riesigen Schwanz „überlebt" haben ... auch wenn ich ihnen meistens nur die Hälfte davon gebe.

„Ja", antworte ich, und mein Schwanz verhärtet sich bereits wieder bei dem Gedanken an die Jagd und die süße Erlösung der Gefangennahme. Das ist es schließlich, was ich bin – ein Jäger. Ich lebe für diesen Scheiß.

„Ich gehe duschen", gähnt Tony und steht auf.

Mit dem Ständer, den ich habe, kann ich das wohl kaum tun. „Gib mir ein paar Minuten."

Tony stößt seinen Helm im Vorbeigehen gegen meine Schulter. „Frühstück geht auf mich."

„Was für ein verdammtes Frühstück willst du uns denn mit deinen fünf Kröten kaufen?"

„Fick dich“, singt Tony mit erstaunlich guter Stimme. „Fiiiiiccccckkk dich“, trillert er.

Ich starre weiter an die Decke und denke an ... Erin? Erin, die Prüde. Erin, die Unberührbare.

Das werden wir ja sehen.

KAPITEL DREI

ERIN

Meine Mitbewohnerin Mindy reicht mir eine dampfende Tasse Kaffee. Darauf steht „Schokolade – besser als Sex“.

Dem kann ich nur zustimmen.

Mindy lässt sich auf dem Sofa neben mir nieder und legt ihre Dreadlocks über die Schulter. „Für jemanden, der gestern Abend auf einer Verbindungsparty war, geschweige denn auf einer Gamma-Delta-Phi-Party, siehst du ziemlich gut aus.“

„Weil ich nicht in einer Kotzlache liege und immer noch meine Unterwäsche trage?“

„Weil du jetzt hier bist und nicht mit irgendeinem feinen Studenten rummachst.“

„Schön“, lache ich und nippe an meinem Kaffee. Er ist wie geschmolzene Lava. „Ich würde das, was angeboten wurde, kaum ‚fein‘ nennen. Eher ‚gebraucht‘.“

Mindy zuckt mit den Schultern. „Es ist schön, ab und zu benutzt zu werden. Du solltest es mal probieren.“

Natürlich hat Mindy in dieser Hinsicht keine Probleme. Wir kennen uns schon seit der Oberstufe. Schon damals hatte sie einen ständigen Strom an sexuellen Aktivitäten. Ihre Eltern waren Neo-Nonkonformisten, die sie schon zu alternativen Konzerten mitschleppten, bevor sie überhaupt laufen konnte. Sie ist ein sexueller Freigeist und es wurde von ihren Eltern *gefördert*. Meine? Wenn es im Supermarkt Keuschheitsgürtel gegeben hätte, wäre mein Vater der Erste in der Schlange gewesen.

„Willst du mir sagen, dass du niemanden getroffen hast, der dich interessiert hätte?", fährt Mindy fort und hat die Augen interessiert zusammengekniffen.

Meine Gedanken kreisen sofort um Peyton King. Ich habe letzte Nacht ein wenig im Internet nachgeforscht und mehr über ihn herausgefunden, als ich erwartet hatte. Ich sah mir das erste Bild an, das ich finden konnte, und dachte einen Moment lang, es sei eine Art seltsamer Baseballschläger. Aber nein. Es war ein Penis – ein *riesiger* Penis. Warum zum Teufel sollte man jemanden ein Foto davon machen lassen, damit die Welt es sieht?

Vielleicht hat er es an das Guinnessbuch der Rekorde geschickt ...

Gott helfe der armen Seele, die in meinen Browserverlauf schaut.

Ich klemme den Becher zwischen meine Beine und er fühlt sich warm in meinem Schritt an. „Da war ein Typ ..."

Mindys kornblumenblaue Augen funkeln. Sie rückt näher und wirkt verschwörerisch. „Erzähl weiter."

„Peyton King?", flüstere ich. Mein Tonfall liegt irgendwo zwischen einer Frage und einer Feststellung. Oder vielleicht ist es ein Hilferuf?

„Peyton King!", ruft Mindy aus. „Du hast King Dong gefickt?"

Ich rolle mit den Augen. „Nicht du auch noch. Und nein, ich habe ihn nicht ‚gefickt'."

„Hast du ihm einen geblasen? Oder ihm mit der Hand einen runtergeholt? Oder ein bisschen an seinem Arschloch geleckt?"

„Um Himmels willen!", stottere ich und stehe auf. „Wir haben geredet, okay?"

„Während er dich in den Arsch gefickt hat?" Mindys Gelassenheit bricht.

Ich hebe ein Kissen auf und werfe es nach ihr. „Ha. Ha. Ha."

„Ihr habt über ... was genau gesprochen? COVID-19? Den Dow Jones?"

Ich denke darüber nach. „Meinen Sinn für Mode, witzigerweise."

Mindy schaut weg und ihre Stimme ist vom Kaffee gedämpft. „Ja, darüber müssen wir reden."

„Was ist falsch an dem, was ich trage?"

„Nichts", antwortet sie, „wenn du dem nächsten Nonnenkloster beitreten willst."

Mir sind die Kissen ausgegangen, also trete ich stattdessen gegen das Sofa und verschütte dabei fast ihren Kaffee.

Sie sieht schockiert zu mir rüber. „Erin Janine Nash, du stehst doch auf ihn, oder?"

Ich stelle meinen Kaffee auf dem Tisch ab. „Auf ein arrogantes, frauenfeindliches Schwein von einem Mann, dessen einziges Lebensziel es ist, mit so vielen Mädchen wie möglich zu schlafen? Nein, danke."

Aber Mindy kennt mich zu gut. Sie durchschaut mich sofort. „Ah, dein Kopf sagt *Nein*, aber dein Körper ist voll im Feuerwerksmodus. Ich kann praktisch deine Klitoris von hier aus pulsieren sehen. Sie ist wie ein verdammtes Leuchtfeuer."

Ich gehe in die Küche. „Du bist ekelhaft."

„Aber wenigstens bin ich ehrlich zu mir selbst", ruft sie.

Ich schiebe zwei Scheiben Brot in den Toaster und bin unfähig, Peyton King aus meinem Kopf zu verbannen, seinem verschmitzten Grinsen und, ja, seinem umwerfend guten Aussehen zu entkommen.

Verflucht.

Ich atme tief ein und aus.

Du hast das Ding gesehen, sage ich mir. *Es wäre physisch unmöglich und er würde dich in zwei Hälften spalten.*

Einen Moment lang funktioniert diese Rationalisierung.

Auf einer rein mechanischen Ebene würde es nicht „passen".

Oder?

Ja?

Ja, natürlich.

Dennoch, dieses Kribbeln in den Zehen bei dem bloßen Gedanken an seine Berührung deutet auf etwas anderes hin – auf einen Verrat der höchsten Ordnung durch meinen Körper.

*

Mein Chef Lewis, Redakteur der Crestfall Chronik, steht am Ende des Tisches im Sitzungssaal und mustert uns. „Also, wer möchte anfangen?"

Es ist Montag und noch früh am Morgen. Das Letzte, was irgendjemand tun möchte, ist, den Anfang zu machen.

Lewis wählt Amanda, seine Star-Autorin (oder auch: Pornostar, der zum Schreiberling wurde). „Was hast du?"

Sie schürzt die Lippen und tut so, als würde sie ihre Notizen überfliegen. Sie ist zu perfekt. Man könnte sie in die Produktionslinie einer Barbie-Fabrik stecken und niemand würde mit der Wimper zucken. „Ich untersuche die Welt des ‚Hurtcore', einer extremen Form des Pornos, die sich um Schmerz, Folter und Demütigung dreht. Sie steht meist in Verbindung mit Kindern. Wie Sie wissen, wurde Matthew Falder, ein Akademiker aus Cambridge, für zweiunddreißig Jahre ins Gefängnis gesteckt, weil er mit Verbindungen zur Universität solch ein Material produziert hat, also denke ich, dass es für Crestfall relevant ist."

Lewis nickt mit einem Finger auf seinen geschürzten Lippen. Er liebt diesen ausgefallenen Scheiß und hofft, einer von uns wird mit einem Pacemaker davonkommen. Das ist der Pulitzer des Uni-Journalismus.

Eines muss ich Amanda lassen. Sie denkt sich immer die besten Geschichten aus ... Ich bin erst seit einem Monat hier, aber es ist schon klar, dass sie hungrig danach ist.

Ja, hungrig nach Sex.

Ich schiebe die kleine Stimme aus der Gosse beiseite und konzentriere mich.

„Ausgezeichnet“, sagt Lewis, „aber lass es erst über die Rechtsabteilung laufen, okay? Es zahlt sich aus, in diesem Klima vorsichtig zu sein.“

„Ja, Boss.“ Sie salutiert und ich möchte in meinen Becher kotzen.

Die Aufmerksamkeit von Lewis richtet sich jetzt auf mich. „Erin, wie kommst du mit dem Artikel über die Partykultur der Studentenverbindungen voran?“

Ich bin nicht gut darin, in der Öffentlichkeit zu sprechen. Obwohl wir nur zwanzig Leute im Raum sind, kann ich nichts gegen den Griff tun, der sich um meine Kehle zusammenzieht. Ich räuspere mich und spreche. „Gut. Ich war gestern Abend auf einer der griechischen Partys und habe einige Fortschritte gemacht.“

„Hast du einen Ansatz?“

Verdammter Lewis. Es geht immer nur um den richtigen Blickwinkel.

Dazu fällt mir nur eines ein. „Ich denke, ich werde mich auf eine bestimmte Person konzentrieren. Er ist eine Art Kultfigur auf dem Campus."

Lewis breitet seine Arme aus. „Erzähl uns mehr."

So ein Mist. „Sein Name ist Peyton King, aber alle nennen ihn ..." Ich weiß nicht, ob ich es wirklich sagen kann. *Sag einfach die Worte!*, schreit mein Verstand. „King Dong."

Lewis lacht zusammen mit dem Rest des Raumes. „Nicht wegen der Größe seiner Türklingel, denke ich, aber es gefällt mir. Keine Namen. Halte es relevant und tief. Gehe *tief.*"

Ich schaue hinüber zu Amanda, die einen imaginären Schwanz in einer Hand hält und sich die Zunge in die Backe schiebt, während sie mich beobachtet.

Ich lächle zurück.

Ich werde beweisen, dass ich genauso gut sein kann wie sie. Verdammt, dieses Mal schlage ich über die Stränge, Baby. Lewis will einen Pacemaker? Ich werde ihn mit einer Schleife verpackt nach Hause bringen.

Lewis sieht sich am Tisch um. „Wer ist der Nächste?"

KAPITEL VIER

PEYTON

Ich liebe eine gute Fuchsjagd so sehr wie jeder Kerl, der mit einem Silberlöffel im Arsch geboren wurde, aber diese spezielle Jagd erweist sich als äußerst unergiebig.

Das Mädchen, mit dem ich rede – Heather, Hanna? Riesige Titten? – legt ihr Lehrbuch tief gegen ihren Schritt und ich schwöre bei Gott, sie reibt sich daran, während sie über meine Frage nachdenkt. Ihre Augen platzen bei meinem Anblick förmlich aus ihrem Kopf. „Kannst du ein bisschen genauer werden?“, lallt sie und reiht die Worte aneinander, als wäre sie high.

Ich seufze und erinnere mich daran, dass Detektive diese verdammte Beinarbeit jeden verdammten Tag machen. Das muss ermüdend sein. ‚Sie wollen Ergebnisse?‘, hat mein alter Oberstufen-Trainer immer gesagt. ‚Dann musst du deine verdammte Zeit reinstecken.‘

„Sie ist ungefähr so groß“, deute ich mit der Hand an, „und nicht aus dem ersten Semester. Sie hat wirklich intensiv grüne Augen, wie eine Art Shakira des Südens?“

Eine Augenbraue geht hoch. ‚Riesige Titten‘ ist verwirrt. „Ist sie Südamerikanerin?“

Ich schaue in den Himmel und sage mir, dass ich durchatmen muss. „Nein, sie ist ... Ihr Haar ... ist irgendwie lockig, gewellt ... Scheiße. Vergiss es einfach“, sage ich, winke ab und gehe.

„Willst du rausgehen? Abhängen?“

Ich ignoriere sie. Und ich ignoriere auch die Verzweiflung in ihrer Stimme. Ich kann mich vielleicht nicht an ihren Namen erinnern, aber ich habe nicht vergessen, wie sie im Bett war – eine verdammte Seeschnecke hätte mehr Elan.

Es entwickelt sich zu einem atemberaubenden Tag. Der Himmel ist bereits kristallblau. Aber anstatt mit den Jungs rauszugehen und ihn zu genießen, was mache ich?

Einem verdammten Einhorn hinterherjagen, erwidert mein Kopf.

Erin.

Ich kann sie nicht aus meinen Gedanken schütteln. Das ist seltsam und offen gesagt, Neuland. Irgendetwas an ihrer Reaktion und ihrer völligen Weigerung, sich hinzugeben, hat mich unvorbereitet getroffen. Und ich bin nie unvorbereitet – nicht auf dem Rasen und auch sonst nirgendwo in diesen heiligen Hallen der Crestfall-Sport-Akademie.

‚Große Titten‘ ist das siebte Mädchen, mit dem ich heute Morgen gesprochen habe, und keine von ihnen kennt diese Erin. Sie ist definitiv keine Studentin und ganz sicher keine Aufreißerin in irgendwelchen sozialen Kreisen, die von Bedeutung sind. Sie wandelt ganz sicher weit weg von den Sperma schluckenden Kappa Nu. Wenn man bedenkt, dass die alles wissen, was hier passiert, ist das *wirklich* interessant.

„Fall abgeschlossen, Sherlock“, flüstere ich zu mir selbst, während ich gehe. „Sie ist ein Geist.“

Aber selbst Geister müssen irgendwo abhängen.

„Peyton! Sehen wir uns heute Abend?“

Ich werfe einen Blick auf ein paar lange Beine, ein ausgeschnittenes Top und Zöpfe, aber ich will mich nicht darum kümmern. Ich bin zu sehr darauf konzentriert, mein Einhorn zu finden.

Stattdessen schaue ich in dem Café vorbei, das gleichzeitig der kulinarische Hotspot des Campus ist. Es fängt an, geschäftig zu werden, da jetzt jeder für seinen Koffeinschub vor den Vorlesungen hereinkommt.

Ich bin auf halbem Weg zum Tresen, als mich eine Stimme ablenkt. „Der große Peyton King. Ein bisschen früh für dich in dieser Gegend, oder?“

Mein Blick schweift nach links zu dem Mädchen mit den Dreadlocks. Sie sitzt an einem Zweiertisch am Fenster, sie hat ein Comicbuch in der einen und eine kanariengelbe Tasse Kaffee in der anderen Hand.

Ich setzte mich auf den leeren Platz und lehne mich zurück. „Mindy, meine Liebe. Es ist schon eine Weile her. Ich nehme nicht an, dass du deine Meinung geändert hast?“

Ich erinnere mich vielleicht nicht an die meisten Mädchen, mit denen ich geschlafen habe, aber ich vergesse nie die, mit denen ich nicht geschlafen habe. Mindy ist eine Leichtathletin und einer dieser hanfbewehrten sexuellen Freigeister, von denen du einfach weißt, dass sie deinen Schwanz wie einen Papierstrohhalm lutschen werden. Wir haben früher schon etwas geflirtet, aber es wurde nie mehr daraus. Das hat ein bisschen wehgetan, gebe ich zu, aber die Zeit heilt alle Wunden, wie mein Vater sagen würde.

Ich sitze da und bin überrascht, dass jegliche sexuelle Anziehung, die ich einst für sie empfand, verflogen ist. Mein Schwanz wird im Moment nur für eine Sache hart. Noch härter und ich würde den verdammten Tisch umkippen.

Ich lege ein breites Grinsen auf. „Ich habe gehört, dass du dich auf dem Campus nach einer bestimmten Brünetten erkundigt hast." Sie nimmt einen Schluck von ihrem Kaffee und beobachtet mich über den Rand der Tasse hinweg. Dann stellt sie sie ab. „Und zu deiner Information, Shakiras natürliche Haarfarbe ist schwarz. Also liegst du da ein bisschen daneben, Sonnenschein."

Wie zum Teufel ... ? Aber ich behalte meinen Gesichtsausdruck unter Kontrolle und bleibe cool. „Du weißt also, nach wem ich suche. Die Frage ist, ob du auch weißt, wo ich sie finden kann."

„Sagen wir mal, ich kenne dein Mädchen. Und sagen wir, ich weiß auch *genau*, wo sie zu finden ist. Was wirst du dann mit dieser Information anfangen?"

Ich lehne mich vor und senke meine Stimme. „Sagen wir einfach, sie ist diejenige, die entkommen ist."

Mindy lacht und ihr Kaffee schwappt auf das Melamin des Tisches. „Der mächtige Peyton King hat eine entkommen lassen. Was ist nur mit der Welt passiert?“

Ich lehne mich zurück und drehe meine Handflächen nach außen. „Hilf mir.“ Dann falte ich meine Hände zusammen. „Bitte.“

Mindy presst die Lippen zusammen und nickt. „Manieren und alles. Du *bist* verzweifelt.“

Ich werfe ihr meinen klassischen Welpen-Blick zu. Sie beginnt zu schmelzen und knallt ihr Buch auf den Tisch. „Oh, warum zum Teufel denn nicht? Sie könnte einen guten Fick gebrauchen.“

„Und?“

„Sie ist in der Zeitungsredaktion.“

Ich bin verwirrt. „Die ... Bibliothek?“

„Die Uni-Zeitung, Dumpfbacke.“

„Aber ich dachte, sie ist keine Studentin?“

„Ist sie auch nicht. Sie hat ihren Abschluss vorzeitig gemacht, irgendwo im Hinterland.“

Ich stehe so hastig auf, dass ich fast den Stuhl umkippe. „Du warst sehr hilfreich.“

„Versprich mir einfach, dass du ihr eine schöne Zeit bereitest.“

Ich halte in der Mitte des Cafés inne und verkünde: „Baby, ich werde sie so hart kommen lassen, dass sie den verdammten Planeten verlässt. Merk dir meine Worte."

„Scheiße, ja!" Ein Mitspieler erhebt sich von seinem Stuhl und ich klatsche ihn ab.

Ich salutiere vor dem Rest der verblüfften Idioten und zwinkere in Mindys Richtung. „Später, ihr Wichser. Das Schicksal ruft."

*

Ich schaue auf meine Uhr. Der kleine Zeiger tickt wie verrückt. Ich hätte schon vor fünf Minuten beim Training sein sollen. Mooney wird ausrasten, wenn ich nicht bald auftauche.

Ich sitze vor dem Zeitungsgebäude der Uni. Es ist ein brutaler grauer Betonbau, aus dem jeden Moment grau melierte Kommunisten marschieren könnten. Aber ich sitze nicht hier und warte auf Stalin.

Mein Schwanz regt sich schon bei dem bloßen Gedanken an Erin und ihren schnippischen Gesichtsausdruck.

Mir wurde von der geschwätzigen Zicke an der Rezeption versichert, dass sie in zehn Minuten unten sein würde.

Das ist schon fast eine Stunde her.

Als sie endlich auftaucht und im Gegenlicht durch die Tür kommt, kann ich mir ein Lächeln nicht verkneifen. Ich stehe auf, um sie zu begrüßen.

Sie trägt einen cremefarbenen Pullover und Jeans. Ihr Gesicht ist nicht geschminkt wie das der meisten Mädchen auf dem Campus. Sie könnte so unscheinbar wirken, aber ich sehe den Diamanten, der darunter versteckt ist. Den Schimmer von Größe, der darauf wartet, enthüllt zu werden, sobald ich ihre Kleidung ablege und meine Hände an ihren anschmiegsamen Körper bekomme.

Aber mehr als alles andere sind es ihre Augen, die mich verblüffen. Sie starrt mich nicht nur an. Sie sticht in meine Seele. Tief in das geheimnisvollste aller Reiche, das ich mit niemandem und nichts teile.

Ich halte mich zurück, obwohl ich sie jetzt gleich nehmen und über den Fahrradständer beugen will. Dann will ich sie in die Vergessenheit ficken.

Aber ich glaube nicht, dass die Tauben das gutheißen würden.

„Lässt du die Leute immer warten?", frage ich.

Sie hält gut einen Meter Abstand und hat die Arme verschränkt. Ihr linkes Auge zuckt. Ist sie nervös? „Nicht alle", antwortet sie kryptisch.

„Also bin ich etwas Besonderes?"

Ihre Arme entknoten sich leicht. *Ja, Baby, komm zu Peyton.* „Oh, du bist schon was Besonderes", sagt sie und ihr verräterisches Grinsen kehrt zurück.

„Wie wäre es, wenn du mir bei einem Drink mehr davon erzählst?"

Irgendetwas geht über ihr Gesicht, das ich nicht genau zuordnen kann. Es irritiert mich, weil ich normalerweise diesen Scheiß *beherrsche.*

Es dauert eine Sekunde, bis sie ihre Fassung wiedererlangt. „Das ist dein bester Spruch? Wirklich?"

Ich trete einen Schritt näher. Eine Brise weht durch ihr Haar, hebt es an und trägt einen Hauch von Honig zu mir. „Ich hätte noch andere Sprüche auf Lager, aber ich glaube nicht, dass die jetzt funktionieren würden, oder?"

Und endlich breche ich durch. Es ist die kleinste Andeutung eines Lächelns, aber es baut sich auf. „Und dann erzählst du mir, dass du ein Wetterfrosch bist und dass ich heute Abend ein paar Zentimeter erwarten kann, richtig?"

Ich schaue auf meinen Schwanz hinunter, bevor ich ihren Blick auffange. „Ein *paar*? Komm schon. Jetzt ... oder später. Deine Wahl."

Sie rollt mit den Augen, aber ihr Lächeln wird breiter. Es ist ein verdammt schöner Anblick. Sie streicht sich mit beiden Händen die Haare über die Ohren und ich weiß, ich habe es geschafft. „Du bist absolut lächerlich. Das weißt du doch, oder?"

„Ich weiß, dass du *Ja* sagen willst, schon aus Neugierde."

Sie verlagert ihr Gewicht auf ein Bein. „Hast du das in der Kristallkugel gesehen, die du unter deinem Bett hast?"

Gott, sie füttert mich einfach mit diesen Zeilen. Es ist zu einfach. „Das ist nicht das Einzige, was ich ..."

„… unter deinem Bett aufbewahrst. Ja, ja, ich habe es verstanden. Und was ist, wenn ich doch *Ja* sage? Werde ich es dann bereuen?“

Ich lege meine Hand auf mein Herz, wie ein kleiner Pfadfinder. „Befriedigung garantiert.“

„Du klingst wie eine Autowerbung.“

Ich klatsche zum zweiten Mal heute meine Hände zusammen. „Mache eine Spritztour mit mir. Das ist alles, worum ich bitte. Es gibt keine Verpflichtung zum Kauf.“

Stille. Ein nachdenkliches Gesicht. *Verdammt, ist die süß.*

Sie hebt einen schlanken Finger. „Aber nur einen, kapiert? *Einen* Drink.“

Ich nicke. „Du hast mein Wort.“

Sie prüft ihr Handgelenk – eine alte Apple iWatch, mindestens zwei Generationen alt. Mit einem neuen, wenn auch billigen Band. Das heißt, sie ist sparsam. „Um acht? Im Café?“

„Geht für mich in Ordnung“, antworte ich, was für mich eine interessante Wortwahl ist, wenn man bedenkt, dass ich noch nie in meinem Leben so hart für etwas gearbeitet habe.

Sie winkt mir unbeholfen zu, was lässig wirkt, aber ihre Nervosität verrät, von der ich genau weiß, dass sie nur darauf wartet, dass man sie weg fickt.

„Man sieht sich“, sagt sie.

Ich bleibe zuversichtlich. „Bis später."

Ich betrachte ihren Hintern, als sie zurück ins Gebäude geht. Selbst die billigen Jeans können seine schiere symmetrische Perfektion nicht verbergen.

„Da ist Gold in diesen Hügeln", sage ich mir und lächle bei dem Gedanken an das, was kommen wird.

„Ich habe die verdammte Hauptader gefunden."

*

„Zwanzig verdammte Minuten, King!"

Der Trainer ist wütend.

„Was denkst du, was ich hier betreibe? Einen verdammten Imbissladen, in den du reinschneien kannst, wann immer du willst?"

Angesichts seiner schnell wachsenden Taille kann ich sehen, woher die Analogie kommt. Aber ich halte meine Zunge im Zaum, damit sie mir nicht aus dem Mund gerissen wird.

Der arme Kerl schüttelt so heftig den Kopf, dass ich befürchte, er wird eine Art Anfall erleiden. „Geh da rüber zu den anderen, aber sei dir bewusst, dass du am Ende noch einmal zwanzig drauflegen musst. Es ist mir egal, ob du ein Date mit Dolly Parton hast. Ich werde deinen Arsch heute so hart rannehmen, dass du Schweißblöcke scheißen wirst. Verstanden?"

Ich tue mein Bestes, um mich zurückzuhalten, aber wenn ich ihn so sehe, will ich ihm nur ins Gesicht lachen. „Ja, Trainer."

Er scheucht mich weg. „Worauf wartest du noch? Einen verdammten Haarschnitt? Los!“

Ich jogge los, um die anderen in der Mitte des Feldes zu treffen. Sie üben gerade das Abblocken. Ich ziehe meinen Helm fest und hebe meinen Arm gerade noch rechtzeitig, um einen Ball aus der Luft zu fangen.

„Hast du dein Einhorn gefunden?“, ruft Tony und hebt einen weiteren Ball aus der Kiste.

Ich nehme meine Position ein und gehe in die Hocke. „Darauf kannst du deinen Arsch verwetten.“

Ein weiterer Ball fliegt mir in die Arme. „Und?“

Ich feuere ihn zurück und warte darauf, dass der Trainer uns anbrüllt, damit wir mit der Übung fortfahren. „Und morgen wird sie über den Campus humpeln.“

„Mein Junge“, lächelt Tony und nimmt den Wurf an.

Das Training läuft heute reibungsloser. Ich weiß nicht, ob es die Vorfreude auf das Treffen mit Erin ist, aber ich bin wirklich bei der Sache. Das bleibt auch vom Trainer nicht unbemerkt, der mich zur Seite zieht, nachdem ich meine zwanzig Minuten Liegestütz-Buße gemacht habe.

Das Feld ist leer. Nur wir beide sind noch da.

„Das war echt gut, King. Ich will mehr davon, hörst du?“

Ich nehme meinen Helm ab. „Ja, Trainer.“

„Es hängt viel von diesem nächsten Spiel ab. Ich wollte es dir eigentlich nicht sagen, aber ich habe Angebote. *Ernsthafte* Angebote, von ein paar Profiteams. Sie lassen ihre Spürhunde im ganzen Staat herumschnüffeln. Also, kein Herumalbern mehr, kapiert? Du solltest dich besser rund um die Uhr auf das Spiel konzentrieren."

Ich habe das alles schon mal gehört und ignoriere es genauso wie sonst auch. „Verstanden."

„Gut", lächelt der Trainer. „Ab unter die Dusche. Du stinkst wie ein verdammter nasser Hund."

KAPITEL FÜNF

ERIN

Den Rest meiner Zeit im Büro verbringe ich damit, auf einen leeren Bildschirm zu starren, wobei das kleine Büroklammer-Maskottchen von Microsoft Word von Zeit zu Zeit auftaucht und mich herausfordert, tatsächlich etwas aufzuschreiben. Aber jedes Mal, wenn ich etwas schreiben will, werde ich zu Peyton „Gottes Geschenk an die Weiblichkeit“ King zurückgezogen.

Ich habe mir eingeredet, dass mein Smoothie grün ist und deshalb gesund sein muss, aber er schmeckt wirklich wie ein Zuckerfest. Ich nippe daran, während ich Word schließe und einen Webbrowser aufrufe, um Peytons Facebook-Seite aufzurufen. Es ist ein Rattennest aus Schwanz-Bildern und wild gewordenen Mädchen. Gelegentlich gibt es ein Football-Foto oder ein Zitat von Tom Brady. Aber es fördert nichts Neues zutage.

Ich wechsle zu Peytons drei Brüdern – Titus und Phoenix sind zweieiige Zwillinge und im Campus-Baseball- bzw. -Basketball-Team. Und dann ist da noch Nolan, ein Zehntklässler, der in der Eishalle der absolute Renner ist. Zusammen dominieren sie die Crestfall-Akademie. Ungeachtet dessen, was die Akademie sagt, Geld bringt Einfluss. Und die Kings sind die Kardashians auf dem Campus.

Mein Stuhl quietscht, als ich mich zurücklehne und nach einem Stressball greife – einem von vielleicht zwanzig, die auf meinem Schreibtisch liegen. Es hat etwas mit dem Gefühl des Schaumstoffes zu tun, wenn er gegen meine Finger drückt. Es hilft gegen den Stress bei der Arbeit. Letzte Woche habe ich eines der armen Dinger so fest zusammengedrückt, dass es zu einem Hockey-Puck wurde.

Ich *brauche* diese Geschichte, um perfekt zu sein. Leute sind von hier aus zu großen Zeitungen gegangen ... Es kann passieren. Wenn man sich anstrengt. Und Junge, ich bin bereit, alles dafür zu tun, was nötig ist.

Bist du dir da sicher?, fragt mich mein Verstand, gerade als eine Aufnahme von Peyton mit zwei Mädchen in String-Bikinis auf den Schultern über meinen Bildschirm flimmert.

Nun, *fast* alles.

Ich lasse meine Gedanken schweifen. Ich versuche, mich nicht mit dem Sex zu beschäftigen, sondern überlege, ob es möglich ist, dass Peyton oder irgendeiner dieser klischeehaften Uni-Typen jemals etwas anderes als eine Sache für eine Nacht sein könnten.

Was glaubst du, Erin? Dass er sich plötzlich mit dir über Weltpolitik unterhält? Oder dir das Frühstück ans Bett bringt? Vielleicht Blaubeerpfannkuchen, so wie Mama sie immer gemacht hat? Soll er dir helfen, einen schönen Fliederton für das Kinderzimmer auszusuchen?

Das ist verdammt unwahrscheinlich.

Ich reiße mich so schnell davon los, dass sich mein Kopf dreht und meine Brust gegen die Vorderseite des Schreibtisches knallt, als der Stuhl zurückschnellt.

Verdammt, nein.

Ich schaue auf die Uhr – noch eine halbe Stunde.

Ich erinnere mich daran, *warum* ich die Kotze zurückgedrängt und seiner Einladung zugesagt habe. Ich brauche Peyton King. Ich brauche seine Verbindungen und seinen Einblick. Ich brauche eine Eintrittskarte in diesen engmaschigen Crestfall-Gesellschaftskreis, der diese Partys veranstaltet – Partys, die so berühmt und legendär sind, dass die Leute sechs Staaten weiter noch darüber reden.

Ich brauche Peyton King und ich will, dass dieser Artikel ein Erfolg wird.

„Ist das der Typ?"

Ich klopfe wütend auf meine Maus und versuche, das Bild von Peyton auf dem Bildschirm zu schließen. Aber ich verheddere mich und öffne versehentlich nur weitere Fenster, in denen immer wieder Kopien von Peytons beschissenem Grinsen auftauchen, während Lewis mir über die Schulter schaut und hinter seiner Brille blinzelt.

„Ja, der sieht aus wie ein erstklassiger Crestfall-Trottel", bemerkt er.

Schließlich schaffe ich es, den Browser zu schließen, und drehe mich mit dem besten Lächeln, das ich aufbringen kann, zu Lewis um. „Wie bitte?"

Lewis deutet auf den nun leeren Bildschirm. „Das war er doch, richtig? Dein King Dong oder wie auch immer man ihn nennt?"

„Er ist nicht mein ..."

„Ein klassischer Crestfall-Klon, wenn du mich fragst. Die Menge dieser Typen, die ich hier rein- und rausspazieren gesehen habe. Himmel, man könnte ein ganzes Stadion mit ihnen füllen.“

„Waren Sie nicht auch ein Crestfall-Schüler?“

Nur der heilige Gott selbst weiß, warum ich meinen Redakteur das frage, aber er scheint meine Andeutung nicht einmal zu bemerken und zieht sich nur die Hose hoch.

„War ich, damals in '02. Ein beschissenes Jahr, das kann ich dir sagen.“

Er wedelt mit den Fingern auf meinem Bildschirm herum. „Aber ich war nicht so ein Typ. Ich habe mir den Arsch abgearbeitet. Wenn da nicht meine verdammte Schulter gewesen wäre ...“

Diese Geschichte habe ich in den vier Wochen, die ich hier bin, ungefähr schon zehntausend Mal gehört. „... wären Sie jetzt beim Superbowl und würden die gegnerische Mannschaft zerschmettern wie Joe Montana“, beende ich den Satz für ihn.

„Verdammt richtig. Wir sehen sogar gleich aus, findest du nicht auch?“

Ich nehme ihn auf den Arm und sage: „Es ist beängstigend.“

Er klopft mir auf die Schulter und geht in einer Wolke der Nostalgie davon.

Ich schaue noch einmal auf die Uhr – es wird Zeit – und packe meine Sachen zusammen, wobei ich mir ein stummes Mantra vorsage: *Du brauchst einen Zugang. Du brauchst einen Zugang. Deshalb tust du das.*

Ich atme tief ein und stehe auf. Dann flüstere ich leise: „Bereit oder nicht, King Dong, ich komme."

*

Ähnlich wie Lewis hat sich auch das Café seit dem Jahr '00 nicht viel verändert. Der Barbereich ist mit greller Neonbeleuchtung ausgestattet und ein gerahmtes Kunstwerk mit einer Gruppe pokernder Hunde, hängt mitten an der Wand.

Der vordere Teil des Lokals ist voll mit Studenten, die am Ende des Tages auf der Suche nach Kohlenhydraten sind. Ich entdecke Peyton an der Theke am Fenster und stelle meine Tasche ab. Dann hebe ich mich auf einen Hocker und schiebe sie vorsichtshalber zwischen uns.

Und warum? Weil du denkst, dass sein großer alter Schwanz sich hier rüber schlängeln und dich befruchten könnte, während du nicht hinsiehst?

Er trägt ein Crestfall-Trikot mit der Nummer Zwölf, genau wie Brady, und seine Arme sind angespannt von dem, was ich angesichts des immer noch feuchten Zustands seiner Haare für ein ausgiebiges Training halte. Er hat seinen Hamburger schon halb gegessen und vor ihm steht ein Teller mit Pommes, der ein kleines Land ernähren könnte. Er schiebt mir ein Bier rüber. Ein Stückchen Limette ist in den Deckel geklemmt.

„Ein Drink", sagt er und lächelt, „wie versprochen."

„Es ist ein bisschen anmaßend, nicht wahr? Einfach anzunehmen, dass ich Bier mag?“

Sein Lächeln wird selbstgefällig. „Etwa nicht?“

Verdammt noch mal.

Lügen ist nicht meine starke Seite. Ich habe zu viele Ticks, die mich verraten. Ich antworte einfach: „Schon okay“ und nehme einen kleinen Schluck. Ja, es ist sogar meine bevorzugte Biersorte. Verdammt sei er. „Isst du für dich selbst oder für eine Armee?“

Er hält inne und bietet mir den Teller an. „Bediene dich. Sieht aus, als könntest du etwas zu essen gebrauchen.“

„Was soll das denn heißen?“, fauche ich.

Das selbstgefällige Grinsen bleibt. Nein, es wird sogar *größer*. „Es bedeutet, dass du mit dem Fasten aufhören und dich ein bisschen austoben kannst.“

„Woher hast du das ...“

„Gewusst?“ Er hebt seine Bierflasche hoch und schaut aus dem Fenster. „Oh, ich weiß eine Menge über dich, Erin Janie Nash.“

Ich bin nervös und meine Achselhöhlen werden feucht, aber ich weiß, dass ich hier keine Schwäche zeigen darf. Ich muss mich wehren, wenn ich jemals eine Art von Vertrauen aufbauen will. Das ist es, was er will. Er will, dass ich die Unnahbare spiele.

Also, scheiß drauf. Ich werde es tun.

Ich rezitiere jede Diva, die mir auf die Schnelle einfällt – Lopez, Gaga, Pink. „Sie haben einen Scheiß, Mr. King, und ich denke, das wissen Sie."

Der war gut.

Er bäumt sich auf. „Mr. King klingt so förmlich. Das hört sich eher nach meinem Vater an."

„Aha, du hast also Probleme mit deinem Vater. Ich schätze, das erklärt eine Menge."

Innerlich plappere ich im Schleudergang vor mich hin, aber mein Äußeres wirkt zickig und knallhart.

Und es funktioniert. Er zögert und seine unmittelbare Erwiderung geht verloren. Er greift stattdessen nach dem Bier. Er lässt den Kopf kurz hängen, bevor er ihn wieder hochhebt und lächelt. „Du bist etwas Besonderes, weißt du das? Vielleicht mehr, als ich erwartet habe."

Ich gehe darauf ein. „Hast du mehr Testosteron als du vertragen kannst? Ist es das, was du mir sagen willst? Macht sich der mächtige Peyton King gleich in die Hose, weil ...", ich halte mir schockiert den Mund zu, „weil sich ein Mädchen gegen ihn wehrt?"

Heilige Scheiße, ich habe einen Lauf. Es ist, als ob ich besessen wäre.

Sein Rücken richtet sich auf und die Selbstgefälligkeit kehrt zurück. Seine braunen Augen schimmern und ich weiß, dass in diesem kleinen Moment der Griff, den ich zu haben glaubte, beginnt, sich zu lockern. „Warum bist du gekommen? Sag es mir. Die Wahrheit."

Scheiße, Scheiße, Scheiße. Wenn ich lüge, gerate ich ins Hintertreffen. Ich muss etwas Wahrheit mit hineinbringen. „Nenn es Neugierde."

Ja!

„Also bin ich nur eine Attraktion für dich?" Verdammt noch mal. Er sieht tatsächlich irgendwie beleidigt aus.

Ich wurde überrumpelt. „Nun, nein, aber ..."

„Aber was?" Er klingt jetzt etwas energischer. „Glaubst du nicht, dass ich ein Gehirn habe, Gedanken und Gefühle wie jeder andere auch?"

Es ist lächerlich, denn er hat recht. Aber der ernste Ausdruck in seinem Gesicht und die reine Überzeugung darin lassen mich unsicher werden. Ich suche nach einem Rettungsring, aber alles, was ich sehe, ist der Ozean.

„Ich ... Ich ..." Verdammt noch mal. Ich weiß nicht, was ich sagen soll.

Er beginnt zu lachen und beobachtet mich, während er an seinem Bier nippt. „Ah", haucht er, „du hast mir den Scheiß wirklich abgekauft, oder?"

Meine Unsicherheit verwandelt sich in Wut. „Was?"

„Neugierde hin oder her. Du bist hier, weil du meinen Schwanz willst. Ganz einfach."

„Deinen *Schwanz*?"

Er kommt näher. „Er fühlt sich bestimmt gut in deinem Mund an, glaubst du nicht?"

Oh, zum Teufel, nein.

Nein.

Nein.

NEIN.

Mir fällt die Kinnlade runter und ich schaffe es nicht, meinen Mund zu schließen. So tief bin ich im Schock.

„Etwas mehr, Baby. Es ist größer als du denkst."

Was für eine Frechheit.

Für den Bruchteil einer Sekunde dachte ich, er könnte tiefgründiger sein als eine Müslischüssel, aber dieser Eindruck hat sich sofort wieder verflüchtigt.

Mir reichts. Scheiß auf den „Zugang" Ich werde einen anderen Weg finden. So wie sonst auch.

„Mein Gott, könntest du noch überzeugter von dir selbst sein?", stottere ich und weiß, dass meine Wangen vor Wut gerötet sind, weil ich ihn an mich herangelassen habe.

Er lehnt sich zurück, taucht eine Handvoll Pommes in das Ketchup und nimmt sich viel Zeit, um sie zu kauen und herunterzuschlucken, bevor er antwortet. „Tut mir leid, war das eine rhetorische Frage?“

Ich erinnere mich daran, meinen Mund zu schließen, der immer noch offensteht. „Ich bin überrascht, dass du überhaupt weißt, was das Wort bedeutet.“

Er lehnt sich über den Tisch nach vorne. „Und du, du Klugscheißer, wo hat dich dein großartiger Uni-Abschluss denn hingebracht, hm?“

Er hat recht, verdammt noch mal. Aber ich schaffe es, mich aufzurichten und mich zu sammeln. „Er wird mir den Job meiner Träume verschaffen.“

„Oh, gut“, sagt er und reibt sich die Hände, „du brauchst nur noch dreißig Jahre Fotokopieren und Arschkriecherei mit dem Chef, schätze ich.“

„Ich will nicht …“, beginne ich, bevor ich merke, dass ich direkt in seine Falle getappt bin.

Er lächelt wissend. „Ich meine, ich wäre froh, seine Position zu übernehmen und mir eine schöne Handvoll davon zu holen.“

Ich schüttle den Kopf, aber ich lasse mich hier nicht von einem Kleinkind im Körper eines Mannes zurechtweisen.

In einem sehr straffen, harten Körper, wirft mein Unterbewusstsein ein.

Ich habe einen Geistesblitz und denke zurück an die Zusammenfassung seines letzten Spiels. „Komisch, denn das Letzte, was ich gehört habe, war, dass du nicht mal einen Football richtig halten kannst.“

Sein Blick sagt alles.

Treffer.

Er erholt sich schnell, legt einen Knöchel auf sein anderes Bein und mustert mich mit trüben, herausfordernden Augen. „Okay, das gebe ich zu. Mein Spiel auf dem Feld war in letzter Zeit nicht so gut, aber was mein Spiel *außerhalb* des Feldes angeht …“

Mein Mund steht schon wieder offen. „Typen wie euch habe ich schon tausendmal getroffen. Ihr seid alle alphamännliche Schwachköpfe, die glauben, ein Mädchen abzulehnen sei ein todsicherer Weg, sie ins Bett zu bekommen. Ihr seid so seicht wie ein Kinderplanschbecken und ganz leicht zu durchschauen.“

„Aber du willst mich immer noch ficken, oder? Du willst immer noch sehen, was es mit dem ganzen Getue auf sich hat. Ob er wirklich so groß ist.“

Ich bin zu verblüfft, um zu antworten.

„Na los“, fordert er mich auf und sieht wie die Definition von selbstgefällig aus, „sei ganz ehrlich und sag mir, dass du nicht feucht wirst, wenn du an meinen großen, harten Schwanz denkst und an die tausend Möglichkeiten, wie er dich zum Kommen bringen könnte.“

Ich muss ihm fast applaudieren. Es würde sich lächerlich anhören, wenn es von jemand anderem käme. Er zieht es durch. Aber verdammt noch mal, ich werde ihm nicht die Aufmerksamkeit schenken, die er will. Selbst wenn ein winziges Fünkchen Wahrheit an dem ist, was er sagt.

Ich presse meine Beine zusammen. „Bist du fertig?"

„Bist du?"

Ich stehe auf, nehme meine Tasche und werfe sie mir über die Schulter. „Ich denke, das ist mehr als genug für heute." Ich beginne zu gehen.

„So etwas wie ‚genug' gibt es nicht", ruft er meinem Rücken zu. „Du weißt, wo du mich findest."

Das weiß ich, denke ich.

Das.

Weiß.

Ich.

*

Mindy sitzt auf dem Sofa und hört Musik. Sie zieht ihre Kopfhörer ab, als sie mich sieht. „Mensch, das ging aber schnell."

„Ha", lache ich, setze meine Tasche ab und lasse mich neben sie fallen. „Der Typ kann nur ein paar Sätze. Es ist, als würde man sich mit einer Puppe auf Drogen unterhalten."

„Hat er über seinen Penis gesprochen?“

Ich lache. „Ich schwöre bei Gott, er findet einen Weg, ihn in jeden Satz einzubauen, der ihm aus dem Mund rutscht.“ *So niedlich dieser Mund auch sein mag*. „Ich habe in meinem ganzen Leben noch nie jemanden getroffen, der so narzisstisch, so egozentrisch und geradezu abstoßend ist.“

„Und doch kannst du nicht aufhören, an ihn zu denken, oder?“

Ich hasse es, dass Mindy mich so gut kennt. „Traurigerweise, nein.“

„Also, schlaf mit ihm. Du weißt schon, nur zu Forschungszwecken.“

Ich täusche eine tödliche Wunde vor. „Wie bitte?“

„Komm schon. Wann hat deine Vagina das letzte Mal was von sich hören lassen? Bei der großen Hormonflut in der Oberstufe? Ich weiß, du hast diesen grässlichen Vibrator, den du unter deinem Bett aufbewahrst. Er sieht aus wie etwas aus einem 70er-Jahre-Katalog.“

„Es ist ein Zauberstab. Er ist modern“, protestiere ich, „und viel sicherer und, ich wage es zu sagen, effektiver als alles, was Peyton Arschloch King zu bieten hat.“

Mindy ist nicht überzeugt und spielt mit dem Kabel ihrer Kopfhörer. „Ich weiß es nicht. Warst du schon mal online? Wenn Schwänze bewertet werden könnten, würde ich sagen, dass seiner fünf Sterne bekäme.“

„Zum letzten Mal, ich werde mich nicht auf Kings großen Schwanz werfen.“

Mindy bricht in Gelächter aus. „Die Tatsache, dass du es so ausdrückst, sagt mir, dass du flachgelegt werden musst, und zwar schnell, bevor sich deine Muschel ganz verschließt. Ich wette, da drin steckt schon jede Menge Staub, der nur darauf wartet, von besagtem Schwanz rausgepustet zu werden."

Ich stehe auf. „Du hast deinen verdammten Verstand verloren." Ich ziehe jetzt *meine* Kopfhörer hervor. „Was hat Kendrick zu dir gesagt?"

„Sieh mal", sagt sie und schiebt ein Bein unter das andere, „ich war mit genug Uni-Jungs zusammen, um zu wissen, dass sie ein bisschen wie Halloween-Süßigkeiten sind – es geht um die Vorfreude und den Aufbau. Aber wenn man die Süßigkeiten erst einmal gesammelt und verschlungen hat, nun ja, dann bereut man sie nur noch. Es macht Spaß für einen schnellen Kick, aber wenn man zu viel davon isst, wird das Bauchweh nur noch größer."

Ich verbeuge mich. „Welch eine Weisheit."

Sie salutiert mir im Gegenzug. „Ich bin ein Dichter, was soll ich sagen?"

„Und ich bin Edgar Allan Poe", antworte ich und gehe in mein Zimmer.

„Mach weiter so mit dieser düsteren Einstellung und du wirst es wirklich bald sein. Dein Glück, sagt der Rabe, ‚nimmermehr'."

Ich nehme eine Dusche und starre an meinem Körper hinunter auf das Wasser, das unten in den Abfluss plätschert – wirklich ein perfektes Bild meines Lebens. Vielleicht hat Mindy recht. Es wäre schön, mal wieder Sex zu haben und einmal etwas anderes als Silikon und Plastik zwischen meinen Beinen zu spüren. Etwas Echtes aus Fleisch und Blut. Das wegen *mir* hart wird.

Peyton hat bereits bestätigt, dass ich sein Typ bin, obwohl etwas mir sagt, dass er einen Briefkasten ficken würde, wenn er zwei Beine hätte.

Nein, die Stimme der Vernunft mischt sich ein, *denke gar nicht erst dran. Geh nicht über Los und sammle keinen Penis ein. Es erwartet dich nur eine Katastrophe.*

Aber ich will die Süßigkeit. Mir sind die Bauchschmerzen oder das Bedauern, das all dem folgen wird, egal. Ich will ihn erleben, wenn auch nur für einen Moment. Zumindest hätte ich dann etwas, worüber ich schreiben könnte.

KAPITEL SECHS

PEYTON

Tony schnippt mit den Fingern vor meinem Gesicht. „Erde an Peyton. Bist du überhaupt hier, Bruder?“

Ich schniefe und schüttle mich aus meinem Tagtraum. Mein Blick bleibt auf Tonys Schwanz hängen. Ich schaue weg. „Scheiße, Mann. Zieh dir ein Handtuch über.“

Er nimmt ihn in die Hand und wedelt mit ihm vor meinem Gesicht herum. „Du liebst es doch, verdammt.“

Ich schlage ihn weg. „Du könntest dich wenigstens waxen lassen oder so. Das sieht aus wie der verdammte Amazonas-Dschungel. Sind da irgendwo Dwayne Johnson und Kevin Hart drin?“

Ich stehe auf. Ich trage selbst ein Handtuch und bin mehr als bereit, unter die Dusche zu gehen. Wenn ich mir nur endlich Erin aus dem Kopf schlagen könnte. Sie sah süß aus, als sie mich so ungläubig angesehen hat. Und ja, ich hätte meine Bad-Boy-Sprüche ein bisschen zügeln und sie vielleicht langsam daran heranführen können. Aber ich konnte nicht anders. Es war wie eine automatische Reaktion. Die Worte strömten einfach aus meinem Mund, bevor ich mir etwas Besseres überlegen konnte.

Tony findet endlich ein Handtuch. „Der Herr sieht verärgert aus.“

Er hat ein paar seltsame Redewendungen auf Lager. Der alte Tony hat wohl zu viele Dokumentationen gesehen. „Das bin ich auch irgendwie.“

„Es ist dein Einhorn, nicht wahr?“

„Erin.“

Tony wirft seine Hände hoch und verkündet dem Rest des Teams. „Erin, meine Herren, sie hat einen Namen. Hurra!“

„Hurra!“, rufen die anderen in einer Stimme. Scheiß auf diese Arschlöcher.

Ich schlage Tony auf die Brust und zeige den anderen den Mittelfinger. „Fick dich und fick dich und dich und dich.“

Keuchend rückt Tony näher an mich heran und senkt seine Stimme. „Sie steckt *tief* in deinem Kopf, nicht wahr? Ich glaube nicht, dass ich dich schon mal so gesehen habe.“

„Wie?“

„So schwach.“

Ich stoße ihn spielerisch weg. „Ich bin nicht schwach, Mann. Es ist nur ...“

Er streckt seine Hand aus. „Sie hat deine Eier, Bruder. Und sie rollt sie sanft in ihren Fingern herum.“

„Bitte, hör auf damit.“

Er tänzelt herum und seine Stimme hebt sich. „Sie hat deine Eier und du willst sie zurück. Das ist es doch, oder?“

„Das ist es nicht“, aber ich kann ihn nicht aufhalten, jetzt, wo er einmal in Fahrt ist.

„Sie hat dich beim ersten Date nicht gefickt und jetzt bläst du Trübsal wie ein Teenager."

Ich schüttele den Kopf und gehe zu den Duschen. „Ihr seid alle verrückt."

Ich trete unter das heiße Wasser, aber Erin bleibt in meinen Gedanken fixiert. Ich denke an die straffen Linien ihres Körpers, die leichte Schwellung ihrer korallenroten Oberlippe, die nur darauf wartet, berührt und geküsst und angebetet zu werden. Die Dinge, die ich mit diesem Mund tun würde ...

Mein Schwanz verläuft jetzt senkrecht zu meinem Körper – nie eine gute Sache, wenn man neben seinen Sportkameraden duscht. Ich drehe mich zur Seite und weg von den anderen. Dann versuche ich weiter, Erin aus meinen Gedanken zu verdrängen, aber das macht alles nur noch schlimmer.

So ein Mist.

Ich schalte die Dusche ab. So unauffällig wie möglich nehme ich mein Handtuch und bedecke mich. Dann gehe zu meinem Spind und hole mein Handy heraus.

Tony hat die Augen eines Falken. In weniger als einer Sekunde ist er an mir dran und versucht, mir das Handy wegzureißen. „Oh nein, das tust du nicht. Nein, nein, verdammt nein."

Ich springe herum und versuche, ihm auszuweichen. Mit der anderen Hand versuche ich, mein Handtuch hochzuhalten, bevor er einen Blick auf meine Erektion erhaschen kann. „Kannst du bitte damit aufhören?“

Er täuscht links an und versucht, sich um meinen Rücken zu schlängeln. „Du willst ihr eine Nachricht schreiben, nicht wahr? Du wirst dich entschuldigen.“

Er hat recht, aber das muss er nicht wissen. In der Regel entschuldige ich mich nie für etwas. Mein Vater sagt gerne, dass Entschuldigungen ein Zeichen von Schwäche sind und dass man sich zu seinen Taten hundertprozentig bekennen sollte. Aber Erin ist ein besonderer Fall. Ich dachte, ich könnte sie unter Druck setzen, aber alles, was mir geblieben ist, ist ein riesiger Satz blauer Eier und diese Arschgeigen als Gesellschaft.

Ich springe weiter in den Umkleidekabinen herum. „Und was, wenn ich es tue?“

Tony bleibt stehen und legt mir eine Hand auf die Schulter. Er wird eines Tages einen guten Politiker abgeben, wenn er in die Fußstapfen seines Vaters tritt. „Sieh mal“, sagt er mit verzweifeltem Tonfall, „ich weiß nicht, warum du so auf dieses Mädchen stehst. Sie hat eine goldene Vagina, das mag sein. Aber die Familie King entschuldigt sich nicht“, sagt er und gibt meine Gedanken wieder.

Ich schiebe seine Hand weg. „Du klingst wie mein Vater. Was hat er vorzuweisen? Fünf gescheiterte Ehen?“

Er nimmt mich bei den Schultern und sieht mir in die Augen. „Dein Vater ist eine Legende. Er ist ein Trainer der höchsten Liga und hat zwei Weltmeisterschaften eingefahren.“

„Und er ist ein riesiges Arschloch.“

„Das musst du ja wissen. Weißt du, was ich immer sage?“

Ich rolle mit den Augen. Mein Gott, jetzt gehts los. Die Umkleide leert sich und Tonys Worte werden laut. „Mach dir dein inneres Arschloch zu eigen.“

Ich platze fast vor Lachen. „Nicht gerade das beste Motto, mein Freund.“

Er zieht eine Hand zurück. „Okay, okay, vielleicht, aber die Grundaussage stimmt. Wenn du weich wirst, ist das Mädchen so gut wie weg. Diese Mädchen wollen nicht jemanden, mit dem sie über amerikanische Literatur reden, am Feuer sitzen und Karten spielen können. Sie wollen einen Schwanz.“ Er schaut nach unten. *„Deinen* Schwanz. *Den* Schwanz.“

„Du scheinst furchtbar auf meinen Schwanz fixiert zu sein.“

„Es ist ein hübscher Schwanz, was soll ich sagen?“

Ich stoße ihn weg und lächle. „Nenn meinen Schwanz nie wieder hübsch, verstanden?“

Er dreht sich um und macht sich auf den Weg zu den Toiletten. Dann wirft er eine Hand nach oben. „Denk mal drüber nach. Du weißt, dass ich recht habe.“

Ich denke nur zwei Sekunden darüber nach, bevor ich mein Handy wieder vor mein Gesicht halte und beginne, eine Entschuldigungsnachricht zu tippen. „Nein, scheiß auf deine Ideen", flüstere ich mir zu.

Ich setze mich wieder hin und sehe zu, wie die Nachricht geschickt wird. Mir fällt auf, dass ich nie gesagt habe, von wem die Nachricht kommt. Aber das ist wohl kein großes Geheimnis.

Ihre Nummer war nicht schwer zu finden. Nichts auf dem Campus ist das, wenn man ein King ist.

Ich atme tief ein und langsam wieder aus. Ich spüre, wie sich meine Muskeln entspannen und dann vor Unsicherheit wieder anspannen. Ich weiß nicht, was sie davon halten wird, aber eines weiß ich:

Ich brauche Erin Nash.

Ich brauche sie, wie ich die Luft selbst brauche.

*

Es klopft an meiner Schlafzimmertür und Nolan steckt seinen Kopf herein. „Willst du eine Pizza?"

Meine Brüder, Gott segne sie, haben beschlossen, heute Abend bei mir zu pennen, um sich ein Spiel im Fernsehen anzuschauen. Ich schüttle den Kopf. „Gib sie den Zwillingen."

„Alles klar bei dir?"

Von meinen Brüdern ist Nolan der ruhigste, falls das überhaupt möglich ist, wenn dein Nachname King lautet. Er ist wahrscheinlich der Einzige von uns, der ein wirklich schlagendes Herz hat.

Ich lächle und mein Blick wandert von meinem Handy-Display nach oben. „Ja, alles gut."

„Ein Mädchen?"

„So was in der Art."

Er kommt zur Tür herein und ich muss zugeben, dass sich die zusätzliche Zeit, die er mit den Gewichten verbringt, auszuzahlen beginnt. Seine Arme sind verdammte Baumstämme. „Soll ich so tun, als wäre ich Trainer Mooney, der dir sagt, du sollst deinen Kopf im Spiel behalten und aufhören, hinter den Campus-Flittchen her zu jagen?"

Das bringt mich zum Lachen. „Als ob *dein* Trainer etwas Besseres wäre."

„Das stimmt", nickt Nolan. „Er würde uns vierundzwanzig Stunden am Tag auf dem Eis halten, wenn er könnte. Wir würden in einem Iglu leben."

„Stimmt", erwidere ich und kehre zu meinem Handy-Display und der Nachricht zurück, die ich vorhin an Erin geschickt habe. Aber es kommt keine Antwort. Ich habe sogar versucht anzurufen. Auch bei der verdammten Zeitung, aber …

Nichts.

Nolan klopft auf mein Bein. „Das Spiel beginnt in zehn Minuten. Wir sehen uns unten."

Er geht, die Stimmen der Zwillinge schallen bereits von unten herauf.

Seufzend lege ich das Handy weg, drehe mich auf den Rücken und starre an die Wand. Ich sehe aber nur sie. Ich sehe ihr perfektes Gesicht und die braunen gelockten Haare, die ihre Züge umrahmen und mir zuflüstern, ich solle böse Dinge mit ihr machen. Ich will eine Hand zwischen ihre Beine schieben und herausfinden, wie feucht sie für mich wird.

Träum weiter, mein Süßer.

Als ich endlich einschlafe, habe ich einen vollen Kopf und einen harten Schwanz. Ich träume von Erin, die sich nicht materialisieren und mir die süße Erleichterung bieten wird, die ich so verzweifelt brauche.

*

Der nächste Tag ist noch heißer als sonst. Die Rezeptionistin sagte mir immer wieder, Erin sei in einem Meeting, also bin ich wieder einmal gezwungen, Gott weiß wie lange draußen zu warten und mich zu einem kompletten Idioten zu machen.

Ich schaue auf die Uhr – zwei Stunden.

Eine gute Quelle hat mir erzählt, dass sie immer zum Mittagessen rauskommt und allein unten am See unter der großen Weide isst.

„Komm schon“, flüstere ich unter meinem Atem und habe die Augen auf die Eingangstür des Gebäudes gerichtet. „Du musst doch irgendwann auftauchen.“

Wie aufs Stichwort öffnen sich die Türen und sie kommt heraus. Direkt auf mich zu. Ich stehe auf und versuche, mich zu beruhigen.

Sprich diesmal mit deinem Kopf, nicht mit deinem Schwanz, sage ich mir.

Ich reiche ihr den Matcha-Eistee, der inzwischen wahrscheinlich lauwarm ist. „Friedensangebot?“

Sie bleibt vor mir stehen. Ihr Haar ist zu einem engen Pferdeschwanz hochgebunden, eine kleine silberne Spange hält es aus ihren Augen. „Glaubst du, der Tee macht das eklige Zeug wieder gut, das du gesagt hast?“

Ich halte ihr den Becher vor die Nase.

Sie seufzt, nimmt ihn und nippt daran. „Es ist zumindest ein Anfang, denke ich.“

Ihr Gesicht versieht sich, als sie die Temperatur des Getränks bemerkt. „Wie lange hast du schon gewartet?“

Ich trete vorsichtig vor, um ihr nicht zu nahezukommen. „Eine lange Geschichte. Hör mal, ich möchte mich entschuldigen, und glaub mir, das fällt mir verdammt schwer.“

„Wow“, pfeift sie, „*so* aufrichtig.“

„Was soll ich denn tun? Mich vor dir verneigen?“

„Das könnte nicht schaden." Ich sehe einen schwachen Anflug eines Lächelns.

„Es tut mir leid, okay. Ich war ein Arschloch."

Sie lacht. Es klingt so leicht und ist so verdammt schön. „Ein Arschloch? Wenn es einen Oscar für Arschlöcher gäbe, hättest du einen ganzen Schrank voller Gold."

Ich verstehe, warum sie Schriftstellerin ist. Sie hat eine große Vorstellungskraft, was bedeutet … Ich halte den Gedanken in Schach.

Ich lege meine Hand auf mein Herz und stelle überrascht fest, dass es ein bisschen schneller schlägt als normal. „Ich verspreche, mich von nun an von meiner besten Seite zu zeigen."

Sie denkt einen Moment darüber nach, aber ich weiß, dass es nur Show ist. Ich bin durchgekommen. „Gut", lenkt sie ein und der Pferdeschwanz peitscht von einer Schulter zur anderen.

Ich schaue an ihr vorbei und suche nach einem Weg, das Thema wieder auf etwas zu lenken, für das sie sich leidenschaftlich interessiert. Ich will dem Pfad der guten Dinge folgen. „Wie ist es denn so, da drin zu arbeiten?"

Sie dreht ihren Kopf und zeigt auf das Gebäude. „Die Zeitung?"

„Ja."

Ich kann sehen, dass die Frage sie überrascht hat. „Äh, es ist in Ordnung." Sie mustert mich. „Willst du … eine Tour?"

Ich beginne, in Richtung des Gebäudes zu gehen. „Gerne."

Es ist nicht so, dass ich es geplant hätte, aber es geht in die richtige Richtung.

Sie hüpft mir hinterher, um mich einzuholen. „Ähm, okay. Folge mir."

Ich lasse mich etwas zurückfallen und bewundere ihren schönen Arsch. Verdammt, ich würde alles tun, um ihn in die Finger zu bekommen.

Die Empfangsdame sieht überrascht aus, mich wiederzusehen. „Wir sind auf dem Weg nach oben", sagt Erin.

„Viel Spaß", lacht die Empfangsdame, wobei ich mir nicht sicher bin, auf wessen Kosten.

Oben ist ein geschäftiges Treiben. Ich hatte keine Ahnung, dass es das hier überhaupt gibt. Ich dachte, es sei ein altes Archivgebäude.

„Also", sagt Erin unsicher, „hier findet die Action statt, nehme ich an."

Sie wirkt nervös und unbeholfen, aber warum? Sie spielt mit ihrer Haarspange und schaut sich ängstlich um. „Was wolltest du denn sehen?"

„Wo sitzt du?", frage ich und habe die Hände hinter dem Rücken verschränkt, als wäre ich eine Art Inspektor und hier, um nach dem Rechten zu sehen und sicherzustellen, dass alles in Ordnung ist.

Eine quiekende Frauenstimme schreckt uns beide auf. „Und wen hast du heute zum Vorzeigen und Erzählen mitgebracht, Erin?"

Wir drehen uns beide um und vor mir steht eine hüpfende Blondine in heißen pinken Absätzen und einem passenden Top, das angesichts der Titten, die sie vor sich trägt, wirklich der Schwerkraft trotzt. Sie drückt ihre Brust raus und lächelt. Dann tasten ihre Augen meinen Körper ab und sie pfeift: „Beeindruckend."

Weil Erin plötzlich sprachlos ist, strecke ich meine Hand aus. „Peyton."

Sie nimmt sie ... und hält sie fest. „Amanda. Freut mich sehr, dich kennenzulernen."

Amanda ist das komplette Gegenteil von Erin. Ich bin mir ziemlich sicher, dass sie sich hier und jetzt von mir auf dem Kopierer ficken lassen würde. Aber Erin versucht, sich zwischen uns zu drängen. „Danke, Amanda."

Erin nimmt meinen Arm und führt mich zu einer Reihe von Schreibtischen im hinteren Teil des Raums. „Kümmere dich nicht um sie."

„Wen?", lache ich. „Die lebendige Barbie?"

Ein weiteres Lächeln und ein weiterer Sieg. Ich kann das Ziel schon sehen. Ich sehe den süßen, süßen Sieg jetzt deutlich vor mir.

Normalerweise würde ich mit Amanda flirten – sie ist eine leichte Beute – aber nein. Warum soll ich mich am Buffet bedienen, wenn gleich nebenan ein feines Essen serviert wird?

Ich will Erin, und zwar so schnell wie möglich. Ich kann nicht zulassen, dass irgendein Mädchen, egal wie attraktiv sie ist, irgendeine Art von Einfluss auf mich hat. Das ist schlecht für mein Spiel, schlecht für den Namen King und einfach schlecht fürs Geschäft.

Nein, ich werde mir Erin holen, damit ich mich wieder auf das Wesentliche konzentrieren kann.

„Da wären wir“, sagt Erin und lehnt sich gegen eine Trennwand.

Ihr Schreibtisch ist spärlich eingerichtet. Es gibt nichts, bis auf eine Reihe von Stressbällen und ein gerahmtes Foto einer Frau, von der ich annehme, dass sie ihre Mutter ist. Obwohl das Foto selbst veraltet aussieht. Außerdem steht da noch ein Becher mit einem Zitat auf Französisch. Ich lese es laut vor: *„Petit a petit, l'oiseau fait son nid?* Irgendwas mit einem Vogel?“

„Jetzt hast du mich beeindruckt.“

„Ich bin kein Neandertaler. Was bedeutet das?“

„Nach und nach baut sich der Vogel sein Nest. Es ist ein französisches Sprichwort und spricht von Geduld und Ausdauer. Eine Art Oxymoron, wenn es um dich geht, wie es scheint.“

Ich lehne mich an die Schreibtischkante, hebe einen Stressball auf, der wie ein Alien mit drei Augen aussieht, und drücke ihn. „Aber ich bin ausdauernd, nicht wahr?“

Sie antwortet nicht, beobachtet mich aber und beugt sich dann vor, um zu schließen, was auch immer auf ihrem Bildschirm war.

Gerade als ich sie danach fragen will, taucht ein Typ hinter ihrem Rücken auf. Er beäugt mich misstrauisch. „Ist hier alles in Ordnung?"

Erin stößt sich von der Trennwand ab, als hätte man ihr einen Schlag auf den Hintern verpasst. „Ich dachte, Sie sind in der Mittagspause."

„Das war vor einer Stunde."

Erin scheint verwirrt und zeigt auf mich. „Ah, Lewis, das ist Peyton King. Peyton, das ist Lewis. Er ist der Redakteur der Zeitung."

Aha. Ich drücke seine Hand fest. „Erfreut, Sie kennenzulernen, Lewis."

Er lächelt ein falsches Lächeln, sagt aber nichts zu mir und tauscht einen Blick mit Erin aus, den ich nicht lesen kann. Aber ich weiß, dass er voller Bedeutung ist.

Dieser Lewis nickt mir zu und geht dann weg. Er schaut noch einmal zurück, bevor er in ein Büro geht.

Ich weiß nicht, was hier los ist, aber es gefällt mir nicht. Mein Höhlenmensch-Instinkt setzt ein und ich beuge mich vor, um Erin etwas ins Ohr zu flüstern. „Lass uns wieder nach draußen gehen."

Erin scheint den Vorschlag gut zu finden. „Mit Vergnügen."

Sie führt uns zurück durch das Büro. Amanda zwinkert mir zu und legt die Beine auf den Schreibtisch.

Draußen zeige ich wieder auf das Gebäude. „Bist du mit dem Typen zusammen?"

„Lewis?“, lacht sie. „Natürlich nicht.“ Sie sieht, wie ich sie ansehe und dass sich meine Schultern nicht entspannt haben. „Mein Gott, du bist eifersüchtig, nicht wahr? Auf was? Wir sind nicht zusammen. Er ist ungefähr fünfundvierzig oder so.“

Ich muss mich aus der Sache rauswinden, und zwar schnell. „Vergiss es. Willst du heute Abend mit auf eine Party kommen?“

Ich weiß, dass das ziemlich schnell geht, aber zu meiner Überraschung reagiert sie auf das Angebot. „Eine Party, sagst du? Wird sie so enden wie die Letzte?“

Nicht, wenn ich etwas damit zu tun habe, möchte ich sagen, aber ich halte meine Antwort kurz. „Nein, bestimmt nicht.“

Sie zögert und schaut wieder zu den Bürofenstern hinauf, aber warum? Sie dreht sich wieder zu mir um. „Okay.“

„Gut.“

„Großartig.“

Unbeholfen dreht sie sich um und beginnt wegzugehen.

Ich lasse sie gehen.

Ich werde heute Abend genug von ihr bekommen.

KAPITEL SIEBEN

ERIN

Ich komme auf der Verbindungsparty an und ich schwöre bei Gott, es ist, als wäre ich in eine andere Welt getreten. Meinem Experten-Googeln zufolge scheint Gamma Kappa Phi eines der beliebteren Häuser auf dem Campus zu sein. Wie die meisten der Griechen ist es ein weitläufiges weißes Haus und nur der aufblasbare Flamingo im Springbrunnen davor steht im Gegensatz zu seiner ansonsten stattlichen Erscheinung.

Drinnen wird es nur noch schlimmer. Ich war nie ein Partygirl, als ich an der Uni war und habe nie an der amerikanischen Tradition teilgenommen, sich blind zu betrinken, in eine Topfpflanze zu kotzen und im oberen Stockwerk stumpfen, sandpapiertrockenen Sex zu haben. Nein, ich habe studiert und mir den Arsch abgearbeitet, weil ich einen Plan hatte. Wie lange ist das jetzt her? Eine Woche? Und schon bin ich auf meiner zweiten Hausparty, oder ist es eine Football-Party? Angesichts der vielen Trikots, die ich sehe, ist es vielleicht Letzteres. Ich befinde mich in einem Meer aus Rot.

Ich nehme einen leeren Becher und schlendere durch das Haus auf der Suche nach Peyton. Es ist eine ganz neue Welt. Hier wird Beerpong gespielt und ein Mädchen wird kopfüber hochgehoben, um aus einem Fass zu trinken. In der Ecke des Wohnzimmers hat ein Möchtegern-DJ die Kontrolle über die Musik übernommen. Überall sind Menschen und der intensive Gestank von verschüttetem Bier ist überwältigend.

Eine Hand legt sich auf meine Schulter. Ich drehe mich um und finde Peyton hinter mir stehen. Er hat das Trikot gegen ein maßgeschneidertes schwarzes Hemd getauscht und die obersten zwei – oder sind es drei? – Knöpfe sind geöffnet. Sie geben den Blick auf eine muskulöse Brust frei. Sogar in dem schwachen Licht leuchten und schimmern seine Augen. Sie flehen mich an, die Vernunft aufzugeben.

Aber das werde ich nicht.

„Willkommen“, lächelt er und hebt seine Stimme so weit, dass sie über die Musik zu hören ist. Er beugt sich zu meinem Ohr und ich fühle einen Hitzeschwall an der Seite meines Halses, bevor er spricht. „Du siehst unglaublich aus.“

Ich habe heute Abend in der Modeabteilung ein wenig aufgerüstet – ein großes Lob an Mindy. Ich bin es nicht gewohnt, Kleider zu tragen, geschweige denn ein Minikleid (mit viel „Mini“). Ich bin nicht an den seltsamen Satin-Stoff, die Farbe Gold oder die Tatsache gewöhnt, dass ich eine echte Brise zwischen meinen Beinen spüren kann.

Das ist nicht nur die Brise, warnt mein Kopf, aber ich unterdrücke solche leichtsinnigen Gedanken.

Du bist hier, um zu arbeiten, schon vergessen?

„Danke“, antworte ich schließlich und komme in die Realität zurück. „Du siehst auch nicht schlecht aus.“

„Komm“, sagt er und ich fühle die Wärme seiner Hand auf meinem Rücken, „wir suchen uns ein ruhigeres Plätzchen.“

Wir schlängeln uns durch die Menschen zur Küche auf der Rückseite des Hauses. Dort steht eine Pyramide von Fässern an der Wand und eine Auswahl an Spirituosen auf dem Küchentresen, die jede Hotelbar in den Schatten stellen würde.

Die Musik ist hier etwas gedämpfter, aber sie ist immer noch laut.

Ich lehne mich an die Wand und versuche lässig und cool auszusehen. Es ist wieder wie auf der ersten Party. „Also“, beginne ich. Peyton steht mir gegenüber und hat die Hände in den Taschen. „Bist du bereit für das große Spiel?“

Meine Recherchen haben ergeben, dass es ein *großes* Spiel ist. Peyton King ist ein heißes Eisen auf dem Football-Feld, wenn man seine Touchdowns zählt – er ist einer der besten im Universitätsfootball. Ich stelle mir vor, dass das auch dafür gilt, wie viele er bereits flachgelegt hat. Es sind diese verdammten braunen Augen. Ich muss wegschauen, weil ihre Macht so stark ist.

Er legt eine Hand neben meinen Kopf und beugt sich vor. Sein Hemd fällt weiter auf und ja, ich sehe seine Bauchmuskeln – zehn, zwölf? Wer weiß, wie viele. „Das bin ich“, antwortet er mit heiserer Stimme. „Ich bin immer bereit zu spielen.“

Wir müssen mit diesen Anspielungen aufhören. Ich schüttle den Kopf. „Du hast mir gesagt, du würdest den ganzen ‚Nimm-mich-jetzt‘-Kram sein lassen.“

Er hebt seine Hände, als wolle er kapitulieren. „In Ordnung, aber das bedeutet trotzdem nicht, dass es nicht die Wahrheit ist. Ich liebe das Spiel. Was soll ich sagen?“

Ich bin mir nicht sicher, ob wir immer noch über Football reden oder nicht. „Und das ist es, was du tun willst“, dränge ich, „als Profi spielen und deinen Vater stolz machen?“ Ich habe meinen Journalistenhut wieder auf.

Er gibt mir ein unfreiwilliges Lachen als Antwort. „Ich könnte zehn Touchdowns in einem Spiel machen und mein Vater würde mir immer noch auf den Sack gehen. Man kann es ihm einfach nicht recht machen.“

„Also ist er streng?“, frage ich.

Peytons Hände gleiten zurück in seine Taschen und ich bemerke ein bestimmtes Etwas an der Vorderseite seiner Jeans, bei dem ich mir ziemlich sicher bin, dass es nicht dort sein sollte. „War“, korrigiert er. „Wir sehen in letzter Zeit kaum etwas von ihm. Er ist viel zu beschäftigt mit seinem Team und seiner nächsten Frau.“

Ich hatte gelesen, dass Stone King sich durch Ehefrauen arbeitet wie durch Unterwäsche. „Wie stehen deine Chancen?“

Eine hochgezogene Augenbraue. „So zu werden, wie mein Vater?“

„Es in die NFL zu schaffen.“

„Hundert Prozent, Baby. Einhundert Prozent.“

Dieses peinliche Hin und Her zwischen uns funktioniert nicht. Es fühlt sich an, als ob wir uns beide zurückhalten und vorgeben würden, Leute zu sein, die wir nicht sind. Oder vielleicht tanzen wir auch nur umeinander herum, weil wir zu ängstlich sind, um mehr zu fordern.

Das würde dir gefallen, oder?

Ruhig. Ganz ruhig.

Wir springen beide auf, als jemand zwischen uns auftaucht. „Was ist los, ihr Wichser?!"

Peyton schubst den trikottragenden Riesen von sich weg. „Tony, was soll der Scheiß, Mann?"

Ich gehe im Geiste meine Notizen durch – Tony Hamilton, Tight End.

Tony bemerkt mich schließlich. „Oh, Scheiße, ich wusste nicht, dass du beschäftigt bist."

Tony nimmt meine Hand und drückt ihr einen Kuss auf. „Es ist mir ein Vergnügen." Er sieht mir in die Augen und springt zurück. Dann hält er sich an Peyton fest. „Leck mich. Sie ist das Einhorn, nicht wahr?"

Jetzt bin ich wirklich verwirrt. Ich schaue tatsächlich nach oben und erwarte, dass mir ein Horn aus dem Kopf wächst. Was soll das heißen, „das Einhorn"? Dass ich mädchenhaft bin? Ein Unikat? Oder doch ein Freak? Ich habe keine Ahnung, aber ich habe vor, Peyton später danach zu fragen.

Peytons Gesicht wird ernst. Er packt Tony am Trikot und zieht ihn zurück. Dann spricht er durch zusammengebissene Zähne. „Nicht jetzt, Kumpel."

Tony nimmt vorsichtig Peytons Hand weg. „Verzeihung." Er entdeckt meinen Becher und sieht hinein. „Sieht aus, als wärst du trocken gelaufen, Schätzchen." Er dreht sich um und kramt auf dem Küchentresen herum. Dann deutet er auf einen anderen Trikot-Typen, der ihm den Kühlschrank öffnet und ein Tablett mit Schnapsgläsern herausholt. Tatsächlich sieht es nicht so aus, als wäre in diesem Kühlschrank irgendetwas anderes als Schnaps.

Tony nimmt das Tablett und stellt es auf der Ecke der Bank ab. Dann reicht er zwei Gläser an Peyton und zwei an mich. „Tequila für alle!"

Ich zögere, bevor ich sie nehme. Ich habe keinen Schnaps mehr getrunken, seit ich siebzehn war, geschweige denn einen Tequila. Ich mag keinen Alkohol. Aber bevor ich weiß, wie mir geschieht, haben Peyton und Tony bereits getrunken und warten sehnsüchtig darauf, dass ich ihnen folge.

Ich wollte einen Zugang.

Hier ist er.

Ich schüttle innerlich den Kopf und kippe das erste Glas hinunter. Der Schnaps brennt in meinem Hals – Überraschung, Überraschung. Das zweite Glas ist genauso schlimm wie das erste. Ich huste zweimal und klopfe mir auf die Brust. Tony greift nach vorne und hält meinen Arm hoch.

„Scheiße, ja!", schreit er. „Das ist eine verdammte P-A-R-T-Y!"

Das gleiche Gefühl wird auch von den anderen im Raum geäußert und eine stakkatoartige Reihe von Grunzern bestätigt, dass ich mich in einem Haus voller Neandertaler befinde.

Tony verschwindet und Peyton nimmt meine Hand. Er hält sie einfach zwischen uns. Ich lasse ihn gewähren, obwohl ich weiß, was das mit meiner Selbstbeherrschung macht. Sie ist heiß, nicht warm, und auch weicher, als ich gedacht hätte. Er hat eine Zärtlichkeit in seinen Fingern, die ich nicht erwartet hatte. „Hey", sagt er, „willst du tanzen?"

Ich schaue mich um, aber eine Ausrede ist nicht in Sicht. „Ähm, klar."

Nicht tanzen!, schreit mein Kopf. Das ist meine einzige, wahre Schwäche.

Ich hatte kein Date für den Abschlussball und es ist verdammt schwer, gut auszusehen, wenn man alleine tanzt.

Aber ich stelle fest, dass es weniger ein Tanzen als enges Schunkeln ist, als wir uns tief in die Menschenmenge begeben, die sich in der Lounge mit dem Möchtegern-DJ eingerichtet hat. Eigentlich ist es schön, ihm so nahe zu sein ... oder vielleicht ist es nur die Tatsache, dass er den Mund hält.

Ein neuer Song beginnt zu spielen. „Das ist mein Lieblingslied."

Das ist die Wahrheit. Mindy spielt es immer für mich.

Fast ohne es zu merken, legen sich seine Hände um meine Taille. „Wann hast du das letzte Mal getanzt?"

Ich klopfe ihm auf die Brust. „Hey, du bist auch kein Michael Jackson."

Er reißt sich los, um ein paar schnelle Schritte vorzuführen, und die anderen um uns herum jubeln, denn Peyton King, so scheint es, kann nichts falsch machen.

Seine Hände schlängeln sich wieder um meine Taille. Sie liegen jetzt tiefer und schon fast auf meinem Hintern. Er lässt eine los, um meine Arme hochzuheben und sie um seinen Hals zu legen, wobei er mich fest an sich und seinen harten Körper zieht.

Es ist schon lange her, dass ich jemandem so nahe war. Oder dass ich überhaupt jemanden berührt habe, den ich nicht versehentlich im Supermarkt angerempelt habe, weil ich nicht darauf geachtet habe, wohin ich gehe.

Nein, das ist schön.

Das ist menschlich.

Peyton wirbelt mich herum.

Beim dritten Lied merke ich, dass dieses Ding in meinem Gesicht ein echtes, reales Lächeln sein könnte.

Ich habe Spaß. Verdammt, vielleicht sogar die beste Zeit meines Lebens. Aber trotzdem nagt etwas an der Ecke meines Verstandes. Es zerrt und zieht an dem Faden dort und sagt mir, dass ich von all dem wegmuss, bevor ich ganz verschluckt werde oder schlimmer.

Ich lasse meinen Kopf in die Kuhle an Peytons Schulter fallen und beobachte, wie die Welt zur Seite kippt. Ich fühle mich seltsam wohl in seinen Armen und habe das Gefühl, dass er mich beschützt.

Er will nur eine Sache, erinnerst du dich? Vergiss nicht, worum er hier wirklich spielt. Es geht nicht um deinen Intellekt.

Er will mich nur, weil ich ihm gesagt habe, dass er mich nicht haben kann. Deshalb die ganze Anstrengung. Ein Ziegelstein könnte ihm *Nein* sagen und er würde so hart auf das Ding einschlagen, dass es nachgibt.

„Was ist los?“, flüstert er und die Wärme seiner Worte setzt sich an meiner Ohrmuschel fest.

Ich hebe meinen Kopf von seiner Schulter und mein Haar klebt an der Seite meines Gesichts. „Nichts.“

„Es ist nicht nichts“, sagt er mit neutralem Gesichtsausdruck. „Es ist definitiv *etwas*, aber ich weiß nicht, was, und du wirst es mir nicht sagen. Also wie wäre es, wenn wir einfach weitertanzen?“

Ich nicke und lehne mich wieder an seine Schulter. Ich bin überrascht von seiner plötzlichen Einsicht. Liest er mich? Weiß er, was ich vorhabe, was die Geschichte angeht?

Nein. Auf keinen Fall, sage ich mir. *Wie sollte er auch? Er ist ein Quarterback und nicht Sherlock Holmes.*

Bis ich mich daran erinnere, dass er auch herausgefunden hat, wo ich arbeitete und was meine Telefonnummer ...

„Schnaps, Schnaps, Schnaps!“

Ich rolle mit den Augen zu Tony, der sich diesmal mit einem Tablett voller Schnaps einen Weg auf die Tanzfläche bahnt. In Anbetracht der widerlichen grünen Farbe kann ich mir nicht vorstellen, dass das wieder Tequila ist.

Ich winke ab, als er sich nähert, aber er runzelt die Stirn. „Komm schon“, er schaut zu King. „Peyton?“

Peyton nimmt zwei und reicht sie mir. Dann nimmt er zwei Weitere für sich selbst. „Du musst nicht“, sagt er zu mir.

Er hat recht und ich will es eigentlich auch nicht. Aber so läuft das nun mal auf einer Verbindungsparty. Ich muss tiefer reinkommen und das geht nicht, wenn ich am Rand sitze und mit glasigen Augen zuschaue.

Ich kippe den Schnaps runter. Er brennt nicht wie der Tequila, aber er hat einen seltsamen Anis-Nachgeschmack, von dem mein Gehirn nicht weiß, wie es ihn verarbeiten soll.

Tony verteilt den Rest der Gläser und Peyton und ich tanzen weiter. Wir kommen uns immer näher. Der Alkohol beginnt meinen Kopf zu verwirren und meine Glieder zu lockern. Nach weiteren zehn Minuten komme ich richtig in Fahrt und reibe mich an Peytons Beinen – sehr zu seinem Vergnügen. Die Leute grölen und schreien.

Je länger die Nacht dauert, desto vernebelter werden meine Gedanken. Mittlerweile habe ich sechs Schnäpse getrunken und sie arbeiten schnell daran, meine Hemmungen und den sogenannten Intellekt zu dämpfen. Irgendwann bin ich wie der Rest von ihnen. Ich tanze wild und frei und denke nur noch an die Gegenwart.

Es ist ein sehr seltsamer Zustand, in dem ich mich befinde.

„Wer bist du?“, fragt Peyton irgendwann und führt uns von der Tanzfläche, als ich mich beschwere, dass sich meine Beine wie Nudeln anfühlen – seltsam spezifisch, ich weiß, aber es ist der Alkohol, der aus mir spricht.

Ich folge Peyton um eine Ecke und vielleicht eine Treppe hinauf. Dabei stolpere ich über ein Pärchen, das am Treppengeländer rummacht.

Ich weiß, dass ich beschwipst bin, aber ich bin noch nicht völlig betrunken. Ich bin noch einigermaßen bei Sinnen, wenn auch völlig überrascht, als ich mich plötzlich allein mit Peyton auf einer Bettkante wiederfinde, während das Stroboskoplicht die Wände des Schlafzimmers abwechselnd blau und lila färbt.

„Das ist irgendwie schön.“

„Ist es, oder?“, antwortet Peyton.

Ich hatte gar nicht bemerkt, dass ich laut gesprochen hatte. „Und du!“ Ich stupse mit einem Finger in sein Gesicht. „Du bist auch irgendwie schön.“

Er lacht, seine perlweißen Zähne sind das Hellste im Raum. „Okay, danke.“

Ich starre in den berauschenden Abgrund seiner Augen und bin mir meiner Hand in seiner nur allzu bewusst. Ich merke auch die seltsam pulsierende Hitze zwischen meinen Schenkeln und die Art und Weise, wie mein Herz in meiner Brust hämmert.

Ich weiß nicht, ob ich mich jemals so gefühlt habe. Ich balanciere auf diesem schmalen Grat zwischen nervös und aufgeregt. Ich bin zu Tode erschrocken, aber bereit zu springen. Ich hasse Achterbahnen und ich bin auch noch nie bei Rot über die Straße gegangen oder habe den Nachtbus genommen. Ich bitte mein Gehirn um Rat, aber das Schild „Geschlossen, kommen Sie später zurück!“, schwingt vor meinem inneren Auge.

Hey!, schreie ich innerlich. *Komm wieder her.*

Das Nächste, was ich weiß, ist, dass Peytons Hand an der Seite meines Gesichts ist und ich mich umdrehe. Seine Lippen pressen sich auf meine und Gott, mein Gott, sie sind angenehm und weich. Jetzt kommt seine Zunge und sie ist irgendwie feucht, aber auch irgendwie nicht. Sie ist heiß und ...

Mein Kopf beginnt sich zu drehen, je mehr sich der Kuss vertieft und je tiefer Peytons freie Hand an meinem Kleid herunterfährt, bis er den Saum anhebt. Seine Finger wandern über die Gänsehaut meines Oberschenkels.

Ich spüre, wie seine Zungenspitze in meinen Mund eindringt, und ich will mich darauf einlassen. Ich will aufs Ganze gehen. Aber mein Gehirn ist wieder im Geschäft und sagt mir – nein, es schreit mich an –, dass ich aufhören soll und dass ich das beenden soll, bevor es zu weit geht und meine kostbare Geschichte den Titel ‚Journalistin schwanger mit dem Baby des Quarterbacks' bekommt.

Unter Einsatz meines ganzen Willens reiße ich meinen Kopf weg und hebe meine Hände hoch. Ich schaffe es, etwas wackelig aufzustehen und zur Tür zu gehen.

„Erin?", höre ich Peytons Stimme, aber ich bin bereits aus dem Schlafzimmer und in die Arme eines anderen Sportlers gestolpert. Ich stoße ihn weg und gehe die Treppe hinunter, obwohl diese unter mir zu schwanken scheint.

„Erin!"

Der Ruf ist jetzt lauter, aber ich gehe einfach weiter. Ich renne, als ich nach draußen komme und stolpere über das, was ein Briefkasten zu sein scheint – warum liegt der Briefkasten auf der Seite?

Dann komme ich wieder auf die Beine und registriere, dass meine Unterwäsche zu sehen ist – der freche pfirsichfarbene Slip, den ich insgesamt nur einmal getragen habe.

Los!, schreit mein Kopf und ich gehorche. Ich gehe weiter die Straße hinunter und fühle mich wie ein wirbelnder Tornado aus Gliedmaßen.

KAPITEL ACHT

PEYTON

Schockiert – so könnte man es auch ausdrücken. In der einen Sekunde küssen wir uns und mein Schwanz ist so hart, dass er auch als Schraubenschlüssel dienen könnte, und in der nächsten rennt sie davon, als hätte ich ihr eine Ohrfeige verpasst.

Tonys Schüsse sind nicht hilfreich.

Ich führe meine Finger an die Seiten meiner Nase und kneife sie zusammen, um mich zur Vernunft zu bringen.

Lass sie nicht gehen.

„Erin!“, rufe ich, aber sie ist schon durch die Tür.

Du bist der verdammte Quarterback. Lauf ihr verdammt noch mal hinterher, Dumpfbacke.

Dieser Gedanke rüttelt mich auf. Aber tatsächlich zu laufen, ohne dass das ganze Zimmer anfängt, hin und her zu gleiten, wie bei einem Erdbeben, erweist sich als schwierig.

„Gottverdammt Tony“, grunze ich unter meinem Atem und suche nach einem Ort oder jemandem, auf den ich meine Wut richten kann. Aber ich weiß, dass ich hier nur mir selbst die Schuld geben kann. Ich habe zu schnell zu viel Druck ausgeübt und jetzt stehe ich hier mit meinem Schwanz in der Hand.

„King!“, schreit mir ein Mädchen ins Ohr, aber ich quetsche mich an ihr vorbei und renne die Treppe hinunter. Erin kommt gerade unten an und bewegt sich schnell durch das Dickicht der Partygänger.

Sie kann sich wirklich bewegen, denke ich und bin überrascht von ihrer Agilität angesichts des Alkohols, den sie wie ein Profi geschluckt hat.

Ich kann sie immer noch auf meinen Lippen schmecken. Ich schmecke die bittere Süße und einen Hauch von Tequila.

„Erin!“, rufe ich wieder, aber sie ist schon weg.

„Wer zum Teufel ist Erin?“, schreit einer von Nolans Kumpels zurück.

Ich ignoriere ihn und zwinge meine Beine, sich zu bewegen. Ich schubse die Leute nach links und rechts. Ich tue, was immer nötig ist, um zur Tür zu kommen.

Es fängt an zu regnen, als ich nach draußen komme, und ich höre ein unheilvolles Donnergrollen in der Ferne. Ich blinzle, aber das Licht um das griechische Revier herum ist zu schlecht. Ein Blitz aus der gleichen Richtung wie der Donner erhellt kurz die Szene und erlaubt mir, sie die Straße hinauflaufen zu sehen.

„Erin!“, rufe ich, aber ich weiß, dass sie mich nicht hören kann.

Ich beginne, hinter ihr her zu laufen. Die Wirkung des Alkohols lässt langsam nach. Jetzt habe ich ein Ziel, jetzt bin ich auf der Jagd.

Ich schließe den Abstand schnell, aber sie ist verdammt flink für ein Mädchen in Stöckelschuhen.

„Erin. Oh Gott. Warte!“

Diesmal dreht sie sich um. Sie steht keuchend mitten auf der Straße, läuft aber immer noch rückwärts.

Ich hebe meine Hand und fange wieder an zu laufen. „Bitte, bleib stehen.“

Sie tut es und fährt sich mit einer Hand durch ihre Haare.

Ein Auto nähert sich von hinten und seine Scheinwerfer erhellen ihre Silhouette. Es hupt und ich winke es um uns herum.

„Scheiße, Mann!“, schreit der Fahrer. Er hat den Arm aus dem Fenster hängen, als er die Straße hinunter verschwindet.

Ich bleibe ein paar Meter entfernt stehen und strecke die Hände aus. Ich bin nicht gut in dieser Scheiße. Mir ist noch nie ein Mädchen nach dem ersten Kuss davongelaufen. Normalerweise betteln sie um mehr und fischen in meiner Hose nach der Hauptattraktion.

Sie hat noch nichts gesagt und sieht mich immer noch mit großen Augen an.

„Ich bin zu schnell vorgegangen. Ich verstehe das und entschuldige mich, aber ...“ Ich lache, schaue zum Himmel und frage mich kopfschüttelnd, warum zum Teufel ich mitten auf der Straße stehe und mich für dieses Mädchen so anstrenge. „... Du bist wunderschön und unwiderstehlich, was soll ich sagen? Du machst Dinge mit mir, die ich noch nie gefühlt habe. Ich spreche hier von Neuland für mich."

Ich sehe den Blick auf ihrem Gesicht.

„Du bist keine ... oder doch?"

Jetzt spricht sie. „*Nein*", schreit sie praktisch, bevor sie wieder zurückweicht, „ich meine, nein, ich bin keine ... du weißt schon."

Ich nähere mich langsam und behandle die ganze Szene, als würde ich jemanden überreden, nicht über die Kante zu springen. Das Letzte, was ich will, ist, dass sie wieder wegläuft. Ich würde sie nie wieder sehen. Ich *muss* das jetzt hinbekommen. Ich lege meine Hand auf meine Brust. „Das geht alles auf mich und ich verstehe, wenn du mich nicht wiedersehen willst, aber lass mich dich wenigstens nach Hause begleiten."

Die Rädchen in ihrem Kopf scheinen sich zu drehen, aber ich weiß nicht, wofür sie sich entscheiden wird.

Ich halte den Atem an und höre ein Donnergrollen über mir.

Sie lässt den Kopf hängen und atmet aus, bevor sie zu mir aufblickt. „Na gut, aber wenn ich erst mal zu Hause bin ..."

Ich nehme wieder die Hände hoch. Ich verwandle mich bald in John Wayne, wenn ich so weitermache. „Ja, natürlich. Können wir wenigstens von der Straße runtergehen?"

Sie sieht sich um und scheint endlich zu begreifen, wo sie ist. Dann geht sie mit mir auf den Bürgersteig.

Wir gehen ein oder zwei Minuten schweigend und der Regen lässt etwas nach. Aber der Sturm hält in der Ferne an. Er verschmilzt mit dem langsam schwindenden Geräusch der Party, bis alles nur noch ein akustisches Hintergrundgeräusch ist.

Der Regen ist weg, aber die Luft bleibt aufgeladen, der Geruch von Ozon schwer.

Die Sprinkleranlage auf dem Rasen von Sigma Chi springt an, als wir vorbeigehen.

Es ist eine langsame Folter, sie zu beobachten. Ich habe sie gekostet und jetzt will ich mehr – brauche mehr.

Eine Kostprobe war nicht genug.

Sagt der Typ, der mehr Lippen und Muschis gekostet hat als die meisten.

Der Gedanke, sie zu lecken, ist zu viel für mich. Ich muss Konversation machen. „Ich weiß kaum etwas über dich."

Sie schaut nach vorne. „Außer meiner Nummer, wo ich arbeite ..."

„Hey", biete ich an, „ich bin gerne offen. Ich verstehe das Gesetz der Anziehung und all das, aber manchmal muss man proaktiv sein."

„Und den Mädchen nachstellen?"

Ich lache. „Mein Gott, denkst du wirklich, dass ich so bin?"

„Ich denke, vielleicht - und das ist ein verdammt großes Vielleicht - bist du mehr als der Super-Sportler, für den du dich hältst. Und das ist ehrlich gesagt das Beunruhigendste von allem."

Interessant. „Ich werde nicht lügen. Es ist schwer, hier nicht diese Rolle zu spielen, aber du hast recht. Es gibt mehr an mir als ..."

Sie schaut auf meinen Schritt hinunter.

„Ja", lächle ich.

„Was denn?", fragt sie und sieht mich endlich an. „Wer ist der echte Peyton King? Erzähl mir etwas, das sonst niemand über ihn weiß."

„Verdammt." Ich überlege einen Moment, wie ich das am besten angehen soll. Dann habe ich eine Idee. „Ich rufe meine Mutter jede Woche an."

„Lebt sie nicht in Frankreich?"

„Du hast *deine* Hausaufgaben auch gemacht."

„Was noch?", drängt sie.

So viel habe ich mein Gehirn seit der Schule nicht mehr benutzt. „Ich mag ausländisches Kino, aber ich muss es mir allein ansehen. Und heimlich. Ich muss so tun, als würde ich den Superhelden-Schrott mögen, der gerade im Kino läuft."

Sie hört auf zu laufen. „Schwachsinn."

„Es ist wahr. Ich war in der Schule im Film-Klub, aber *das* wirst du nie jemandem verraten."

„Warst du nicht."

Wir stehen uns jetzt gegenüber. „Doch, war ich und niemand hat je etwas darüber gesagt."

„Weil du Peyton King bist?"

„Weil ich einen Meter größer war als alle in meiner Klasse und sie wahrscheinlich dachten, ich würde ihnen die Fresse polieren."

Sie beäugt mich neugierig. „In Ordnung. Internationale Lieblingsregisseure. Los."

Ich zähle sie an meinen Fingern auf. „Akira Kurosawa, Bong Joon-ho und", ich suche nach einem Weiteren, „Jennifer Kent".

„Ah", sagt Erin und beginnt wieder zu laufen. „Kent. Interessant. Ich dachte, du wärst eher ein Tarantino-Mann."

„Er ist großartig, aber kaum international."

Jetzt habe ich sie. „Ich kann mir nicht vorstellen, dass du allein im Bett sitzt und Yojimbo schaust."

„Oh, glaub es ruhig, obwohl ich annehme, dass das kein Geheimnis ist. Sogar meine Brüder haben sich den einen oder anderen Schwarz-Weiß-Film angesehen. Ich nehme an, du magst auch Filme?"

„Das tue ich", antwortet sie, ohne weiter darauf einzugehen, „obwohl ich mir vorstellen kann, dass du das schon wusstest." Ein wissendes Grinsen folgt.

„Ich bevorzuge Eistorte zum Geburtstag“, sage ich ihr. „Keine Karte. Das ist Verschwendung. Nur so am Rande.“

„Ich werde es mir merken“, sagt sie und das Lächeln ist jetzt echt.

„Und du?“, frage ich. „Es ist nur fair, dass du mir etwas erzählst, was sonst niemand über dich weiß.“

Sie hält wieder inne und ihre Augen finden meine. In ihnen ist etwas, das über Neugier hinausgeht – etwas, das eher an Traurigkeit grenzt. Aber stattdessen verzieht sich ihr Gesicht wieder zu einem Lächeln. „Immer, wenn ich mich mit mir selbst streite, hat einer von uns einen britischen Akzent.“

Ich explodiere vor Lachen. „Wie bitte?“

„Tust du das nicht?“

Ich stemmte die Hände in die Hüften. „Hängt in meinem Kopf irgendein Earl oder Lord herum, der auf einen Streit wartet? Nein, das kann nicht behaupten.“

„Redest du nie mit dir selbst?“

„Ich meine, manchmal ist es so, als würde mein Gehirn eine Art Gespräch mit sich selbst führen, ohne dass ich es weiß. Wenn ich es agnosziere und mich einklinke, denke ich: ‚Moment, worüber rede ich da zum Teufel?‘“ Ich lache. „Das macht doch überhaupt keinen Sinn, oder?“

„Eine Menge“, antwortet sie und geht weiter. „Ich bin nur erstaunt, dass du ‚agnoszieren‘ in diesem Zusammenhang benutzt hast.“

„Weil große, stämmige Football-Spieler das Wörterbuch nicht kennen?“

Sie sieht mich schief an. „So in etwa.“

Wir unterhalten uns eine gute halbe Stunde lang, bis wir außerhalb des Campus bei ihr ankommen. Sie erzählt mir von ihrem Traum, eine große Journalistin zu werden, von der Liebe ihrer Mutter zum geschriebenen Wort und von ihrem Vater. Oder vielmehr von seinem Fehlen. Ich spreche über mein eigenes Leben und das Aufwachsen im Scheinwerferlicht der Sport-Elite. Ich berichte von den Vertrauensbrüchen meines Vaters und deren Auswirkungen auf die Familie. Ich weiß nicht, warum, aber es fällt mir ganz leicht, mit ihr zu reden und es sprudeln Dinge aus mir heraus, die ich noch nie jemandem erzählt habe.

Wir stehen Schulter an Schulter vor ihrem Wohnblock und es beginnt ernsthaft zu regnen. Der Donner wird lauter und die Blitze folgen schneller aufeinander als zuvor.

„Du gehst besser rein“, sage ich ihr und beobachte den Himmel. „Es fängt gleich an zu schütten.“

„Sagt dir das dein kaputtes Bein?“, scherzt sie.

„Meinen Beinen geht es verdammt gut“, antworte ich, „obwohl ich nicht sagen kann, dass ich mich auf den Heimweg freue.“

Es soll nicht wie die Frage nach einer Einladung klingen, aber Erin nickt trotzdem. „Warum kommst du nicht mit rein, nur bis der Sturm vorbei ist?“

Und ich danke jemandem – Gott, Shiva, dem Mann im Mond – für diese Wendung der Ereignisse.

Der Regen fängt wirklich an, stärker zu werden und wir gehen beide zur Eingangstür des Wohnblocks. Erin lacht, während sie nach ihren Schlüsseln in der Tasche tastet. Sie lässt sie fallen und wir gehen beide in die Hocke, um sie aufzuheben. Als ich das tue, bemerke ich, dass ihr Kleid hochgerutscht ist. Ihre Beine sind gerade so weit gespreizt, dass ich den pfirsichfarbenen Streifen Stoff sehen kann, der ihren Schritt bedeckt.

Ich bin wie hypnotisiert, gebe ihr die Schlüssel und stehe schneller wieder auf, als ich sollte. „Hier, bitte."

Sie lächelt und schließt die Tür auf, aber ich weiß, dass sie meinen Blick gesehen hat. Ich weiß auch, dass sie weiß, dass mir gefallen hat, was ich gesehen habe und dass ich sie vielleicht mehr mag als all die anderen.

Ihre Wohnung ist kleiner, als ich erwartet habe. Es gibt nur zwei Schlafzimmer, ein Bad und einen einzigen Wohnraum mit angrenzender Küche, die seltsam mit einer Art Seemannsutensilien dekoriert ist – seltsam, wenn man bedenkt, dass wir Hunderte von Kilometern von einem Ozean entfernt sind.

Erin sieht, wie ich mir einen alten Taucherhelm ansehe. „Oh, das sind alles Sachen von Mindy. Ihre Eltern haben sie auf einer echten Insel großgezogen. Sie ist besessen von Meerjungfrauen und Meereszeugs. Sie wurde ziemlich heiß und unruhig, als sie neulich den Film *Aquaman* gesehen hat."

„Mindy ist deine Mitbewohnerin?“, frage ich und bin mir nicht sicher, ob sie schon miteinander geredet haben.

Erin sieht verwirrt aus und dreht sich nach links und rechts. „Ja. Sie war auf der Suche nach jemandem und hat eine dieser Anzeigen am Schwarzen Brett des Campus ausgehängt. Wir haben uns zusammen durch das Studium gekämpft.“

An der Wand hängt ein echter Rettungsring der alten Schule. „Für den Fall, dass Gäste über Bord gehen?“

Erin lehnt sich gegen den Küchentisch und legt ihre Hausschlüssel ab. „Ich würde scherzen und sagen, wir sind auf der Titanic, aber ...“ Sie zeigt auf ein Stück verwittertes Holz am Querbalken, auf dem „SS Titanic“ steht.

„Wir können auf den Balkon gehen und die ganze 'König der Welt'-Sache nachspielen. Wenn du willst?“

„Das passt zu dir“, erwidert sie und lächelt.

„Oder ist die Autoszene mehr dein Ding?“

Sie hebt einen mahnenden Finger. „Vorsichtig jetzt.“

„Ja, tut mir leid.“

Der Regen wird noch heftiger und die Fenster sind völlig undurchsichtig. Mein Handy summt in meiner Tasche, aber ich ignoriere es. Die Königin persönlich könnte jetzt zu mir kommen und ich würde nicht aufmachen.

„Kann ich dir etwas bringen?“, fragt Erin und füllt sich ein Glas Wasser.

„Mir gehts gut, danke.“

„Setz dich“, sagt sie und deutet auf den türkisfarbenen Zweisitzer an der Wand.

Ich tue es und sitze einfach nur da. Ich bin unsicher, was ich als Nächstes tun soll, als Erin sich zu mir gesellt, die Beine auf das Sofa zieht, ihr Wasser abstellt und einen Ellbogen auf die Lehne stützt. „Also, erzählen Sie mal, Mr. King, wie ist es, der Held des Campus zu sein?“

„Verdammt stressig“, antworte ich ehrlich, „aber ich kann damit umgehen. Ich wäre kein Material für den Profi-Sport, wenn ich es nicht könnte.“

Ihre Augen wirken müde, aber der Spaziergang hierher hat geholfen, um nüchtern zu werden. „Du wirst es schaffen.“

„Du klingst dir da so sicher. Weißt du etwas, das ich nicht weiß?“

Sie sieht mich an. „Sagen wir einfach, ich habe ein Auge für solche Dinge.“

Wir reden weiter, kommen vom Football zu Filmen und wieder zurück zur Familie. Eine Zusammenfassung über meine Brüder folgt auf einen langen Monolog von ihr darüber, wie das Leben als Einzelkind war.

Ich verliere das Zeitgefühl und es gibt nur uns, während wir in dieser kleinen Blase auf dem Meeresgrund festsitzen.

Wir kommen uns immer näher, je tiefer das Gespräch wird. Es geht um Ex-Liebhaber und den Sinn des Lebens. Ich lächle so viel wie seit Monaten nicht mehr, und als sie mir schließlich vom Tod ihrer Mutter erzählt, ziehe ich sie in meine Arme und halte sie fest, während ich mein Gesicht in ihrem Haar vergrabe und an ihr rieche.

Wir reden und lachen. Wir reden immer noch, als der Sturm längst vorbei ist und das erste Licht durch das Küchenfenster fällt. Ich erinnere mich kaum daran, dass ich mit ihr in meinen Armen eingeschlafen bin. Aber ich spüre ihren Körper – heiß und willkommen – an meinem eigenen.

KAPITEL NEUN

ERIN

„Aufwachen."

Ich blinzle und komme nur halb zu Bewusstsein. Ich stelle fest, dass Mindy meine Schulter hält, aber ihre Augen schauen hinter mich.

Ich drehe mich um und springe nach vorne, weil ich überrascht bin, dass ich mich in der Nacht in Peytons Arme gekuschelt habe – diese großen, starken, überraschend kuscheligen Arme.

Vielleicht bin ich noch überraschter, ihn überhaupt hier zu finden.

Ich spreize unbewusst meine Beine, um zu testen, ob ... aber nein, ich glaube nicht, dass wir es getan haben.

„Habt ihr nicht", bestätigt Mindy und lehnt sich mit einem riesigen Grinsen im Gesicht nach hinten. Auf dem Shirt, das sie trägt, steht in fetten roten Buchstaben: *Dafür habe ich mir die Eier rasiert.* „Du würdest es wissen, wenn du es getan hättest, glaub mir."

„Mein Kopf bringt mich fast um", flüstere ich, gähne und schließe langsam meine Beine.

„Sei einfach dankbar, dass es nicht deine Vagina ist. Willst du jetzt anfangen, alles zu erklären, bevor Dornröschen hier aufwacht?"

Ich versuche, mich nicht zu sehr zu bewegen, schiebe mich langsam aus seinen Armen und stehe auf. Es ist kein gutes Gefühl, auf zwei

Beinen zu stehen. Die Wohnung fühlt sich jetzt wirklich wie ein Schiff an. „Das ist eine *lange* Geschichte."

Mindy verschränkt die Arme. „Ja, das klingt ungefähr richtig."

Es gibt eine kurze Pause, während wir Peyton beim Schlafen zusehen. Ich glaube, ich habe noch nie jemanden so friedlich schlafen sehen.

„Verdammt, er ist wirklich wunderschön, nicht wahr? Er ist wie die beste Skulptur der Welt. Können wir ihn behalten?", fleht sie mich mit einem Schmollmund an.

Ich schlendere in Richtung Küche, weil ich eine ernsthafte Koffeinspritze brauche. „Er ist kein Einrichtungsgegenstand. Außerdem passt er nicht zu dem nautischen Thema."

„Ja", meint Mindy und beugt sich über ihn, um ihn genauer zu betrachten, als wäre er ein Museumsexponat. „Eine Seemannsmütze würde das beheben. Er würde dein Boot im Handumdrehen zum Schaukeln bringen."

Sein Hemd ist aufgeknöpft. Mindy greift an den Saum und zieht es hoch.

„Was tust du da?", flüstere ich alarmiert und vergesse, dass ich Kaffee kochen wollte. Aber es ist zu spät.

Mindy pfeift. „Heiliger Bimbam. Hast du diesen Scheiß gesehen? Das ist wie ein echter Mädchenporno, genau hier in unserem Wohnzimmer."

Ich gehe rüber und schlage ihre Hand weg, bevor sie besagte Pornografie in die Tat umsetzt. „Wage es ja nicht."

Mindy nickt verständnisvoll und die Mundwinkel ziehen sich nach unten. „Meine Güte, wir scheinen ja furchtbar besitzergreifend zu sein. Und all das wegen jemandem, mit dem wir absolut nichts zu tun haben wollten. Wann war das? Vor einem Tag?"

„Wir haben uns besser kennengelernt, okay?"

Mindy lacht und beruhigt sich, als Peyton sich rührt. „Habt ihr bei Hähnchenflügeln den besten Uni-Humor diskutiert? Jetzt komm schon. Sei realistisch."

Ich bin ungewöhnlich abwehrend. „Er ist eigentlich", aber ich bin mir nicht sicher, wie ich es formulieren soll, ohne völlig belämmert und pathetisch rüberzukommen, „ziemlich komplex."

Mindy sieht nicht überzeugt aus und nimmt neben ihm auf dem Sofa Platz. „Hör zu, ich verstehe es und du brauchst dich nicht zu entschuldigen. Es ist in Ordnung."

„Das ist nicht das, was ich ..."

Aber sie hebt ihre Hand, bevor ich mehr sagen kann. „Völlig cool. Ich bin sogar irgendwie froh, dass du endlich etwas Action bekommst. Um ehrlich zu sein, das Fehlen schien irgendwie ansteckend."

„Von was?"

„Einem Schwanz", platzt sie heraus. Peyton rührt sich wieder und rümpft die Nase.

„Ich bin nicht … Ich meine, er ist …“, aber ich bin zu müde. Ich habe nicht die Energie, um mit ihr zu diskutieren.

Mindy klopft Peyton auf den Oberschenkel und springt auf.

Ich fixiere sie mit einem scharfen Blick.

„Wie auch immer, ich gehe zurück ins Bett. Vielleicht hole ich ja meinen eigenen Zauberstab heraus“, zwinkert sie.

Ich winke ihr kurz zu und sie antwortet, indem sie ihre Hüften in Peytons Gesicht stößt.

„Los!“, flüstere ich.

Sie klopft sich selbst auf den Hintern, bevor sie in den Flur geht.

Ich stütze mich an der Küchentheke ab. Ich bin so wahnsinnig müde und mein Kopf dröhnt. Habe ich mir das alles nur eingebildet? Nein, bestimmt nicht, denn er sitzt ja da auf dem Sofa und hat wahrscheinlich das ganze verfluchte Gespräch mitbekommen.

Ich schaue zum Schrank, kann aber nicht einmal die Kraft aufbringen, das Kaffeepulver herauszuholen.

Was du tun musst, sage ich mir*, ist, die braunen Augen dort drüben loszuwerden und zurück ins Bett zu gehen, um ein wenig Klarheit in deinen dummen Kopf zu bekommen.*

Ich gähne wieder und beobachte Peyton. Mindy hatte nicht unrecht. Er ist wunderschön. Sein Gesicht wird seitlich beleuchtet vom goldenen Morgenlicht. Wir *hatten* eine Verbindung. Daran erinnere ich mich genau. Wir haben uns geküsst. Und dann erinnere ich mich (das alles kommt nur in Bruchstücken zu mir zurück) an den Geschmack seines Mundes und seinen Duft. Ich spüre wieder die Lippen an meinem Hals und die Härte an meinem Bein. Wie ein heißes Eisen, brühend heiß ...

Ich atme tief ein und aus. Dann bereite ich mich auf das vor, was zu tun ist, während mein Kopf die ganze Zeit „Schlaf, Schlaf, Schlaf" schreit.

Peytons Gesicht bleibt unbewegt, als ich mich neben ihn setze. Ich versuche, ihn an der Schulter zu schütteln. „Peyton, wach auf."

Er schreckt auf und seine perlweißen Augen suchen den Raum ab, bevor sie sich auf mir niederlassen. Er lächelt. „Guten Morgen."

„Guten Morgen", antworte ich, „und auch eine ziemlich lange Nacht."

Er hat denselben, alarmierten Blick, den ich noch vor einer Minute hatte. „Haben wir?"

„Nein", antworte ich und irgendwie zu schnell.

Er lehnt seinen Kopf zurück und schließt die Augen. „Schade. Ich nehme an, du willst, dass ich jetzt gehe?"

Das war einfach. „Ist das okay? Ich bin einfach nur sehr, sehr müde."

Seine Augen öffnen sich und er sieht mich lächelnd an. „Wie kannst du um sechs Uhr morgens so umwerfend aussehen?"

Er muss die Uhrzeit auf der Schiffssteueruhr an der Wand hinter mir gesehen haben. „Ich bin immun gegen Schmeicheleien, weißt du." Im Licht des Tages komme ich mir in diesem Minikleid besonders lächerlich vor.

„Dieses Lächeln sagt etwas anderes."

Mit mehr Beweglichkeit, als es menschlich erscheint, hat er es bereits geschafft, aufzustehen, mich in seine Arme zu nehmen und mich in Richtung Flur zu tragen. „Hier gehts also zu deinem Schlafzimmer, ja?" In der Mitte des Flurs bleibt er stehen. „Sag es mir lieber, sonst erlebt deine Mitbewohnerin eine Überraschung."

„Rechts", bringe ich hervor. Ich versuche zu flüstern, bin aber immer noch geschockt.

„Also rechts."

Er geht und stößt die Tür auf, legt mich auf das Bett und schließt die Tür mit seinem Fuß. Seine Schuhe fallen auf die Dielen – erst einer, dann der zweite –, bevor er neben mir ins Bett klettert und mich an seine Brust zieht. „Es ist nur Schlaf", sagt er. „Nichts, worüber man sich den Kopf zerbrechen müsste."

Ich weiß nicht, was ich auf diese Wendung der Ereignisse antworten soll, also lasse ich es. Stattdessen schließe ich die Augen und genieße die Wärme des Körpers hinter mir, und die Art und Weise, wie er mich perfekt zu umhüllen scheint. Er bietet mir seinen eigenen, persönlichen Kokon der Behaglichkeit.

Ich lasse meinen Kopf auf dem Kissen ruhen und denke mir insgeheim: *Du liegst in der Löffelchen-Stellung mit dem größten Spieler der Uni. Fühlt sich irgendwie gut an, nicht wahr?*

Ich lächle vor mich hin und lasse mich tiefer in das Kissen fallen.

Ja, das tut es irgendwie.

*

Ich wache auf und blinzle gegen das Licht. Die Jalousie schafft es nicht mehr, dagegen anzukämpfen, was bedeutet, dass der Morgen nun wirklich vorbei ist.

Peyton.

Ich greife hinter mich, aber er ist weg. Das ist okay ... denke ich? So gibt es wenigstens keine Versuchung und so.

„Suchst du nach mir?“

Ich setze mich kerzengerade auf und entdecke Peyton, der am Ende des Bettes sitzt und mich beobachtet. Ich schlucke. „Wie lange hast du schon ...?“

„Hier gesessen? Schon eine ganze Weile. Du bist wunderschön, wenn du schläfst.“

Ich kratze mir den Schlafsand aus den Augen. „Im Gegensatz zu dem Durcheinander, das ich bin, wenn ich wach bin?“ Ich werfe mein Haar herum. „So wie *jetzt*.“

„Du bist wunderschön“, erwidert er.

„Ein Durcheinander."

„Schön."

„Ein Durcheinander."

„Schön." Er hebt die Hände. „Ein schönes Durcheinander."

Ich will gerade protestieren, als er mich an den Knöcheln packt und das Bett hinunterzieht. Ich schreie vor Überraschung auf.

Er rutscht vom Bett und zieht mich bis an die Kante. „Mach dir keine Sorgen. Deine Mitbewohnerin ist vor einer Stunde gegangen und hat dir alles Gute gewünscht."

Er hockt sich auf den Boden und hat die Hände auf meine Knie gelegt. „Habe ich dir schon gesagt, wie schön du bist?"

Mein Atem stockt. „Mehrmals heute Morgen, um genau zu sein."

„Lass es mich dir zeigen."

Ich rolle mit den Augen und verhalte mich cool, aber innerlich bin ich ein Sturm brennender Hitze, ein Vulkan – bereit zu explodieren.

„Ich meine es ernst", fährt er fort und eine Hand gleitet die Rückseite meines Beins hinauf. „Du bist erstaunlich, Erin Nash. Du bist fantastisch. Und du gehörst mir."

Ich schaue hinunter in seine Augen. In diese endlosen Becken aus Haselnussbraun, die wie eine Mischung aus dunklem Holz und reicher Erde wirken. Es gibt keine Hemmungen in ihnen.

Als ich spreche, zittert meine Stimme. „Mit Schmeicheleien kommst du nicht weit.“

Seine Hände wandern hinauf zu meinen Innenschenkeln. Er spreizt meine Beine. „Es hat mich schon so weit gebracht, nicht wahr?“

Mein Atem stockt wieder und meine Kehle wird eng. Ich weiß nicht, wie viel mehr von diesem langsamen Brennen ich ertragen kann.

Seine Finger drücken ein wenig fester in mein Fleisch und er setzt sich durch.

Mein Kleid rutscht nach oben und er starrt direkt in den heißen Schatten darunter. Es fühlt sich an, als könne er dort in meine Seele sehen und all meine einst sorgfältig gehüteten, sexuellen Geheimnisse zum Vorschein kommen lassen.

„Du weißt, was ich will, nicht wahr?“, sagt er. Seine Stimme klingt heiser und trocken. Die Art, wie er spricht, – mit so viel Selbstvertrauen und so sicher – vertieft nur mein Verlangen.

Er kommt näher und bewegt sich weiter vorwärts. Ich weiß, worauf das hinausläuft, und es macht mich wahnsinnig. Ich kann das alles nicht verarbeiten und kann mich auch nicht aus diesem Rauschzustand befreien.

Ich sollte es nicht.

Aber ich will es.

Es ist falsch.

Aber es könnte auch richtig sein … oder?

Falsch.

Richtig?

Falsch.

Richtig.

Der Streit in meinem Kopf tobt weiter, während er an mir arbeitet.

Seine rechte Hand gleitet weiter meinen Oberschenkel hinauf, bis sie direkt auf dem feuchten, pfirsichfarbenen Schritt meines Höschens sitzt. Ich weiß, dass er spüren kann, wie feucht ich für ihn bin – er kann es riechen und fühlen.

Sein Kopf senkt sich und er küsst mein Bein. Diese schönen Lippen drücken sich langsam auf meine Gänsehaut und lassen dann wieder los. Seine freie Hand schiebt mein Kleid weiter nach oben und enthüllt mehr und mehr von meiner nackten Haut.

Und vielleicht hat er recht. Ich bin ein schönes Durcheinander, aber was macht das aus ihm? Auf einer rein körperlichen Ebene ist er die Perfektion. Anders kann man es nicht ausdrücken.

Ich kann nicht stillliegen. Ich bewege und winde mich auf dem Bett. Ich keuche und verliere die Kontrolle, weil alles zu schnell geht. Dieser Traum, den ich von diesem Moment hatte, diese Erregung … und jetzt kommt alles in realem, lebendigem Leben vor mir zur Vollendung.

Die Beule in seiner Hose lässt keinen Zweifel zu, als er mein Kleid weiter hochschiebt und mit seiner Handfläche langsam Druck auf meine Muschi ausübt. Dabei ist mein Höschen die einzige Barriere, die verhindert, dass Haut auf Haut trifft.

Als das Kleid nicht mehr weiter nach oben kann, legt er beide Hände zurück auf meine Knie und spreizt meine Beine noch weiter, um zwischen ihnen einzutauchen.

Oh Gott!

„Peyton, ich …“, aber was auch immer ich sagen wollte, geht verloren, als sein Kopf in der Richtung meines Geschlechts verschwindet. Das Nächste, was ich spüre, ist sein Mund, der sich gegen den seidigen Steg meiner Unterwäsche presst. Er atmet mich ein und es folgt ein leises Stöhnen der Lust, das mir Schauer über die Haut jagt.

Er bleibt dort für eine Weile, bevor er sich von meinen Knien hochdrückt. Er steht groß und drohend über mir, bevor er sich nach unten bewegt und seine Lippen auf meine presst.

Es passiert und ich bin komplett und völlig machtlos.

Verloren.

Ich bin mir vage bewusst, dass sich seine Erektion zwischen uns befindet und dass sich seine Zunge in meinem Mund bewegt. Endlich kann ich ihn auskosten. Meine Finger krallen sich in seinen Hinterkopf und bewegen sich mit Dringlichkeit, während sie versuchen, uns miteinander zu verschmelzen.

Ich werde immer feuchter und die Scham, die ich anfangs empfand, verschwindet schnell. Sie wird durch etwas viel Ursprünglicheres und Instinktiveres ersetzt: ein Bedürfnis, gefüllt und genommen zu werden.

Neu geschaffen zu werden.

Der böse Junge, den ich befürchtet habe, ist noch nicht aufgetaucht, aber ich weiß, dass er da ist und unter der Oberfläche brodelt.

Ich sehe die Art, wie er mich ansieht. Er steht vor mir und schlendert um das Bett herum, der Abdruck seines Schwanzes steht im rechten Winkel zu seinem Körper. Und er sieht groß aus. *Wirklich* groß.

Da ist so viel Hunger in seinen Augen, dass ich anfange zu fürchten, was er mir antun wird. Vielleicht bleibt der Sex ja ganz aus und ich werde einfach bei lebendigem Leibe aufgefressen?

Irgendwo tief in meinem Hinterkopf gibt es Zweifel. Ich kann ihn auf meinen Lippen schmecken und der ausgeprägte Duft des Verlangens liegt schwer im Raum. Aber ich will ihn so sehr. Ich brauche ihn.

Das wird meinen Artikel nicht verderben. Ich kann immer noch subjektiv bleiben.

Bist du dir sicher? Bist du dir da wirklich sicher?

Er steht am Ende des Bettes und wie um meine Zweifel zu beantworten, öffnet er langsam seine Gürtelschnalle. Er öffnet seine Jeans und schiebt sie nach unten. Mein Gott, da ist er.

Draußen müssen Wolken die Sonne bedeckt haben, denn der Raum verdunkelt sich. Trotzdem kann ich seinen mächtigen Schwanz deutlich erkennen. Er ist fest und stramm.

Mein Mund bleibt offenstehen. Die Gerüchte waren wahr. Das ist kein Schwanz. Es ist eine gottverdammte Massenvernichtungswaffe.

Mein Geschlecht zuckt und ich weiß, dass ich in Schwierigkeiten stecke. Ich habe etwas Großes erwartet. Aber ich habe nicht den Eiffelturm der Penisse erwartet.

Er sieht mein Zögern. „Mach dir keine Sorgen“, gurrt er und atmet ein. „Du bist nass genug.“

Er streift seine Jeans ab, steigt aus ihr heraus und nähert sich dem Bett. Er steigt darauf und nimmt mein Kleid in die Hand. Ich hebe meine Arme und er zieht es mir aus. Er macht sich nicht die Mühe, meinen BH zu öffnen, sondern greift ihn einfach in der Mitte, zieht ihn von meiner Haut weg und reißt ihn entzwei, sodass die Körbchen nach außen geschleudert werden und meine Brüste plötzlich mit wild aufgerichteten Nippeln vor ihm liegen.

Ich will ihm sagen, dass es ein teurer BH war, aber ich glaube, dass er den Verlust bestimmt wieder gut machen wird.

Es gibt andere, dringendere Angelegenheiten.

Es ist, als ob ich nicht mehr atmen könnte. Mein Körper ist eng und zusammengepresst. Sein Schwanz drückt gegen meinen Schamhügel und ich weiß nicht, wie viel ich noch aushalten kann. Oben haben meine Brüste die perfekte Größe für seine Hände und meine Nippel ragen gegen seine Handflächen.

Er zieht eine Brustwarze zwischen zwei Fingern straff. Sie hebt sich von ihrem rosigen Vorhof ab und ich weiß, dass es kein Zurück mehr gibt. Das ist nicht Teil des Artikels, aber ich will, dass es Teil *meiner* Geschichte wird. Ich will wenigstens sagen können, dass ich hier war und dass ich dieses eine verrückte Ding gemacht habe.

Peyton stöhnt wieder und mir wird klar, wie seltsam es ist, einen dominanten Alphamann vor mir zu haben. Alle meine früheren Liebhaber waren schwache, lichtscheue Typen, bei denen die ganze Sache in zwanzig Sekunden vorbei war. Irgendetwas sagt mir, dass das hier ganz anders sein wird – eine neue Erfahrung.

Er ergreift meine Hand und führt sie an seine Brust. Wie ich erwartet habe, ist sie wie Marmor.

Draußen erscheint wieder die Sonne und der Raum wird langsam erhellt. Ich kann seinen Schwanz jetzt in voller Größe sehen. Er ist ganz hart und die Spitze wirkt wie ein glatter Helm. Er ist wahnsinnig groß und ich beginne mich zu fragen, wie überhaupt noch Blut in sein Gehirn gelangt.

Ich beiße mir fest auf die Unterlippe, stütze mich auf die Ellbogen und warte atemlos auf den ersten Kontakt.

Aber ich will nicht, dass er die ganze Kontrolle hat.

Mach es.

Ich greife nach vorne und ergreife sein Glied. Es überrascht mich, wie heiß es in meiner Hand liegt. Wie ein geschmolzener Stab aus heißem Fleisch.

„Bist du dir sicher?“, fragt er.

Ich nicke, obwohl mein Verstand mir etwas anderes sagt und mich anfleht, aufzuhören, bevor ich mich verletzte.

Ich neige meinen Kopf und nehme ihn in meinen Mund. Meine Lippen schließen sich um den Schaft seines Schwanzes. Ich ziehe sie nach unten und ein gutturales Stöhnen folgt von oben, das Peytons Zustimmung signalisiert.

Ich verlagere mein Gewicht und lasse meine Lippen weiter die glitschige Länge seines Schwanzes hinuntergleiten. Er scheint kein Ende zu nehmen. Es gibt keine Möglichkeit, ihn ganz in meinen Mund zu bekommen, also benutze ich meine Zunge, um seinen Schaft zu lecken. Dann gleite ich über seine Eichel und meine Finger legen sich fest um den Ansatz. Der seifige, süße Geschmack seiner Haut ist genauso, wie ich es mir vorgestellt hatte.

Meine Hand senkt sich und seine Eier wiegen schwer in ihr. Die ganze Zeit über bewegt sich diese Marmorbrust über mir. Sein Atem wird aber immer unruhiger, je mehr ich ihn verschlinge.

Ich gebe die Spitze seines Schwanzes frei und eine schwache Brücke aus Spucke breitet sich von meinen Lippen zu ihm aus. Sie glänzt im Gegenlicht der Sonne, bevor sie in den Schwebezustand zwischen uns fällt.

Ich versuche, ihn mit meiner zweiten Hand zu packen, aber er drückt mich mit einer überraschenden Selbstsicherheit auf den Rücken.

Er setzt sich auf meinen Mund und sein strammer Hodensack hängt über meinem Mund. Ich liebe die Art, wie sein Schwanz über mir aussieht. Die Art, wie er sich hebt und zuckt, so begierig darauf, wieder in meinem Mund zu sein ... oder vielleicht woanders.

Er zieht mein Haar zu einem lockeren Pferdeschwanz zusammen und hebt meinen Kopf hoch. Dann führt er seinen Schwanz zurück zwischen meine Lippen und stößt mit einer scharfen Bewegung seiner Hüften in meinen Mund.

Er weiß genau, wie er ihn kontrollieren kann. Er fügt immer mehr Länge hinzu, bis ich nicht mehr kann. Dann zieht er sich zurück. Bei jedem Stoß ziehen meine Haare leicht an meiner Kopfhaut. Ein kleiner Schmerz, der das Tabu noch verstärkt. Es reicht aus, um mich in ein klatschnasses Chaos zu verwandeln. Ein heißes Füllhorn der Lust.

Er stößt schneller zu. Ich habe mindestens die Hälfte von ihm genommen und meine Lippen umschließen fest seinen Schaft, während er grunzt, stöhnt und die Luft mit nichts als Befriedigung über das Gefühl meines Mundes füllt.

Es ist so intensiv. Ich weiß, dass er sich schnell auf den Höhepunkt zubewegt, und ich will mich fast dazu bringen, ihn in meinem Mund kommen zu lassen. Aber er zieht sich stattdessen zurück, die Spitze seines Schwanzes liegt jetzt feucht und heiß an meiner Wange. „Ich muss in dir sein", sagt er. „Jetzt. Verdammt. Noch. Mal!"

Er schiebt sich zwischen meine Beine und meine Nerven sind völlig gespannt. Aber als sich sein Kopf zwischen meine Schenkel senkt und seine Lippen auf meine entflammte Muschi drücken, verliere ich völlig den Verstand. Ich bocke und zittere wie ein Tier. Meine Wirbelsäule stößt sich vom Bett ab. Ich weiß, wie feucht ich bin, und ich weiß, wie ich schmecken muss. Aber das scheint ihn nicht zu interessieren. Er scheint es zu genießen, sein Gesicht in meiner intimsten Stelle zu vergraben.

Und ich liebe es.

Ich liebe es, verdammt noch mal.

Er saugt an den leuchtend purpurnen Lippen meiner Muschi, zieht sie in seinen Mund und leckt an dem frischen Verlangen, das aus meinem Inneren strömt.

Er stöhnt gegen mich, und süße Vibrationen laufen durch mein Geschlecht. Seine Zunge bewegt sich lang und streicht gegen meine Klitoris. Sie spaltet meine Falten auf dem Rückweg und wiederholt den Vorgang, bis ich merke, dass ich seinen Namen nicht sage, sondern schreie. Ich flehe ihn um mehr an.

Meine Muschi zieht sich zusammen und ich kann es nicht aufhalten. Es ist ein exquisiter, unbekannter Druck, der auf mir lastet.

Sein Gesicht drückt sich hart gegen meine geschwollenen Schamlippen und seine Zunge sucht und erforscht alles. Sie gleitet tiefer und tiefer in die glitschigen Vertiefungen meines Geschlechts. Mein Kitzler ist geschwollen. Alles ist heiß und bereit.

Ich kann den glitschigen Schimmer der Begierde auf seinen Lippen und seinem Kinn sehen, als er sich von mir abhebt. Ich kann auch das sündige Lächeln sehen, als er wieder zwischen meinen Beinen verschwindet und zwei Finger in mich gleiten lässt. Er bewegt sie in meiner Nässe hin und her, bis ich fast katatonisch bin.

Die Seiten meiner Oberschenkel sind glitschig und heiß. Ich war noch nie so feucht.

Ich sage ihm, dass ich ihn in mir haben will. Ich flehe ihn um seinen Schwanz an. Ich bin eine ganz andere Person.

Er nimmt sich einen Moment Zeit, um etwas aus seiner Gesäßtasche zu ziehen. Dann umhüllt er sich mit geübter Hand.

Er erhebt sich und beugt sich vor, um mich zu küssen. Ich schmecke mich auf seinen Lippen. Das salzige Verlangen meines Geschlechts.

Sein Schwanz drückt gegen mich und mir wird klar, dass es das ist.

Es wird tatsächlich passieren.

Er erlaubt mir nicht, bei dem Gedanken zu verweilen, und gleitet schon beim ersten Stoß tief in mich hinein. Er ist groß, ja, aber sein Schwanz scheint mich perfekt auszufüllen und dehnt Bereiche aus, die ich nicht kannte. Er zieht sich zurück und stößt vor, jetzt noch tiefer. Mein Geschlecht klammert sich an ihn und drückt den seidigen Schaft seines Schwanzes zusammen.

Mein Kopf wird schlaff und sinkt gegen ein Kissen. Peyton bewegt sich und küsst sich an der Seite meines Halses hinunter. Er küsst den Puls, der dort verläuft, bevor er an der Seite hinauf leckt, den Schweiß zwischen meinem Hals und meiner Schulter aufsaugt und sich bis zu meinem Haaransatz bewegt, wobei er gegen die Spitze meines Ohrläppchens streicht.

Ich bin heiß und aufgewühlt. Ich stehe total darauf. Mein Körper bebt von Kopf bis Fuß und statische Elektrizität fließt über meine Haut, wo immer er auch hingeht.

Sein Schwanz dringt mit jedem Stoß tiefer in mich ein, gleitet tief in diese heiße Tasche der Lust. Er stöhnt vor Anstrengung, erhebt sich über mich und stößt mit jedem Stoß in meinen Körper, bis ich tief in die Matratze getrieben und mit Hingabe gefickt werde.

Ich bin so vertieft in das Gefühl, dass ich nicht weiß, was ich mit meinen Händen machen soll. Sie halten seine Hüften und wandern dann zu seinen Pobacken. Ich spüre, wie sie sich bei jedem Stoß in mich zusammenziehen und anspannen.

Ich schaue zwischen uns hinunter und sehe gerade genug, um den erhitzten Akt des Geschlechtsverkehrs zu erkennen. Ich sehe, wie die rosa Lippen meines Geschlechts seinen Schwanz umklammern und daran ziehen.

Er lässt mich los und dreht mich mit einer Hand um. Er verschwendet keine Zeit und drückt meinen Rücken mit einer Hand in die Matratze. Dabei hebt er meinen Arsch mit der anderen an und lässt seinen Schwanz wieder in mein hungriges Loch gleiten.

Ich schließe meine Augen und dann gibt es nur noch Geräusche, Textur und Geschmack. Meine Nippel sind wie feste Kieselsteine, die an der Bettdecke reiben.

Er zieht mich an den Hüften gegen sich und versucht, immer tiefer und weiter vorzudringen. Als wäre er unfähig, das Ende von mir zu finden.

Ein Daumen gleitet die Ritze meines Hinterns hinunter, seine Fingerspitze drückt gegen den engen Knopf meines Anus. Er öffnet und schließt sich dagegen. Er pulsiert im Rhythmus der Ekstase, die ich gerade erfahre.

Ich spreize meine Beine weiter und er vergräbt sich tiefer. Ich spüre die Haare um die Wurzel seines Schwanzes, stöhne laut auf und weiß, dass ich jetzt irgendwie - auf magische Weise - die volle Länge seines Schwanzes aufgenommen habe.

Ich ringe nach Atem und keuche. Mein Herz schlägt gegen die Bettdecke und mein Gesicht ist in der Baumwolle gefangen. Mein Inneres droht jede Sekunde zusammenzubrechen und mich zu überwältigen.

Ich hätte nicht gedacht, dass es so sein würde. So beängstigend und wundervoll zu gleichen Teilen.

In den hitzigen Sekunden zwischen den einzelnen Stößen verliere ich mich völlig in dem Akt. Er drückt mit seinem ganzen Gewicht auf meinen Hintern und zieht sich nur so weit zurück, dass er mit seiner offenen Hand auf meine Arschbacke klopfen kann.

Es ist so unanständig und so fremd, dass es mich noch heißer macht. Ich steuere schnell auf den Orgasmus zu und mein Brustkorb fällt zusammen wie eine Ziehharmonika. Meine Haut ist schweißgetränkt.

Mein Geschlecht presst sich um ihn und würgt ihn in seiner Hitze. Es tut dies unwillkürlich und aus eigenem Willen.

Jeder Zentimeter von ihm ist in mir.

Er füllt mich aus.

Beansprucht mich.

Ich bin nah dran ... so, so nah. Ich fühle jetzt das vertraute Ziehen des Orgasmus, der darauf wartet, über mich hereinzubrechen. Und ja, mein Zauberstab ist großartig, aber er verblasst im Vergleich zu diesem echten Schwanz.

Das verkünde ich auch in einem wirren Durcheinander von Silben, die mir über meine schlaffen Lippen kommen.

„Bitte“, flehe ich.

„Willst du kommen?“, keucht Peyton.

„Ja“, flehe ich und drücke mich wieder gegen ihn. „Bitte. Bitte.“

„Okay“, sagt er und sein Daumen drückt sich in meinen engen Anus.

Es ist so unerwartet und so überraschend, dass ich für einige Momente erstarre. Ich bin unfähig, herauszufinden, was ich tun soll. Aber es ist mein Körper, der die Lücken füllt.

Er lehnt sich noch weiter über mich und stößt so tief, wie er nur kann. Der Ring meines Arschlochs zieht sich um seinen Daumen zusammen. Er zieht sich zurück und ich kann kaum noch atmen. Meine Sicht beginnt an den Rändern zu verschwimmen.

Er stößt wieder vor und ich weiß, dass ich fast am Ziel bin. Es ist so exquisit. Dieses Gefühl mit ihm, die Hitze ...

Er greift um mich herum und streichelt meine Klitoris mit seinen Fingern. Mein Verlangen unterstützt diese Aktion.

Ich hechle in kurzen, scharfen Stößen. Ich werde in eine völlig andere Dimension gefickt. Er sagt mir, wie sehr er es liebt, aber die Worte klingen nicht schmutzig aus seinem Mund.

Sie klingen perfekt.

„Komm“, fordert er und stößt wieder zu.

„Komm“, sagt er. Diesmal mit mehr Nachdruck.

Ich schreie, lang und laut. Dann stürze ich kopfüber in eine Kakofonie von Gefühlen und Empfindungen. Ich fühle, wie sie mich überwältigt und droht, mich zu verbrennen. Mein ganzer Körper zuckt und schüttelt sich, eine Welle der Lust nach der anderen verzehrt mich.

Er stoppt und zuckt einmal, dann noch einmal, bevor er noch einmal zustößt und stöhnt, als er sich selbst befreit. Ein einzelner, feuchter Finger klopft gegen meine Klitoris und zwingt mich, wieder von vorne anzufangen.

So geht es weiter, eine halbe Minute oder länger. Ich habe mich in der Zeit verloren.

Er bricht seitlich auf dem Bett zusammen und hinterlässt eine offene Leere in mir, wo sein Schwanz war.

Wir tun beide unser Bestes, um wieder zu Atem zu kommen. Ich weiß nicht, wie lange wir da liegen, seine Hand in meiner, und darauf warten, dass die Realität zurückkehrt.

Als sie das tut, lächle ich.

Ich lächle so breit, dass es wehtut.

Ich bereue nichts und schäme mich nicht, wie ich vermutet hätte. Es war *besser*, als ich es mir vorgestellt habe – lebensverändernd.

Ich atme aus und wische mir die verfilzten Haare von der Stirn. „Das war …“, aber ich finde nicht das richtige Wort.

Was für ein Schriftsteller bist du?

„Ich weiß“, antwortet er, und das Lächeln, das er trägt, wirkt so zufrieden, dass ich weiß, dass dies nicht einfach nur Sex war, sondern viel mehr. „Willst du duschen?“, fragt er.

Ich greife nach unten und finde seinen Schwanz. Ich bin überrascht, wie schnell er wieder in meiner Hand wächst. „Nur, wenn du bereit für Runde zwei bist."

KAPITEL ZEHN

PEYTON

Das Nachglühen – das ist etwas, was ich nicht gewohnt bin. Normalerweise ist es eher ein ‚Ich habe meine Ladung abgeschossen und jetzt ist es Zeit, von hier zu verschwinden', aber bei Erin ist es anders. Ich *will* bleiben. Ich *will* ihr nahe sein. Und so wie ihre Finger um meinen Bauchnabel tanzen, scheint das Gefühl auf Gegenseitigkeit zu beruhen.

Wir sind noch nass von der Dusche und haben irgendwie den Weg zurück zum Bett gefunden.

Erin hat die Augen geschlossen. Ihre Haut ist gerötet und fleckig.

„Bist du okay?", frage ich. Mich trifft Schock und Entsetzen, weil ich mir tatsächlich einmal ernsthaft Sorgen um jemand anderen als mich selbst mache. Es gab schon Mädchen, die ich fast verkrüppelt und dann weggeschickt habe, ohne ihnen auch nur einen Kuss auf die Wange zu geben. Warum ist das hier so anders? Warum macht mich dieses Mädchen plötzlich so weich?

Erin legt ihr Bein über ihren Oberschenkel und reibt sich leicht daran. „Ich bin ... mehr als okay. Es war sogar irgendwie erstaunlich, wie ... du weißt schon ... na ja, du weißt schon."

„Ich will dir nicht wehtun – niemals."

Ich höre ein trillerndes Lachen. „Sagst du das zu allen Mädchen, mit denen du schläfst?"

Ich weiß, dass sie es im Scherz gesagt hat, aber es tut trotzdem weh. Ich lasse es mir nicht anmerken. „Die meisten Mädchen, mit denen ich schlafe, habe ich eine Minute später wieder vergessen, aber du …"

Sie setzt sich auf, legt einen Ellbogen auf meine Brust und beobachtet mich. Ihr Haar streicht gegen meine Rippen. Das reicht, um mich wieder hart werden zu lassen. „Was ist mit mir? Bin ich anders?"

„Das bist du, in der Tat. Ich habe dich ganz falsch eingeschätzt."

Ich will sie noch etwas fragen, aber sie wird durch den Wecker neben dem Bett abgelenkt. „Scheiße. Ich muss ins Büro."

Sie springt von mir herunter und beginnt, auf dem Boden nach ihrer Unterwäsche zu suchen.

Ich zeige auf den übergroßen Teddybären in der Ecke, der sie auf dem Kopf trägt.

Sie schnappt sie und ruft: „Danke, Eddy."

Ich setze mich auf und mein Ständer hebt die Laken zu einem Zelt an. „Eddy?"

„Wie in Eddy der Teddy."

Sie hält ihr Höschen einen Moment lang in der Hand und lässt es dann fallen, als sie sich daran erinnert, dass sie einfach ein frisches Paar aus der Schublade holen kann.

Ich dachte, sie humpelt vielleicht ein bisschen herum, aber ich hatte keinen Hirnschaden erwartet.

Sie hüpft mit einem Bein in der Unterwäsche von den Schubladen zum Kleiderschrank und sucht etwas zwischen den Blusen, die dort in perfekter Symmetrie aufgereiht sind. In der Tat, wenn ich den Raum so in mich aufnehme und an ihren Schreibtisch im Büro der Zeitung zurückdenke, hat sie definitiv einen Fimmel für Ordnung. Sie würde einen Herzinfarkt bekommen, wenn sie in mein Zimmer stolpern würde.

Sie nickt mit dem Kopf zu Eddy. „Mama hat ihn mir geschenkt, als ich mit der Uni fertig war."

„Freut mich, Eddy", nicke ich und danke Gott, dass der flauschige Wichser nicht antwortet.

Erin bückt sich, um etwas vom Boden aufzuheben. Ihr Höschen wird ausgefüllt und zieht sich in ihre Arschritze. Das ganze Bild ist nichts weniger als der Himmel auf Erden.

Sie steht auf und holt eine Bluse aus dem Schrank. Sie zieht sie an und knöpft sie im Eiltempo zu.

„Was machst du später?", frage ich.

„Ah", antwortet sie, geht zu den Schubladen und holt eine Hose heraus, „für heute Abend habe ich keine Pläne. Aber wenn es eine andere Party ist, die du anbietest, glaube ich nicht ..."

Ich unterbreche sie. „Nein, nein, sogar ich bin erst mal über die ganze Party-Sache hinweg. Aber es gibt einen Karneval in der Stadt. Ich weiß, du hast gesagt, du magst keine Fahrgeschäfte und all das, aber ich dachte, es könnte Spaß machen. Ich war nicht mehr da, seit ich ein Kind war."

Sie zupft ihre Hose zurecht und bindet dann ihr Haar in einen Pferdeschwanz, wobei sie einen Haargummi aus dem Nichts von ihrem Handgelenk zaubert. „Hat dein Vater dich mitgenommen?"

„Unsere Haushälterin, um genau zu sein. Sie hatte keine Chance, uns vier in Schach zu halten. Die arme Frau wurde nach dieser Nacht gefeuert."

Erin ist zu sehr damit beschäftigt, ihre Knöpfe zu sortieren. „Also gut. Sollen wir uns dort treffen?"

„Am Riesenrad, so gegen sieben?"

„Klingt nach einem Plan, Mann." Sie hält inne, lacht und schüttelt den Kopf. „Oh Gott, das tut mir leid. Mein Mund und mein Hirn sind wie ... du weißt schon."

Oh, ich weiß es. Meine Gedanken fahren auch auf der Kriechspur. Mein Gehirn ist ausgelaugt und erschöpft.

„Es tut mir leid, aber ich muss los."

Sie läuft zu mir und küsst mich. Ich greife in ihren Nacken und ziehe sie tiefer zu mir heran. Ich nehme alles, was ich kann, um bis sieben durchzuhalten.

Sie zieht sich atemlos zurück. „Verdammt. Davon könnte ich später noch mehr gebrauchen." Sie blickt auf mein behelfsmäßiges Schwanz-Zelt hinunter. „Und davon", zwinkert sie.

Ich widerstehe der Versuchung, ihr auf dem Weg nach draußen einen Klaps auf den Hintern zu geben. Stattdessen lege ich mich zurück in ihr Bett und starre an die Decke. Ich frage mich, a) wie ich mich so sehr in dieses Mädchen verlieben konnte und b) wie zum Teufel ich meine Eier zurückbekommen werde.

*

Die Schausteller grinsen breit, als ich über den Jahrmarkt gehe. Dies ist eine wohlhabende Gegend mit kleinstädtischer Sensibilität. Der perfekte Nährboden für weiße Menschen mittleren Alters, die ihr Geld bei verschiedenen Nebengeschäften und Betrügereien verlieren. Der Geruch von Hotdogs, Sägemehl und Zuckerwatte ist überwältigend. Er bringt eine Flut von Erinnerungen zurück.

Das Riesenrad überragt alles andere und bei seinem Anblick kribbelt mein Schwanz in meiner Hose. Er ist begierig darauf, wieder bei Erin zu sein. Alles, was ich heute getan habe, war, an sie und diesen Morgen zu denken. Das Training war ein Reinfall. Der Trainer sah mich an, als wäre ich in einem UFO gelandet.

Ich komme am Riesenrad an und finde Erin dort in einem rot-weiß gepunkteten Kleid, das ihre Hüften perfekt umspielt. Der Ausschnitt ist gerade tief genug, um einen Hauch von Dekolleté zu zeigen. Die Absätze von gestern Abend wurden durch weiße, flache Schuhe ersetzt. „Kühn“, sage ich zu ihr, während sich meine Hände um ihre Taille schlängeln, „und wunderschön.“

Sie hebt sich auf die Zehenspitzen, um mich zu küssen. Sie schmeckt leicht nach Minze. „Es ist nicht meins. Ich glaube nicht, dass ich etwas so Helles in meinem Kleiderschrank habe."

„Das können wir ändern", lächle ich. Ich ziehe zwei Fahrkarten aus der Tasche und schaue zum Riesenrad hoch. „Was sagst du dazu?"

Sie lässt mich los und schlingt einen Arm durch meinen. „Fahrgeschäfte und ich ..."

„Aber wenn man schon mal in Rom ist ... Komm schon. Es ist doch keine Achterbahn. Dir wird es gefallen."

„Gut", lächelt sie.

Der Angestellte nimmt unsere Tickets mit der Begeisterung einer Topfpflanze, öffnet das Tor und lässt uns durch.

Der Sitz ist etwas enger, als ich es aus meiner Kindheit in Erinnerung habe. Aber ich beschwere mich bestimmt nicht, näher bei Erin zu sein.

Wir sind die Einzigen auf dem Riesenrad, als es in die Nacht steigt. Alle anderen sind zu sehr mit den schnelleren Fahrgeschäften beschäftigt. Ihre Schreie und ihr Lachen verstummen, je höher wir kommen.

Ich beuge mich vor und atme ein. „Du bist nass", verkünde ich.

Sie zuckt zusammen und ihr Atem stockt. „Das weißt du doch gar nicht."

Ich lächle. „Ah, weiß ich das nicht?“ Ich halte inne und küsse mich ihren Nacken hinauf, bis ich an ihrem Haaransatz anhalte. „Schauen wir mal. Deine Atmung ist unregelmäßig, deine Wangen sind gerötet und deine Beine sind so fest zusammengepresst, dass es ein Wunder ist, dass du noch Gefühl in ihnen hast.“

Sie schluckt.

Ich kann meine verdammten Hände nicht von ihr lassen.

Ich schiebe eine Hand zwischen ihre Beine und unter ihren Rock. Dann hake ich mich an der Seite in den Schritt ihres Höschens ein. Mein Zeigefinger gleitet leicht in ihre Hitze. „Hm, wieder richtig.“

Ich halte sie im Nacken fest und führe ihre Lippen zu meinem Mund. Die Wärme und Nässe dort ist ein perfekter Spiegel des Raums zwischen ihren Beinen.

Erin keucht gegen meine Lippen, als mein Finger tiefer eindringt, und ihre Muschi pulsiert um ihn herum. Mein Daumen liegt auf ihrer Klitoris.

Ihre Oberschenkel fallen auseinander und ihre Schultern entspannen sich, während ich arbeite. Sie erhebt sich vom Sitz und bewegt sich auf meiner Hand.

Der Wagen knarrt. Metall reibt sich auf Metall, während er in der Nachtluft schaukelt. Wir sind exponiert, aber wir sind hoch genug, um außer Sichtweite zu sein. Der Strom flackert kurz auf und ab, als wir die Spitze passieren und beginnen, nach unten zu sinken.

Ich füge einen weiteren Finger hinzu und drehe mein Handgelenk, um den Druck gegen ihr Geschlecht zu lenken. Sofort bricht sie den Kuss ab, ihr Kopf fällt zurück und ihre Beine spreizen sich weiter. Sie hechelt schwer und zieht jeden Atemzug mit einem eindringlichen Röcheln ein.

Von wegen, der G-Punkt existiert nicht.

Ich will ihr Vergnügen verlängern und es in die Länge ziehen, bis sie es keine Sekunde mehr aushält. Wenn ich ihr Gesicht beobachte, – die Lippen leicht geöffnet und die Augen geschlossen – könnte ich durchaus kommen, bevor sie es tut.

Ich lege meine Lippen an ihr Ohr, streichle mit einer Komm-Bewegung das Innere ihrer Muschi und genieße es, wie sie sich um meine Finger zusammenzieht und anspannt.

Das Riesenrad senkt sich nach unten und beginnt wieder zu steigen. Der Angestellte ist zu sehr mit seinem Telefon beschäftigt, um etwas Ungewöhnliches zu bemerken. „Ich möchte, dass du für mich kommst", sage ich zu Erin. „Kannst du das tun?"

Sie nickt und hat sich in dem Gefühl komplett verloren.

Ich senke meine Stimme weiter und flüstere gegen den Wind. „Komm auf meinen Fingern, Baby." Ich lasse meinen kleinen Finger zwischen ihre Arschbacken gleiten und ihn dort zwischen ihren Pobacken sitzen.

Sie bewegt sich nach vorn und hat die Augen weit aufgerissen, als ich anfange, Druck auszuüben.

„Komm“, wiederhole ich, und die Spitze meines kleinen Fingers gleitet in ihren Arsch. „Ich will es spüren.“

Wir nähern uns wieder dem höchsten Punkt des Rades, die Geräusche des Jahrmarktes verklingen. Die Sterne hängen hoch am Himmel und die Temperatur sinkt. Angesichts ihrer Reaktion und der Art und Weise, wie sich ihre Füße fest auf den Riffelblechboden gepresst haben, vermute ich, dass ihr Arsch für sie Neuland ist. Der Gedanke, sie später zu nehmen, überwältigt mich fast, aber ich flüstere weiter und sage ihr, wie sehr ich mir wünsche, in ihr zu sein – in ihrer Muschi, ihrem Mund, ihrem Arsch.

Meine Worte rütteln sie wach. Sie hält völlig inne und ihr Mund ist in einem offenen Oval gefangen. Eingefroren in der Zeit. Als wir den Höhepunkt erreichen und die Lichter flackern, hat auch sie ihren Höhepunkt erreicht.

Ihre Schenkel pressen sich zusammen und quetschen meine Finger in ihr. Ihr ganzer Körper zieht sich nach innen, während sie in die kalte Nachtluft schreit. Ich höre nicht auf. Auch nicht, als sie um Erlösung bettelt und keuchend nach Luft ringt. Sie windet sich im Sitz und stöhnt wie ein wildes Tier. Sie ist völlig verloren. Ruhe und Ordnung sind jetzt ihrem Höhepunkt untergeordnet.

*

Ich spüre noch immer ihr Kribbeln, als wir auf dem Rummel herumlaufen.

„Jeder ist ein Gewinner!“, kommt ein Ruf von links.

„Bist du hungrig?", frage ich.

Sie zieht sich eng an meine Seite und drückt meine Hand. „Nach *dem* gerade eben? Ich bin am Verhungern."

Ich führe uns zu einem Hotdog-Stand und bestelle zwei Würstchen, wobei Erin sich für extra Zwiebeln entscheidet.

„Mutig", lache ich und nehme die Würstchen. Erin nimmt die Cola. Wir setzen uns an einen behelfsmäßigen Picknicktisch in der Nähe des Standes. Ein rot-weißer Regenschirm über uns dreht sich langsam im Luftzug.

Erin verschlingt das Essen und wischt sich dann die Soße aus dem Gesicht. Es ist so verdammt niedlich, ihr zuzusehen – sie isst, als wäre es ihre letzte Mahlzeit.

„Was?", fragt sie mit vollem Mund und eine Strähne ihres gewellten, karamellfarbenen Haares hängt auf den Tisch herab. In diesem Moment wird mir klar, wie wunderschön sie wirklich ist. Vorhin, in der Wohnung, habe ich nicht gelogen. Aber hier, so natürlich, ist es einfach umwerfend.

„Nichts", antworte ich. „Ich bewundere dich nur."

„Wenn ich mir einen Hotdog in den Mund schiebe?", murmelt sie.

„Besonders dann." Ich zwinkere und weiß, dass es schrecklich klingt, aber ich kann nicht verhindern, dass die Anspielung herausfließt. Es ist zu geübt, zu einstudiert.

„Du musst dich in meiner Gegenwart nicht so aufführen, weißt du." Sie sieht unter dem Tisch nach und blickt mit einem Grinsen zurück. „Ich denke, ich *habe* bewiesen, dass ich auch mit deinem Hotdog umgehen kann."

„Das hast du", nicke ich, greife nach meiner Cola und schiebe meine Beine unter den Tisch, um meine Erektion zu verbergen. „Natürlich habe ich mehr als nur ein großes Würstchen."

„Können wir es einfach einen Penis nennen?", fragt Erin und es kommt ein bisschen zu laut heraus. Eine Mutter, die mit ihren Kindern unterwegs ist, führt sie finster dreinblickend von unserem Tisch weg.

Erin hält sich eine Hand vor den Mund und hat Mühe, ihr Lachen zu unterdrücken. Ich liebe es, sie so zu sehen. So aufrichtig glücklich.

Ich stelle die Cola ab und nehme die Hände hoch. „Schön, ich bin mehr als nur ein Penis."

Erin schiebt sich den letzten Rest des Hotdogs mit zwei Fingern in den Mund und schluckt. „Wieso? Beweise es mir."

Ich sitze aufrecht, beobachte sie und denke nach. Ich habe mich ein wenig geöffnet, aber es gibt immer noch eine Menge Dinge, die ich im Schrank versteckt halte. Die Frage ist, wie weit ich mich öffnen will. Wie weit lasse ich sie in meinen Kopf?

Ich entscheide mich, aufs Ganze zu gehen.

Ich stütze meine Ellbogen auf den Tisch und falte die Hände zusammen. „Ich hatte keine einfache Kindheit, weißt du. Alle denken das, aber sie haben keine Ahnung."

„In einer Villa mit einem Superstar-Vater zu leben und nichts zu vermissen, meinst du?"

„Das ist fair", lächle ich. „Ja, wir haben gut gelebt. Ich hatte alles, was ich brauchte, aber ich war ein unbeholfenes Kind. Ich fand nicht sofort Gefallen am Sport wie meine Brüder und das war sehr zum Missfallen meines Vaters. Er schickte mich zweimal die Woche zum Football-Training und ich hasste es. Ich hasste *ihn*. Ich war die Lachnummer des Teams. Das Kind, das stotterte und den Ball fallen ließ. ‚Billy Butterfinger' haben sie mich immer genannt. Ich trug eine Brille. Es war eines von diesen riesigen Gestellen, die so unglaublich bescheuert aussahen."

„Das kann ich mir nicht vorstellen", sagt Erin.

„Oh, ich habe alle fotografischen Beweise vernichtet, glaub mir. Die Schule war auch nicht besser. Ich wurde verprügelt und gehänselt ... Gott weiß, wie oft ich in diese Toiletten getunkt wurde. Ich wurde richtig gut im Luftanhalten, das kann ich dir sagen. Meine Eltern versuchten, bei der Schule zu intervenieren, was die Sache für mich nur noch schlimmer machte. Der Beginn der Mittelstufe war noch beschissener. Die Kinder kamen in die Pubertät und ich saß immer noch auf der Startrampe fest. Dürr und schlaksig. Meine Brüder begannen zu wachsen und versuchten hier und da, mir zu helfen, aber sie hatten ihr eigenes Leben. Das haben sie immer noch."

„Für mich sieht es so aus, als wärst du irgendwann in die Pubertät gekommen."

Mein Lächeln wird breiter. „Da hast du verdammt recht. Es schlug ein wie ein Blitz. Fast über Nacht begann ich zuzunehmen. Meine Augenprobleme begannen sich zu klären und mir wuchsen buchstäblich Eier. Ich begann, mich auf Football zu freuen. Bald war ich größer als alle in der Klasse. Ich fing an, zu trainieren und besser zu essen, um mein neu gewonnenes Gewicht in die Waagschale werfen zu können." Ich schiebe die Cola zur Seite: „Na ja, die meiste Zeit. Aber der Punkt ist, dass ich nicht mehr *dieses* Kind war."

„Du wurdest nicht mehr gemobbt?"

„Ich war zu verdammt groß. Niemand traute sich, es zu versuchen. Mädchen fingen an, mich zu bemerken und sich für mich zu interessieren. Meine Hormone kochten in dieser Phase und ja, ich gab ihnen nach. Es war der Anfang von etwas, schätze ich. Der Anfang vom Erschaffen dieser Persona. Dieser Fassade für die Welt. Und ganz ehrlich? Es ist verdammt gut für mich gewesen."

„Aber bist du glücklich, dieser Typ zu sein?"

Und schon gehts los mit den großen Geschützen. Ich muss einen Moment lang auf den Tisch schauen, bevor ich ihr wieder in die Augen sehen kann. „Nicht, bis ich dich gefunden habe."

Sie rollt mit den Augen, legt zwei Hände um ihre Cola-Dose und der Fingernagel klopft auf das Aluminium. „Ach komm schon."

Ich greife nach ihrer Hand. „Nein, ich meine es ernst. Mädchen sind für mich ... nur Objekte. Ein Weg, um abzuschalten und das Lernen und die bevorstehenden Spiele und das Training zu vergessen. Ein schnelles Rein und Raus. Eine Erlösung."

„Aber ...", drängt sie.

„Aber du ..." Ich bin mir nicht sicher, ob ich das überhaupt in Worte fassen kann. Ich mache diesen Herz-zu-Herz-Scheiß normalerweise nicht. „Ich denke die ganze Zeit an dich und es ist nicht nur der Sex. Ich glaube, ich habe mich in dich verliebt. Vielleicht zum ersten Mal in meinem Leben. Das ist beängstigend. Es ist verdammt beängstigend, ehrlich gesagt."

„Du musst vielleicht noch ein bisschen an deiner romantischen Formulierung arbeiten, Kumpel."

Ich lache. „Ich bin kein Shakespeare, aber ich denke, das weißt du. Und das Zeug über mich in der Schule, als ich ein Kind war, das habe ich noch nie jemandem erzählt."

„Doch, das hast du."

„Nein, habe ich nicht. Wirklich nicht. Du bist die Erste. Wenn der Scheiß rauskommt, könnte mein Ruf darunter leiden."

„Und das könnten wir jetzt nicht gebrauchen, oder?", lächelt sie frech.

Wir sitzen immer noch händchenhaltend am Tisch und schauen uns an. Wir verlieren uns ineinander. Der Lärm des Jahrmarkts verstummt und das Klappern und Rauschen der Fahrgeschäfte verklingt. Ich sehe nur sie.

„Willst du etwas über mich wissen?“, fragt sie, „Etwas, das *ich* noch nie jemandem erzählt habe?“

„Klar“, nicke ich.

Sie holt tief Luft und ihre Nasenlöcher blähen sich. „Meine Mutter ist vor drei Jahren gestorben.“

„Das tut mir leid“, sage ich zu ihr.

„Krebs, natürlich. Das ist es immer, nicht wahr? Und ich weiß, das klingt wie ein Klischee und ein schrecklicher Weg, um das Mitgefühl des Publikums zu erregen, aber für *mich* war es real. *Ich* habe es erlebt. *Ich* schlief bei ihr im Krankenhaus. *Ich* hielt die Schüssel, während sie ihre Eingeweide aushustete, hielt ihren Kopf, während sie auf dem Boden lag und schrie. Sie flehte mich an, sie zu töten. Ich war da und ich war allein. Weil mein feiger Vater vor all den Jahren entschieden hat, dass ich es nicht wert bin, hierzubleiben.“

„Scheiße.“ Das ist alles, was ich sagen kann.

„Diese Stressbälle auf meinem Schreibtisch, die haben sie im Geschenkeladen im Erdgeschoss des Krankenhauses verkauft. Ich kaufte ihr jeden Tag einen und stellte sie auf das Regal über ihrem Kopf. Es war etwas, um den Raum aufzuhellen und das nicht in einer Woche verwelkt wie Blumen, weißt du?

Sie mochte es und es wurde zu unserem Ding. Dann, eines Tages, kam ich ins Krankenhaus und die Stressbälle waren die einzigen

Dinge, die noch im Zimmer waren. Ihr Bett war leer. Sie war in der Nacht gestorben, während ich zu Hause schlief. Sie starb mit einer Fremden an ihrer Seite, einer Krankenschwester. Weil ich mir eine Nacht freigenommen hatte. Das geht auf mich."

Ich drücke ihre Hände fest zusammen. „Du kannst dich deswegen doch nicht selbst fertigmachen."

„Das ist nicht das Schlimmste. Was ich noch nie jemandem erzählt habe", fährt sie fort, „ist, dass ich glücklich war, als sie starb. Ich *wollte*, dass sie stirbt." Eine Träne läuft ihr über die Wange und fällt auf den Deckel der Cola-Dose. „Ich habe mich nicht traurig gefühlt, als sie starb. Aber ich fühlte Erleichterung." Sie lässt den Kopf hängen.

Ich greife nach vorn und hebe ihren Kopf am Kinn hoch. „Nein, scheiß drauf. Du musst dich deswegen nicht schuldig fühlen. Niemand sollte mit so etwas allein fertig werden müssen, so wie du es getan hast. Wenn ich da gewesen wäre ..." Meine Worte bleiben in der Luft hängen, weil ich nicht weiß, wie ich den Satz beenden soll. Was soll ich nur sagen?

Sie atmet aus und schaut zur Seite. „Ich fühle mich immer noch schuldig deswegen. Ich habe sie geliebt, versteh mich nicht falsch, aber es ist ..." Sie kann ihren Satz auch nicht beenden.

Ich stehe auf und gehe um den Tisch herum, um mich neben sie zu setzen. Ich ziehe sie fest an meine Brust und halte sie dort, während sie schluchzt und ihre Tränen mein Hemd benetzten.

Die Leute schauen uns im Vorbeigehen an. Aber das ist mir scheißegal. Sollen sie doch gucken.

Es dauert einige Minuten, bis Erin ihren Kopf wieder hebt, sich mit dem Handrücken über die Wangen wischt, schnieft und mich dann anlächelt. „Du gibst ein ziemlich gutes Kissen ab, weißt du das? Ein bisschen hart, aber nicht schlecht."

„Danke", sage ich ihr.

„Für was?"

„Dafür, dass du mir vertraust." Und ich meine es ernst.

„War es zu viel?"

„Überhaupt nicht. Ich will alles über dich wissen, gut und schlecht. Ich will der weltweit führende Experte für Erin Nash werden, was übrigens wie der Name einer fantastischen Countrysängerin klingt."

Sie lacht und schüttelt den Kopf über mich. „Weißt du, ich glaube, Erin Janine Nash klingt wirklich nach Country, oder?"

„Du könntest auch den Blues darüber singen, dass du runter zum Fluss gegangen bist, oder was auch immer, und dass du dort deine einzig wahre Liebe verloren hast."

Sie setzt sich aufrecht hin und sieht jetzt zehnmal fröhlicher aus als vorher. „Und du wirst mein Background-Sänger? Warte, das wird nicht funktionieren, oder?"

„Noch etwas, was du über mich wissen solltest“, gestehe ich. „Ich bin ein verdammt schlechter Sänger. Stell dir einen Müll-Zerkleinerer vor, der langsam zu Tode stranguliert wird.“

„So schlimm kann es nicht sein. Was machst du, wenn du Karaoke singst?“

Ich wedle mit einem Finger in der Luft. „Ich habe eine Geheimwaffe. Ich lege einfach einen Schlager auf und bringe alle dazu, mitzusingen. Die Leute lieben diesen Scheiß.“

Sie lacht. „Das tust du nicht.“

„Doch, das tue ich. Wenn wir das nächste Mal auf einer Party sind, wirst du es erleben.“ Ich nehme ihre Hand und stehe auf. „Sollen wir?“

„Wir sollen“, lächelt sie zurück.

Wir gehen zurück über den Rummelplatz und reden über alles Mögliche, ohne uns wirklich auf ein Thema festzulegen.

„Erin?“

Erin bleibt mitten im Gehen stehen.

Es ist das Mädchen aus dem Zeitungsbüro – Amanda. Sie ist mit einem Typen zusammen, der eine Hose mit dreitausend Taschen trägt und ein T-Shirt, auf dem „Freiheit“ oder so ein Scheiß steht – der übliche zweitklassige Holzkopf.

Amandas Augen sind überall auf mir. Sie fickt mich mit den Augen, als gäbe es kein Morgen. Und das direkt vor dem, von dem ich annehme, dass er ihr Freund ist.

„Amanda“, sagt Erin zaghaft.

Amanda sieht mich immer noch an und verlagert ihr Gewicht jetzt auf ein Bein. „Oh“, sagt sie und merkt plötzlich, neben wem sie steht. „Das ist Jeremy.“

Ich strecke meine Hand aus. „Freut mich, dich kennenzulernen, Mann.“

Er schüttelt sie und versucht, mir als Beweis seiner Alphamännchen-Stärke die Finger zu brechen. Es klappt nicht. „Ich habe dich auf dem Feld gesehen“, sagt er, mit seiner passenden Sandpapierstimme.

„Er ist unglaublich mit einem Football unter dem Arm, nicht wahr?“, fügt Amanda hinzu und schiebt Jeremy praktisch zur Seite. „Wie konntest du nur so gut werden? Ich wette, alle Mädchen in Crestfall wollen ein Stück von dir, oder?“

Das wird jetzt wirklich verdammt peinlich. Erin wirft mir einen komischen Blick zu und die Spannung ist auf ein fast unerträgliches Niveau gestiegen. Amanda wird zu locker. Es würde mich nicht wundern, wenn sie plötzlich ihr Oberteil auszieht und ‚Party!‘ schreit.

Ich weiß nicht, wie ich antworten soll. Ich lasse den Kopf hängen. „So was in der Art.“

„Ihr Football-Jungs trainiert wirklich hart, nicht wahr?“ Sie greift nach oben, berührt meinen Bizeps und lacht Jeremy an. „Er fühlt sich an wie ein echter Stein. Du solltest ihn fühlen, Jeremy. Mach schon.“

Ich bin mir ziemlich sicher, dass Jeremy ihn nicht fühlen will. Er sieht aus, als würde ihm gleich eine Ader in der Stirn platzen, so wie er mich anstarrt.

Dieser Scheiß wird langsam ungemütlich. Irgendwo in dem Durcheinander habe ich Erins Hand losgelassen. Ich suche unbeholfen nach ihr, kann sie aber nicht finden.

„Wir sollten jetzt wirklich gehen“, mischt sich Erin ein. „Es gibt noch viel zu sehen und so.“

Amandas Augen gleiten an meinem Körper auf und ab. „Das kannst du laut sagen.“

„Komm schon“, sagt Jeremy und zerrt sie weg, „lass uns gehen.“

„Es war schön, dich wiederzusehen“, kichert Amanda und hat die Augen nur in meine Richtung gerichtet.

„Ja“, sage ich. „Wir sehen uns.“

Sie gehen weg und ich weiß nicht, was ich tun soll. Ich fühle mich schuldig, obwohl ich nichts falsch gemacht habe.

„Das war ... seltsam“, sagt Erin.

„Ja“, atme ich aus. „Das ist ein Wort dafür.“

Meine Gedanken laufen mir davon. Ich fühle mich nicht wie ich selbst. Als wäre mein Gehirn ferngesteuert. Und ich weiß, es ist Erin. Ich mag sie zu sehr. Ich stecke hier viel zu tief drin.

Das erste richtige Date und ich öffne mich wie eine verdammte Blechdose.

Das macht mir langsam Angst.

„Hör zu", sage ich und fahre mir mit der Hand durch die Haare, „ich werde jetzt abhauen, okay? Ich muss etwas schlafen. Das große Spiel steht an und so."

Erin steht vor mir und hat die Augenbrauen hochgezogen. „Ähm, ja, okay. Alles klar bei dir?"

„Ja, mir gehts gut", lüge ich. „Ich bin nur müde."

„Klar."

„Sicher."

Und ich dachte schon, die Begegnung mit Amanda wäre der peinlichste Moment des Abends.

Erin und ich waren uns heute Abend so nahe, aber jetzt scheint es plötzlich, als wäre innerhalb von Sekunden eine Mauer zwischen uns errichtet worden.

Ich möchte sie küssen und mich entschuldigen, – wofür, weiß ich nicht genau, – aber ich kann mich nicht dazu durchringen, es zu tun. Der große Peyton King hat sich in einen Feigling verwandelt.

Sie ist dir zu nahegekommen, sagt mein Verstand. *Du hast dir geschworen, dass kein Mädchen dich erobern kann. Du hast es gesagt.*

Das habe ich. Vielleicht ist das, was wir hier brauchen, etwas Abstand, etwas Zeit. Ich halte mich ein paar Tage von ihr fern, nur um mir zu beweisen, dass ich es kann. Als Zeichen der Disziplin. Wenn ich danach immer noch so fühle, wie ich fühle, kann ich es weiter erforschen, aber für jetzt …

Ich lasse den Gedanken abschweifen und setze ein falsches Lächeln auf. Dann winke ich wie ein Idiot. „Wirst du es schaffen, nach Hause zu kommen?"

„Ich komme schon klar", erwidert sie und lächelt mit demselben falschen Lächeln. Es ist ein Spiegelbild meines Eigenen.

Die lachenden Clowns zu unserer Linken sehen glücklicher aus als wir. Und die werden gerade von Ping-Pong-Bällen beschossen.

Ich winke, bis eine vorbeiziehende Schar von Teenagern sie verdeckt. Dann lasse ich schließlich meine Hand wieder an meine Seite fallen und denke: *Was zum Teufel machst du da?*

KAPITEL ELF

ERIN

‚Gesendet' steht auf meinem Bildschirm. Ich lehne mich in meinem Stuhl zurück, lege die Hände auf meinen Kopf und atme aus.

Es ist vollbracht. Ich habe den ersten Entwurf der Geschichte an Lewis geschickt. Ich würde gerne sagen, dass ich damit völlig zufrieden bin, aber bei solchen Dingen weiß man nie. Redakteure sind ein wankelmütiger Haufen, die sich vom Wind treiben lassen.

Ich nehme mir einen Moment Zeit, um die Ereignisse der letzten Tage durchzugehen – Ereignisse, die ich in besagtem Entwurf sicherlich ausgelassen habe. Lewis will Journalismus. Keinen erotischen Roman.

Die Beschreibung, dass Peyton die Kontrolle übernimmt und mir mit schneller Hand auf den Hintern schlägt, ist zu viel für eine Schulzeitung. Ich stehe auf und mache mich auf den Weg zur Teeküche im hinteren Teil des Büros und ignoriere die zwanzig Schilder, die das Personal auffordern: „Räumt die Spülmaschine aus!", oder „Räumt hinter euch auf!", oder „Beschriftet die Lebensmittel im Kühlschrank!". Für einen angeblichen Meister der Grammatik und der Feinheiten der englischen Sprache hat Lewis eine viel zu ausgeprägte Vorliebe für Ausrufezeichen.

Ich mache mir einen Kaffee und mache mich langsam auf den Weg zurück zu meinem Schreibtisch, als ich Lewis' Stimme durch das Büro dröhnen höre. „Erin, komm hier rein!"

So ein Mist.

Ich weiß von diesem einfachen Satz, dass mein Artikel so gut angekommen ist wie eine Tasse voller Kotze. „Ich komme!“, schreie ich zurück, obwohl ich den Klang meiner Stimme nicht genieße, wenn sie erhoben wird.

Und das weiß nicht nur ich. Das ganze Büro ist da, um meinen Gang der Schande mitzuerleben. Ich tue mein Bestes, die anderen zu ignorieren, und klopfe an das Glasfenster des Büros.

Er winkt mich herein und hält mir seinen Laptop-Bildschirm hin. „Erin, Erin, Erin“, fängt er an und klopft zur Betonung auf seinen Schreibtisch.

In der Schule war ich nie in das Büro des Schulleiters zitiert worden, aber es fühlt sich verdammt noch mal so an, als würde ich es jetzt betreten.

Ich nehme vorsichtig Platz – auf dem einzigen Platz.

Wir starren uns gegenseitig an. Er sagt nichts.

„Du hast den Entwurf gelesen?“, biete ich an.

„Habe ich“, und sein Ton klingt neutral. Das gibt mir Hoffnung, dass es nicht so schlimm ist, wie es scheint. „Um ehrlich zu sein, ist er verdammt langweilig.“

Ich erschaudere innerlich, schaffe es aber, ein „Wieso?“ herauszuquetschen.

„Ich meine, es ist ja wohl kaum eine Offenbarung, dass sich Uni-Studenten, vor allem die sportliche Elite von Crestfall, an den Wochenenden und Abenden betrinken und miteinander vögeln, oder? Zum Teufel noch mal, gib mir irgendeinen Doku-Film und er wäre unterhaltsamer als dieses Gefasel." Er stupst auf seinen Bildschirm, während er das sagt.

Ich versuche, nicht zu verzweifelt zu klingen. „Es ist nur ein Entwurf. Ich kann es noch überarbeiten."

Er klappt seinen Laptop zu und lehnt sich zu mir rüber. „Was er braucht, ist die persönliche Note, über die ich hier gerne rede. Er braucht Intimität."

Ich schlucke schwer und tue mein Bestes, um mich nicht zu verraten. Denn intim war es wirklich. Intimer geht es nicht mehr.

„Wie heißt noch mal der blöde Quarterback-Typ?", fragt Lewis.

„Peyton King?"

Lewis steht jetzt auf und geht auf und ab. Die Ideen fliegen ihm nur so aus dem Mund. „Ja, das ist er. Du hast ihn doch in dem Artikel zitiert, oder?"

Es war ein Zitat über Football. Nichts Persönliches. „Ja."

„Also, grabe weiter. *Benutze* ihn, Erin."

Ich breche fast zusammen und kriege die Worte kaum heraus. „Ich soll ihn benutzen?"

„Was? Fühlst du dich deswegen schuldig? Scheiß drauf. Denk daran, wie viele Mädchen *er* zu seiner eigenen Befriedigung benutzt und ausgespuckt hat. Macht dich das nicht wütend?“

Lewis, so ungern ich es auch zugebe, hat nicht ganz unrecht. Vielleicht sehe ich hier den Wald vor lauter Bäumen nicht. Peyton *hat* schon früher Mädchen benutzt und offen damit geprahlt. Vielleicht hat er sogar mich benutzt, wenn man die Funkstille heute bedenkt. Ich vergesse, was hier wichtig ist – eine kurze Affäre mit King Dong oder meine Zukunft.

Er ist ein Aufreißer, wirft mein Verstand ein. *Du berichtest nur Tatsachen über ihn.*

Bis ich mich an den Abend auf dem Rummel erinnere, als er sich mir geöffnet und sich verletzlich gemacht hat. Da steckte keine böswillige Absicht dahinter. Es war aufrichtig.

Ich bin immer noch hin- und hergerissen. So sehr ich auch versuche, es zu rationalisieren, ich mache mir etwas vor, wenn ich denke, dass er nicht irgendeine Art von Einfluss auf mich hatte und dass sich hinter dem ganzen Gehabe ein echter Mensch verbirgt. Ein Mensch, der leidet und fühlt wie jeder andere auch. Der mich vielleicht tatsächlich will. Langfristig, ohne Bedingungen, jemand, der …

Ach, verdammt. Mein Kopf ist ein Kriegsgebiet. Ich bin fast erleichtert, als Lewis mich da rausreißt.

„Denke darüber nach“, sagt er, „aber egal, wie du dich entscheidest, ich hoffe für unseren Herrn und Erlöser, dass es besser ist als das, was du mir heute gebracht hast.“ Er tippt auf den Laptop. „Es tut mir leid, aber damit würde ich mir nicht einmal den Arsch abwischen.“

Mit dem Laptop?, frage ich mich.

Ich nicke und mache mich auf den Weg nach draußen an die frische Luft, anstatt mich mit den Bürohengsten anzulegen. Sollen sie doch hinter meinem Rücken tuscheln, was sie wollen.

Ich setze mich auf dieselbe Bank, auf der Peyton gesessen hat, als er hier draußen auf mich gewartet hatte, bevor er um eine zweite Chance bat. Kann ich ihn wirklich so hintergehen und sein Vertrauen missbrauchen? Ich stehe nicht auf Hinterhältigkeit. Selbst in der Schule dachte ich immer das Beste von den Leuten. Ein gemeines Mädchen schubste mich in den Spind und ich sagte mir: „Hoppla, sie muss ausgerutscht sein.“ Ich will das Beste in den Menschen sehen und das hat mich in der Vergangenheit blind gemacht für das, was sie wirklich sind. Das kann ich nicht länger zulassen. Ich muss es sehen.

Dann bleibt die Frage, ob ich das, was Peyton mir gegeben hat, nutzen werde? Es war sicherlich Gold wert.

Ja. Ja, das wirst du. Das hier ist größer als dein Sexleben und dein Glück.

Dieser Artikel muss das Tollste werden, was ich je geschrieben habe, Punkt. Er muss schockieren, unterhalten und Emotionen wecken, egal wie schmerzhaft oder konfrontierend. Wieder hat Lewis recht. Der Entwurf enthielt nichts Neues, nichts Aufregendes oder Aufrichtiges. Ich *brauche* einen Star. Ich brauche Peyton in der ersten Reihe. Um die Konsequenzen kann man sich später kümmern, wenn ich die Auszeichnung in der Hand halte.

Ich zücke mein Handy und schreibe Peyton eine Nachricht, in der ich frage, ob er heute Abend mit mir ausgeht. Ich fühle mich immer noch nicht hundertprozentig wohl bei meiner Vorgehensweise, aber ich kann es zumindest probieren, ein paar Gedanken niederschreiben und sehen, wohin sie mich führen.

Mal sehen, wohin seine Finger führen, trifft es wohl eher.

So sehr ich mein plötzliches sexuelles Erwachen auch genieße, ich schalte diese Seite von mir ab und starre auf das Handy-Display. Aber es kommt keine Antwort.

Fünfzehn Minuten später kehre ich an meinen Schreibtisch zurück. Immer noch nichts.

Ich beende den Tag und ...

... nichts.

Tatsächlich höre ich überhaupt nichts mehr von Peyton.

KAPITEL ZWÖLF

PEYTON

Es ist Tage her, dass ich mit Erin gesprochen habe. Ich dachte, ich wäre mental stark und vorbereitet auf diesen Scheiß. Aber ich bin nahe an der Schmerzgrenze. Wenn das noch länger so weitergeht, bin ich mir ziemlich sicher, dass meinem Schwanz Beine wachsen werden und er ohne mich hinter ihr herlaufen wird.

Immer und immer wieder habe ich mich gefragt, ob dieses selbst auferlegte Verbot überhaupt einen verdammten Sinn macht. Aber dann denke ich an die Dinge, die ich zu ihr gesagt habe, und die Tatsache, dass ich sie an Orte gelassen habe, an denen noch nie jemand zuvor gewesen ist. Sie hat meine Schwäche und Verletzlichkeit gesehen. Bei einem King funktioniert dieser Scheiß nicht. Wir halten die Dämonen unter Verschluss und außer Sichtweite. So ist es am besten.

Zum tausendsten Mal heute hole ich mein Handy raus und lese ihre Nachricht. Ich weiß nicht, was ich mir davon verspreche. Vielleicht erwarte ich, dass sich die Buchstaben plötzlich neu anordnen und mir die Erleuchtung bringen, die ich suche.

Ich zucke zusammen, als ein Baseballschläger auf das Kissen neben mir kracht und Titus über das Sofa springt, um sich neben mich zu setzen.

Er blickt auf den Fernseher. „Ähm, du weißt, dass er nicht eingeschaltet ist, oder?“

Ich stupse ihn mit meiner Schulter an. „Hast du nicht ein paar Teamkameraden, mit denen du Fangen spielen kannst?“

„Scheiße“, sagt er, „warum sollte ich das tun, wenn ich hier mit deinem hässlichen Gesicht rumhängen kann? Wir alle haben Mädchenprobleme, Bruder, aber du bist der Einzige von uns, der hier sitzt, als wäre die Welt untergegangen. Was hat sie getan? Will sie dir den Schwanz abhacken?“

„Du bist echt verdammt witzig, weißt du das? Das ist übrigens meine Wohnung. Der einzige Grund, warum ich euch Arschlöchern einen Schlüssel gegeben habe, ist, um mir unseren Vater vom Hals zu halten.“

„Es ist herrlich nah am Campus.“

Titus war schon immer ein Spaßvogel und der Störenfried der Familie. Ich kann nicht zählen, wie oft ich ohne Decke oder mit einem falschen Hundehaufen unter dem Kopfkissen aufgewacht bin. Ich hätte ihm schon zwanzig Mal den Hals umgedreht, wenn ich ihn erwischen könnte. Aber er ist zu schnell. Ich meine, wir sind alle schnell, aber Titus ist für die Geschwindigkeit gebaut. Er rast über das Baseball-Feld, als wäre er ein Rennwagen.

Titus stößt sich vom Sofa ab und steht mit seinem geliebten Schläger über der Schulter vor mir. Darauf steht in fetter schwarzer Schrift „Gute Nacht“, genau wie bei Harley Quinn. Titus liebt seine Anti-Helden. „Sie spielt mit deinem Verstand, mein lieber Bruder. Wir beide wissen, dass die weibliche Spezies für ihre Jedi-Gedankentricks berühmt ist, aber die Familie King ist immun gegen diesen Scheiß." Er sieht mich mit Unsicherheit in den Augen an. „*Stimmts*?"

Ich werfe mein Handy neben mich. „Ich weiß es nicht. Ich versuche zu entgiften, aber es klappt nicht. Ich habe einen kalten Entzug gemacht und alles, was ich davon habe, sind blaue Eier."

Er hockt sich vor mich hin. Wenn ich seine zerzausten Haare und die dunklen Augen sehe, kann ich verstehen, warum er bei Mädels so beliebt ist. „Weißt du, was Doktor Titus empfiehlt?"

„Ruhe, Entspannung und einen Schnaps, um das alles runterzuspülen?"

Er schüttelt den Kopf. „Nein." Er zeigt mit seinem Schläger in die allgemeine Richtung des Campus. „Du wirst da rausgehen und dieses Mädchen finden. Wenn du sie findest, wirst du sie so hart ficken, dass sie wie Stevie Wonder über den Campus stolpert und Sterne sieht. Ich rede von einem Fick, der sie zurück in die Steinzeit schickt. Bist du dabei?"

Ich nicke unsicher.

„Wenn sie danach immer noch in deinem Kopf ist, dann ja, Schnaps. Aber hör auf, dich selbst im Fernsehbildschirm anzustarren und hol dir etwas verdammten Sonnenschein. Du wirst langsam echt deprimierend."

„Du hast deinen Standpunkt klargemacht."

Er schwingt seinen Schläger und stoppt einen Zentimeter vor meinem Kopf. Ich zucke nicht zurück. An fliegende Gegenstände muss man hier gewöhnt sein. „Habe ich das?"

Ich schiebe den Schläger weg und stehe auf. „Siehst du? Ich stehe auf. Bist du jetzt zufrieden?"

Er beginnt, in Richtung Küche zu gehen. Zweifellos, um meinen Kühlschrank zu leeren. Dabei schwingt er den Schläger die ganze Zeit. „Ich bin glücklich, wenn du glücklich bist."

„Ja", murmle ich vor mich hin und greife über das Sofa nach dem Handy, sobald er weg ist. Aber es hat sich nichts geändert. Die Nachricht ist noch da und das Fragezeichen am Ende bittet mich um eine Antwort. Es fleht mich regelrecht an, ihr zu antworten.

So tragisch Titus' Auftreten auch war, er hatte nicht ganz unrecht. Vielleicht habe ich mir umsonst Sorgen gemacht. Werde ich mich wirklich so jung schon in jemanden verlieben? Selbst wenn es jemand ist, der so großartig ist wie Erin?

Ich denke darüber nach, halte das Handy jetzt mit zwei Händen und überlege, was ich als Nächstes tun soll.

Scheiß drauf. Was ist das Schlimmste, was passieren könnte?

Meine Finger arbeiten schnell. Ich schreibe ihr, dass es mir leidtut und ich mit Lernen beschäftigt war (eine bessere Ausrede fällt mir nicht ein). Ich sage ihr, dass ich gerne mit ihr ausgehen würde, und sende noch einen Kuss und einen zwinkernden Smiley. Ich suche nach einem Dritten, gebe aber auf.

Die Nachricht geht raus und ich werfe das Handy zurück auf das Sofa, bevor ich anfange, mit den Händen auf dem Kopf durch den Raum zu stampfen.

Mein Handy läutet und ich renne darauf zu. Ich habe jetzt die Gewissheit, dass niemand in meinen Kopf eindringen wird. In meine Hose? Bestimmt. Aber in meinen Kopf? Der ist streng tabu.

*

Eine halbe Stunde, bevor sie kommen soll, bin ich immer noch am Überlegen. Was folgt, ist zu viel Herumlaufen im Haus, Aufräumen und Saubermachen. Ich akzeptiere jede Ausrede, um meine Hände und meinen Geist beschäftigt zu halten, bevor sie kommt.

Denn ich werde mich nicht verführen lassen.

Ich bin stärker als das.

Ich höre die Türklingel und meine Brust spannt sich an.

Ich mache mir nicht einmal die Mühe, unten das Licht einzuschalten, so eilig habe ich es, die Tür zu öffnen.

In der Sekunde, in der ich sie öffne, fliegen all meine guten Vorsätze und all die Selbstbeherrschung aus dem verdammten Fenster.

Sie trägt Jeans und ein abgeschnittenes T-Shirt. Das Haar fällt ihr locker um die Schultern.

Ich weiß nicht, was ich sagen soll. Ich greife einfach nach vorne und küsse sie.

Danach wars das.

Ich brauche sie jetzt, verdammt noch mal – nass und bereit, während sie nach meinem Schwanz bettelt.

Sie ist die Erste, die den Kuss unterbricht, sich von mir wegdreht und sagt: „Warum besorge ich uns nicht ein …“

Aber ich lasse sie nicht ausreden. Ich packe sie an der Kehle und ziehe sie wieder zu mir. Ich küsse sie hart und lasse meine Zunge gegen ihre stoßen. Ich ringe mit der heißen Hitze ihres Mundes.

Ich drücke sie gegen die Wand und fixiere ihre Handgelenke mit einer Hand über ihrem Kopf. Dann ziehe ich mich zurück, sodass meine Lippen ihre kaum berühren.

Ein paar Tage ohne sie und ich habe mich in ein verdammtes Tier verwandelt.

Ihre Augen blitzen bedürftig in der Dunkelheit. Ihr Kopf schnellt nach vorne. Sie ist begierig, den Kuss zu vertiefen. Aber ich ziehe mich grinsend zurück und lasse sie es weiter versuchen, während sich meine freie Hand zwischen uns bewegt, um den Knopf ihrer Jeans zu öffnen.

Ich lasse meine Lippen aufreizend nah an ihren. „Ich bin schon seit Tagen hart“, hauche ich und beobachte sie genau.

Die Energie in ihrem Körper ist spürbar … heiß. Es ist, als würde ich mich gegen einen Ofen pressen.

Der Knopf ihrer Jeans springt auf. Ich greife in den Bund, gleite mit meinen Fingern in ihr Höschen und ziehe beides herunter. Ich schiebe die Hose grob über ihre Oberschenkel. Ich ziehe und zerre, bis sie endlich zwischen ihren Knien liegt. Ihr nacktes Geschlecht ist zum Greifen nah.

Ich werde nicht enttäuscht.

Sie hat noch nichts gesagt, aber ihr Körper sendet bereits die richtigen Signale aus. Ich brauche sie nicht zu berühren, um zu wissen, dass sie feucht ist.

Ich fahre mit meiner Hand langsam auf der Innenseite ihrer Schenkel hinauf. Ich bewege sie in die Richtung ihres Geschlechts und wende mich dann nach links. Ich fahre unter ihrem T-Shirt und dem Draht ihres BHs weiter nach oben, wobei das Körbchen nach oben springt und meine Hand mit dem schweren Gewicht ihrer Brust gefüllt wird.

Ich bringe meine Lippen an ihr Ohr und flüstere, während ich mit ihrer Brustwarze spiele. „Hast du mich vermisst?“

Sie nickt.

„Ich kann dich nicht hören.“

„Ja“, sagt sie und ihre Stimme klingt verzerrt vor Verlangen.

„Ich sagte, ich kann dich nicht hören.“

Ihre Antwort kommt wie in einer Explosion. „Ja.“

Ich bringe meine Hand zurück in den heißen Raum zwischen ihren Beinen und meine Finger gleiten in ihr Inneres. Sie keucht und stößt nach vorne, um sie zu treffen.

Sie ist mehr als feucht. Ihre Erregung tropft an meinem Handgelenk herunter und meine Finger sind bereits zwei Knöchel tief in ihr. Sie kräuseln sich gegen die Vorderwand ihrer Muschi und mein Daumen drückt gegen ihren Kitzler.

„Gott", stöhnt sie und hat die Augen geschlossen.

Ich weiß, dass das vielleicht zu schnell geht, aber das ist mir verdammt egal. Das Bedürfnis hat die Weisheit überholt und ich würde alles tun, mir sogar den Arm abschneiden, wenn ich dafür wieder in ihr sein kann.

Scheiß auf langsam.

Ich lasse ihre Handgelenke los und ziehe meine Finger aus ihr heraus. Dann hebe ich ihr Shirt so schnell ich kann mit beiden Händen nach oben, presse meinen Mund gegen ihren und lasse meine Zunge an ihren Lippen vorbeigleiten. Ich werfe ihr Shirt zur Seite und ziehe mein eigenes aus. Dann arbeite ich an meiner Jeans. Alles scheint ein verschwommenes Gewirr aus Kleidung und Knöpfen und Unterwäsche zu sein, die auf den Boden fällt.

Sie berührt meine Brust mit beiden Händen und ich verliere fast die Kontrolle. Allein ihre Berührung bringt mich an einen ganz anderen Ort. Die Beherrschung, die ich zu haben glaubte, ist verloren und treibt verloren auf einem Ozean der Lust.

Ich weiß nicht, ob ich sie jemals wiedererlangen kann.

Ich umfasse ihren Nacken, ziehe sie in den Kuss hinein und benutze meine freie Hand, um ihren Oberschenkel hochzuheben und meinen Schwanz zwischen uns festzuklemmen, bevor ich meine Finger wieder in ihre enge Muschi stecke.

Ich lasse meinen Daumen über ihre Klitoris streichen und warte, bis ihr Atem stockt. Es ist dunkel, aber ich brauche kein Licht, um mir vorzustellen, dass ihre Haut bei meiner Berührung errötet.

Ihre Beine fangen an zu zittern. Sie beben in der Dunkelheit. Sie ist nahe dran, aber ich will nicht, dass sie schon kommt.

Ich ziehe mich zurück und sehe ihren offenen Mund. Ich erkenne den animalischen Hunger in ihren Augen – Augen, die schwarz in der Nacht leuchten.

Sie fällt vor mir auf die Knie, nimmt meinen Schwanz in die Hand und führt meine geschwollene Erektion an ihren Mund.

Ich würde protestieren, wenn es sich nicht so verdammt toll anfühlen würde.

Sie verschlingt meine Länge, als wäre sie besessen davon. Sie pumpt und streichelt, leckt und lutscht an meinem Schwanz. Sie genießt die perlenden Tropfen der Erregung, die aus seiner Spitze austreten, während ihre Zunge über ihre Unterlippe streicht.

Ich lasse meine Finger durch ihr Haar streichen, balle meine Hand zu einer Faust und ziehe sie wieder hoch, bis sie steht. Möglichkeiten strömen durch meinen Kopf. Ich könnte sie auf jede Weise haben, überall.

Ihre Lippen liegen drängend auf meinen. Das Stöhnen zwischen uns steigert sich zu einem immer größeren Crescendo. Die Mitte meines Schafts klopft gegen ihre Klitoris und meine Eier ziehen sich eng an meinen Körper.

Ich umfasse ihre Taille und drehe sie so, dass sie mit dem Gesicht zur Wand steht. Dann trete ich ihre Beine mit meinen Füßen auseinander und schiebe sie nach vorne, sodass sich ihr Hintern mir entgegenwölbt.

Es gibt keinen Grund, Zeit zu verlieren. Ich nehme meinen Schwanz in die Hand und führe mich zwischen diese herrlichen Arschbacken. Ich finde ihre Öffnung und stoße vor. Eine Flut von Nässe begrüßt mich.

Sie atmet aus und hat die Wange gegen die Wand gepresst, während ich vorwärts stoße.

Ich führe jeden Stoß besonders langsam aus. Unsere Körper verschmelzen vor Lust und Hitze. Die Rückseite meiner Oberschenkel versteift sich jedes Mal, wenn ich in sie eindringe.

Mit den Händen an ihren Hüften ziehe ich sie auf meinen Schwanz. Ich stoße jetzt härter und schneller zu und lasse heiße Küsse von ihrem Schulterblatt bis zur Spitze ihrer Wirbelsäule laufen.

Ihr Körper schüttelt sich unter mir. Sie arbeitet daran, die Penetration zu vertiefen und mich ganz aufzunehmen.

Das Geräusch unseres Fickens erfüllt den Raum. „Weißt du eigentlich, wie verdammt feucht du für mich bist?“, frage ich und merke, dass sie zu sehr keucht, um zu antworten.

„Du willst meinen ganzen Schwanz, nicht wahr, Baby?“

Ich stoße nach oben, während ich es sage, und die letzten paar Zentimeter meines Gliedes gleiten tief in ihren Körper. Sie keucht und presst ihre Augen zusammen.

Ich nehme eine Hand von ihrer Hüfte und lasse sie zu ihrer Vorderseite wandern. Dann umkreise ich ihre Klitoris mit den Fingerspitzen, während ich sie von hinten ficke.

Mit meiner freien Hand halte ich ihre linke Brust fest. Ich nehme ihre Brustwarze zwischen Daumen und Zeigefinger, ziehe sie straff und lasse sie dann wieder zurückschnellen.

Ihr Körper reagiert auf meinen und wir beide arbeiten als eine Maschine der Lust. Stoßen und ziehen, rein und raus. Bis sich mein eigener Kern anspannt und ich weiß, dass ich mich nicht mehr lange halten kann.

Sie spannt sich an und entspannt sich dann wieder. Ihre Brust füllt meine Handfläche aus und drei Finger meiner anderen Hand spielen mit ihrer Klitoris. Ich stöhne. Das Klatschen von Haut auf Haut ist der beste Soundtrack, den ich je gehört habe.

Ich bringe meinen Kopf nach vorne und lasse meine Zähne über ihre Schulter kratzen. Alles, um mich abzulenken und das

Unvermeidliche hinauszuzögern, denn ich will, dass dies für immer anhält. Ich will nicht, dass es jemals aufhört.

Ich will sie sehen. Ich ziehe mich zurück, nehme ihren Arm und drehe sie um, damit sie mich ansieht. Ich will die weichen Züge ihres Gesichts sehen und die Haare, die es umrahmen. Ich nehme ihren Hintern in meine Hände und hebe sie um meine Taille. Dann drücke ich sie gegen die Wand und gleite tief in sie hinein.

Ihr Kopf fällt nach vorn und vergräbt sich in meiner Halsbeuge. Ihre Lippen pressen sich gegen die dort gespannten Muskeln.

Ich ficke sie, als gäbe es kein Morgen. Ich bin in mein eigenes Vergnügen versunken. Ich lasse es mit jedem Stoß wachsen und wachsen. Bis ich weiß, dass ich es keine Sekunde mehr aushalten kann.

Ich richte meinen Rücken auf und starre ihr in die Augen. Dann lasse ich meine Finger in ihr Haar gleiten und lege sie auf ihrer blassen Kopfhaut ab.

In ihr wird mir klar, was für ein Idiot ich war, weil ich mir das entgehen ließ.

Ihr Mund ist offen. Weit geöffnet. Sie schenkt mir einen Blick voller intensiver Ekstase und es haut mich sofort um.

Meine Finger graben sich in ihre Oberschenkel und unsere Körper bewegen sich in perfekter Synchronisation.

Ich drücke meinen Mund auf ihren und spüre, wie ihr ganzer Körper zu zucken beginnt, während ich mich in ihr entleere. Ihr

Geschlecht presst meinen Schwanz zusammen und gibt ihn dann wieder frei. Ihr Körper stößt im Orgasmus vor und zurück. Wir beide reiten auf diesem gegenseitigen Gipfel der Lust, bis nichts mehr übrig ist.

Als diese schließlich abebbt und mein Schwanz ein letztes angehaltenes Zucken in ihr auslöst, lockere ich meinen Griff und lasse sie zurück auf ihre Füße gleiten.

Sie greift nach mir und schwankt unsicher. Ich bewege mich, um sie zu halten, und wir beide lassen uns in den Armen des anderen auf den Boden sinken. Zufrieden und erschöpft.

Es gibt keine Worte, weil es nichts zu sagen gibt.

Das haben wir hinter uns gelassen.

Alles, was es jetzt gibt, ist Stille und sie, mein Einhorn.

KAPITEL DREIZEHN

ERIN

Ich fahre mit meiner Hand über Peytons Brust. Meine Finger heben und senken sich wie Klaviertasten, während sie über seine Bauchmuskeln tanzen.

„Du hast einen ziemlich unglaublichen Körper“, sage ich zu ihm.

Er zieht mich näher an seine Seite, vergräbt sein Gesicht in meinem Haar und atmet tief ein. „Du auch. Wie viel schaffst du beim Gewichtheben?“

„Hör auf“, kichere ich. „Ich habe in meinem ganzen Leben noch kein Gewicht gehoben.“

Seine Hand schlängelt sich meinen Rücken hinunter und drückt meinen Hintern. „Und woher kommt dieser knackige Hintern dann?“

„Von guten Genen, schätze ich. Ihr King-Jungs seid nicht die Einzigen, die ein Monopol darauf haben.“

„Ist das deine endgültige Antwort?“

Wir liegen jetzt im Bett. Peyton liegt auf dem Rücken und ich habe mich an seine Seite gepresst. Mein Kopf ruht in seiner Armbeuge. „Was wäre, wenn ich dir sagen würde, dass es einfach Magie ist. Dass ich einen Zauberer ausgetrickst habe, damit er mir diesen Arsch zur Verfügung stellt, und ihm einen Beutel mit mystischen, lila Bohnen für den größten Hintern im Land geschenkt habe?“

Peyton lacht. Es vibriert durch seinen Körper und durch mein Bein, das über seinen Oberschenkel geschwungen ist. „Vielleicht könntest du mir ein paar von diesen lila Bohnen schicken, damit ich nicht fünf Tage die Woche im Fitnessstudio verbringen muss."

„Ich dachte, ihr Jungs liebt es, in den Spiegel zu schauen, während ihr trainiert ..."

Sein Schwanz springt gegen mein Knie. „Oh, gilt das auch als Training?"

Ich greife hinunter und fasse ihn an. Ich streiche leicht darüber und bewundere, wie er sich in meiner Hand anfühlt. Samtig und glatt. „Ich meine, du kannst doch nicht deine ganze Zeit im Fitnessstudio verbringen. Was machst du sonst noch? Zum Spaß?" Ich höre auf ihn zu streicheln und drücke zu. „Außer dem Offensichtlichen."

Er legt den Arm hinter seinen Kopf und die Haut um seinen Bizeps spannt sich. Er schaut an die Decke und sieht völlig zufrieden aus. „Wenn ich könnte, würde ich dieses Bett nicht verlassen. Aber da du gefragt hast, muss ich dir sagen, ich weiß es nicht. Ich schätze, die üblichen Dinge – Musik und Filme und abhängen."

„Du strickst nicht wie, äh, wie heißt doch gleich dieser andere Spieler?"

Die Antwort fällt ihm sofort ein. „Baylor Torrence. Der Typ ist ein verdammtes Biest."

„Hat er nicht ein Bestseller-Buch mit Strickmustern herausgebracht?"

„Wenn man so eine Statistik hat wie er, kann man machen, was man will – stricken, häkeln, einen Nähzirkel gründen. Ich würde auch ein paar Nadeln in die Hand nehmen, wenn ich dafür seine Statistik haben könnte."

Ich hebe mein Bein höher, die Spitze meines Schambeins streift den dicken Rumpf von Peytons Oberschenkel. „Hast du keine weiblichen Hobbys, von denen du mir erzählen willst – Puzzeln, Kuchen backen? Ich wette, du machst einen fiesen Auflauf."

Seine Hand wandert von meinem Hintern meinen Rücken hinauf und spielt mit den feinen Haaren in meinem Nacken. Bei seiner Berührung fließt ein leiser elektrischer Strom unter meiner Haut. „Nichts von alledem, obwohl ich nichts gegen ein gutes Musical habe."

Ich setze mich erschrocken auf. „Musical? Erzähl mir mehr."

„Meine Mutter hat mich immer heimlich aus dem Haus geschleust, um sie zu sehen. Sie fand, meine ganze Kindheit sollte nicht nur aus Fußball, Grillen und Gewichtheben bestehen. Sie wartete, bis Vater auf Reisen ging und holte mich sogar einmal aus dem Bett. Der alte Mann hatte keine Ahnung. Bis zum heutigen Tag haben auch meine Brüder keine Ahnung. Aber ich habe es geliebt – die Lichter, die Theatralik, den Aufbau, das Sitzen auf einem Kissen ... Gott, wir müssen zehn oder mehr zusammen gesehen haben. Heutzutage muss ich allein gehen und inkognito."

„Was? Trägst du etwa eine Perücke?“, lache ich und versuche, mir den mächtigen Peyton King vorzustellen, wie er Mary Poppins genießt.

„Nicht ganz. Ich stelle nur sicher, dass ich mindestens fünfzig Kilometer von Crestfall entfernt bin.“

„Die Leute würden es verstehen. Es ist ja nicht so, als ob du dich in Frauenkleidern rausschleichen würdest.“

„Aber es ist nicht weit weg.“

„Was ist denn dein Favorit?“, frage ich.

Er sieht mich an und die Macht seines Blicks ist nicht zu unterschätzen. Es würde mich nicht wundern, wenn alle Geheimnisse des Universums in diesen schokoladenfarbenen Augen wohnen würden. In dem tiefen Kosmos, den sie bilden. Seine Lippen verziehen sich leicht. „*Das Phantom der Oper*, natürlich. Andrew Lloyd Webber ist ein verdammtes Genie. Die achtzig Synthesizer sind das Einzige, was nicht gut gealtert ist.“

Das wird von Sekunde zu Sekunde überraschender. „Wow. Wo wir gerade von Enthüllungen sprechen. Deine Brüder verheimlichen doch nichts, oder? Es gibt keinen Harem oder eine Familieneinweihung, von der ich wissen sollte? Oder ziehen *sie* vielleicht gerne Frauenkleider an?“

Peyton lacht kräftig und laut darüber und legt die Hand auf seine Brust, um sich zu beruhigen. „Ich habe mir gerade Nolan in Pumps, Lippenstift und einem kleinen schwarzen Kleid vorgestellt. Das ist das Schlimmste, was ich je in meinem Leben gesehen habe. Dieses Bild werde ich wohl nie wieder loswerden."

Ich beginne wieder, seinen Schwanz zu streicheln. Von oben nach unten – eine ziemliche Länge. Er verhärtet sich unter meinen Fingern und die Schlange beginnt ihren Tanz. „Ich glaube, du würdest in einem Paar Miu Mius ziemlich gut aussehen."

„Ich weiß nicht, was das ist, aber ... *Nein* ... einfach *Nein*. Aber was meine Brüder angeht, sie haben alle ihre eigenen Macken und Exzentrizitäten. Die hat doch jeder, oder nicht?"

„Kommt ihr gut miteinander aus?"

Er überlegt einen Moment und schaut wieder zur Decke. „Ja, tun wir. Ich meine, wir streiten und so. So ist das unter Geschwistern nun mal. Aber ja, wir halten uns gegenseitig den Rücken frei. Titus hat eine große Zukunft vor sich, ein paar große Teams tanzen schon um ihn rum. Er ist ziemlich forsch und großspurig, aber ich schätze, er hat auch eine sensible Seite."

„Er hat einen Zwilling, nicht wahr?"

„Phoenix. Er spielt Basketball. Er spielt im Grunde nur, um Vater bei Laune zu halten. Ich glaube, er ist nicht mehr mit dem Herzen dabei, weißt du? Er hatte auch schon Angebote von Profiteams, aber er lehnt sie alle ab. Und dann ist da noch Nolan."

„Ist er anders?", frage ich, während sich meine Hand um Peytons Schwanz festigt.

Seine Hand bewegt sich von meinem Nacken weg und seine Finger wandern langsam meine Wirbelsäule hinunter. „Nun, ich denke, er ist ruhiger als der Rest von uns. Auf dem Eis ist er lebendig, kein Zweifel, aber außerhalb? Ich schätze, man könnte sagen, er hat sich nicht durch Crestfall geschlafen wie einige von uns. Entschuldigung", fügt er hinzu. „Es ist nichts, worauf man stolz sein kann, und ich führe kein Buch, falls du das wissen willst."

„Ist schon gut." Ich lächle und bin froh, dass er sich öffnet. Er wird persönlich und das ist eine wunderbare Sache.

Genau das, was du wolltest, oder?

Aber je mehr er sich öffnet und mir sein wahres Ich zeigt, desto mehr Schuldgefühle habe ich wegen des Artikels. Wegen meiner Entscheidung, ihn darin aufzunehmen. Das ist nicht fair. Wir führen hier ein normales Gespräch ohne diese ganze Angeberei und ich muss zugeben, dass mich das näher zu ihm bringt – mehr als das, wenn ich wirklich ehrlich zu mir bin. Ich habe noch nie so für einen Typen empfunden und wollte jedes intime Detail seines Lebens wissen. Also, was soll ich nun tun? Seine tiefsten, dunkelsten Geheimnisse in die Welt hinausschicken? Sein Leben ruinieren?

Kurz gesagt, ich fürchte, ich kann die Geschichte nicht zu Ende bringen. Nicht, nachdem ich hinter den Vorhang gesehen und erkannt habe, dass dort kein Zauberer steht, sondern ein einfacher Mann, mit Fehlern wie jeder andere.

Wunderbar fehlerhaft.

Er spürt, dass etwas nicht stimmt, er hebt sich und hält die Seite meines Gesichts fest, um es zu sich zu drehen. „Was ist los?"

Ich habe meine Hand von ihm losgerissen und sie liegt jetzt untätig an seinem Oberschenkel. „Nichts."

„Bist du sicher? Du kannst es mir sagen. Ich bin im Grunde ein Diplom-Psychologe", sagt er.

„Wieso das?"

„Sagen wir einfach, ich musste schon einiges an Bettgeflüster erleiden."

„Du ‚leidest' unter dem, was ich sage?"

„Nein, nein, nein, Scheiße", sagt er, „das ist nicht, was ich ..."

Ich lege einen Finger auf seine Lippen. Diese perfekten, talentierten Lippen. „Halt die Klappe. Ich verarsche dich doch nur."

Er greift rüber und packt mich an den Hüften. Dann hebt er mich mit Leichtigkeit über ihn, wobei sein Schwanz an meiner Muschi reibt. „Tust du das?"

Ich greife zwischen meine Beine und hebe mein Becken an. Dann führe ich seinen Schwanz an seinen Platz, bevor ich mich langsam und bedächtig wieder auf ihm niederlasse, bis kein Zentimeter mehr zu sehen ist und ich komplett, glückselig ausgefüllt bin. „Wie ist das?"

Er lächelt mich an. Seine Hände drücken meine Hüften. „Besser."

*

Als ich am nächsten Morgen ins Büro gehe, ist alles besser. Die Luft fühlt sich frischer an, die Sonne ist heller ... Ich bin mir ziemlich sicher, dass nichts, was Lewis sagen könnte, mich runterziehen kann. Auf dem Weg zu meinem Schreibtisch fühle ich mich richtig wohl.

Unterwegs schaue ich noch schnell in Lewis‘ Büro vorbei, um ihm zu sagen, dass ich die Geschichte weg von Peyton und zurück zur Partykultur lenken werde und dass ich einen neuen Blickwinkel finden werde. Aber Lewis ist noch nicht da. Man kann seine eigenen Arbeitszeiten bestimmen, wenn man der Boss ist.

Trotzdem lächle ich, als ich mich an meinen Schreibtisch setze und meinen PC hochfahre, meinen Laptop auf eine Seite lege und sicherstelle, dass alle meine Stressbälle in die richtige Richtung zeigen. Pedantisch, ich weiß. Früher war ich nie so ein Ordnungsfanatiker, aber seit Mama ...

„Wie läufts mit der Geschichte?“

Ich drehe mich um und sehe Amanda hinter mir stehen. Sie trägt einen heißen grünen, völlig unpassenden Bleistiftrock, dessen Bund irgendwo um ihren Bauchnabel herum schwebt, und ihre Bluse ist so eng, dass ich mir ziemlich sicher bin, dass ihre frechen Brustwarzen jeden Moment durchbrechen werden.

Woanders würde sie eine strenge Standpauke bekommen, aber Lewis lässt sie gewähren, denn, nun ja, er ist Lewis. Er hat einen Penis als Gehirn und was immer Amanda tut, scheint ihn hart zu machen. Sie könnte buchstäblich jemanden in der Büroküche ermorden und er würde ihr helfen, den Tatort zu säubern und die Leiche zu vergraben.

Ich werde sie nicht an mich heranlassen. Ich halte meine Augen oberhalb ihres Halses und verhalte mich cool. „Es läuft gut. Ich glaube, ich bin wirklich an etwas dran."

„Bist du das?", grinst sie und ihre Lippen bewegen sich zu einer Seite. „An etwas dran oder *auf etwas drauf*?"

Ich widerstehe dem Drang, ihr einen Schlag zu verpassen. „Sehr witzig. Aber wirklich, egal, für welchen Winkel ich mich entscheide, ich glaube, es wird eine gute Lektüre."

Amanda lehnt sich an die Trennwand und ihre Augen verengen sich. „Reden wir hier von einer tiefgründigen, bissigen politischen Intrige oder eher", sie hält für den dramatischen Effekt einen Finger an ihr Kinn, „von amourösen Affären?"

Wie sie die Uni geschafft hat, werde ich nie erfahren. Ich bin mir ziemlich sicher, dass Lewis sie nur eingestellt hat, weil sie viel hübscher anzusehen ist als eine Topfpflanze. „Es wird intelligent sein und zum Nachdenken anregen. Du weißt schon, richtiger Journalismus."

Wovon du also nichts verstehst, möchte ich hinzufügen, bis mir einfällt, dass sie selbst eine ziemlich gute Geschichte hat, die sie gerade zusammensetzt.

Sie verschwendet auch keine Zeit damit, mich daran zu erinnern. „Weißt du, ich bin auch an etwas dran. Ich denke, es könnte landesweit bekannt werden.“

„Wirklich?“ Es ist schwer, den Sarkasmus aus meinem Ton zu halten.

„Ja, das tue ich. Ich denke, es ist klar, wer hier den besseren Artikel haben wird. Es sei denn, du nimmst Peyton King *richtig* in die Mangel.“

Ich weiß, sie verspottet mich und lässt die Karotte vor meinem Gesicht baumeln, aber ich kann mir nicht helfen. „Wir können eine Wette abschließen, wenn du willst.“

Amanda stellt sich gerade hin. „Und wie hoch ist der Einsatz?“

Ich stehe ebenfalls auf, obwohl ich ohne Absätze ein gutes Stück kleiner bin als sie. „Das wird noch entschieden.“

Sie lächelt, und Gott, ich würde alles dafür geben, es aus ihrem selbstgefälligen, zugegebenermaßen gut definierten, Gesicht zu wischen. Sie streckt ihre Hand aus. „Sicher. Es ist ja nicht so, dass ich verlieren werde.“

Wir schütteln uns die Hände, wobei die Masse an Schmuck, die an Amandas Handgelenk hängt, leise klappert.

„Das ist es, was ich gerne sehe, meine Damen. Gute, altmodische Teamarbeit.“

Es ist Lewis. Er ist endlich aufgetaucht und trägt einen Stapel Ordner unter einem Arm. Er hat auch einen Kaffee in der Hand. Er tritt zwischen uns und hat keine Ahnung, was wir eigentlich gemacht haben. Der Idiot, gesegnet seien seine Baumwollsocken, denkt, wir würden eine Art Partnerschaft eingehen.

Weit gefehlt.

Er schaut zuerst zu Amanda. „Wie geht es mit den Artikeln voran?"

Sie drückt ihre Brust raus, lächelt und klimpert mit ihren falschen Wimpern. „Ausgezeichnet. Ich mache *große* Fortschritte."

Lewis schiebt sich die Brille wieder auf den Nasenrücken. „Großartig." Dann dreht er sich zu mir um. „Und Erin, wie kommen wir mit dem Party-Teil voran?"

Schreckensfaktor 10.000.

Das ist es. Ich sollte ihm sagen, dass ich Peyton aus dem Artikel gestrichen habe und mich wieder auf die Party an sich konzentriere, aber ich sehe in Amandas Gesicht und kann es nicht tun. Vielleicht brauche ich Peyton ja doch, um das durchzuziehen.

„Toll", strahle ich.

Lewis lächelt zurück. „Dann macht mal weiter."

Ich werfe Amanda einen Blick zu, als sie sich zum Gehen wendet. Diesmal wird sie nicht die Oberhand behalten. Nein. Ich bin jetzt wütend genug und entschlossen, das durchzuziehen.

Was auch immer es mich kostet.

KAPITEL VIERZEHN

PEYTON

Es ist gut, dass der Trainer mir hilft, mich von Erin abzulenken. Wir machen eine Übung nach der anderen und endlos viele Liegestütze ... Mein ganzer Körper brennt von der Anstrengung und meine Waden sind so angespannt und hart, dass sie praktisch aus Zement bestehen.

Dank des Telefonverbots des Trainers kommt und geht auch der zweite Tag und ich habe immer noch keinen Kontakt mit Erin. Ich weiß, dass ich ihr etwas schicken sollte – natürlich kein Schwanzfoto – aber diese ganze Freund-Freundin-Sache ist neu für mich. Wenn es das *wirklich* ist, was wir sind.

Was auch immer *es* ist, es ist mehr als nur Sex. Da bin ich mir sicher. Denn wenn ich an sie denke, denke ich nicht nur an Sex, so toll der auch ist. Ich denke an die Art und Weise, wie sie ihren Kopf leicht neigt, wenn sie verwirrt ist. Oder daran, wie sie sich Essen in den Mund schaufelt, wenn sie Hunger hat. Wie sie sich die Haare hinters Ohr schiebt, ihr Lachen, ihre schrullige Konversation, ihr Interesse an allem anderen als sich selbst, auch an *mir*. Niemand hat bisher so tief gegraben und wirklich hinter die Maske gesehen, die ich für die Welt aufsetze. Sie ist die Erste.

Vielleicht wird sie auch die Letzte sein?

Es ist ein seltsames Konzept, sich die Zukunft mit ihr so vorzustellen.

Ich stehe am Tisch mit den Wasserflaschen am Rande des Feldes und der Schweiß kühlt langsam auf meiner Haut ab. Mein Getränk hinterlässt einen trockenen, chemischen Geschmack auf meiner Zunge.

Jemand stößt mich von hinten an und der halbe Inhalt meines Bechers landet auf dem Tisch.

Tony fängt an zu schnurren. „Wie geht es deinem Einhorn?"

„Gut", antworte ich. Ich bin zu erschöpft, um das Thema jetzt zu vertiefen, besonders mit Tony.

Er leert seinen ersten Becher, dreht sich um und schenkt sich einen weiteren ein. „Sie ist in deinem Kopf, Mann."

„Wie kommst du darauf?"

Er sieht mich an und atmet ein. „Du bist da draußen und machst die Übungen. Du kriechst sogar dem Trainer in den Arsch, aber", er tippt sich an den Kopf, „du machst es wie ein Roboter, Mann. Dein Körper spielt den Ball", er wirft seinen Arm hoch, „aber dein Kopf ist in den Wolken, Bruder. Deine Gedanken schwimmen da oben im Sexland herum."

Mir schaudert es bei dem Gedanken, was für ein „Sexland" in Tonys Kopf lebt.

Ich knülle den Becher zusammen und werfe ihn in den Mülleimer an der Ecke des Tisches. „Na gut, aber ich bin immer noch hier, oder? Ich trete *dir* da draußen immer noch in den Arsch."

Das tue ich wirklich und deshalb ist Tony sofort erpicht darauf, das Thema zu wechseln. „Wir gehen nach dem Training in die Stadt. In den Laden mit der kleinen Brünetten hinter der Bar – Melinda, Mandy? Irgend so ein Scheiß."

Ich erinnere mich vage an sie und daran, wie unangenehm es war, sie im Hinterzimmer besagter Bar gegen einen Stapel Fässer zu drücken. Sie hinterließ Kratzspuren auf meinem Rücken, die einen Kilometer lang waren.

Tony packt mich zitternd. „Erde an Peyton. Komm mit uns. Betrink dich und vergiss dieses Mädchen. Geh danach zu ihr, wenn du willst. Was macht eine Stunde schon aus?"

Ich gebe nach. „Scheiße, na gut."

Tony klopft mir auf den Rücken, zerknüllt seinen Becher und lässt ihn auf den Rasen fallen. „Die erste Runde geht auf mich."

*

Der Laden ist eine typische Kleinstadt-Bar. Die Tanzfläche ist so groß wie ein Doppelbett, das Farbschema ist grauenhaft und man fühlt sich wie in einem Horrorfilm. Zum Glück ist die kleine Brünette verschwunden und wurde durch einen Biker mit einem Bart ersetzt, der so lang ist, dass er die Bar berührt. Aber das ist verdammt noch mal das Beste, was wir außerhalb des Campus haben.

Normalerweise ist der Ort voll von alten Kerlen, die Sex haben wollen, und jungen Damen, die nach kostenlosen Drinks suchen. Aber heute Abend wurde er von einer anderen Art von Gästen übernommen. Ich erkenne die blaugrauen Trikots. Natürlich sind sie hier. Wir spielen dieses Wochenende gegen sie und dies ist der einzige Ort, an dem man einen Drink bekommt – abgesehen vom Schnapsladen die Straße runter. Das macht Sinn.

Es scheint, als wären sie schon gut in Schwung gekommen. Sie haben sich über den ganzen Platz verteilt und Tabletts mit leeren Biergläsern stehen überall auf den etwa zehn Tischen herum.

Sogar die Musik scheint leiser zu werden und die Spannung in der Luft steigt, als wir uns in einem Gedränge der Bar nähern. Wir tragen knallrote Trikots und Jacken. Es könnte nicht deutlicher sein, wer wir sind.

Sie beobachten uns. Jeder einzelne Augapfel.

Tony kommt an der Bar an und bestellt. Ich trete neben ihn und erkenne den Quarterback, der ein paar Meter entfernt von mir steht und uns anglotzt. Er wurde in seinem zweiten Jahr nur sieben Mal abgefangen, was mit Größen wie Eric Berry vergleichbar ist. Er ist gut.

Aber ich bin besser.

Er nimmt Augenkontakt mit mir auf. „Trink lieber was. Das wird den Schmerz etwas dämpfen, wenn wir dir auf dem Feld in den Arsch treten.“

Tony ist der Erste, der sich umdreht, aber ich halte ihn mit einer Hand zurück, während der Rest des Teams sich hinter uns stellt.

Ich beäuge ihn. „Wenn du einen Arschtritt suchst, bist du hier richtig."

Er lacht darüber und nickt seinen Teamkollegen zu, die sich ebenfalls um ihn versammelt haben und aus den Ecken und Schatten des Klubs geschlichen kommen. „Ihr habt die letzten beiden Spiele verloren, richtig? Eure Abwehr ist ein verdammter Witz und euer Außen-Verteidiger ist ein echter Homo. Wir werden euch so tief in den Boden stampfen, dass ihr eine Schaufel braucht, um wieder rauszufinden."

Tony bewegt sich, aber ich halte ihn auf Abstand.

Ich gehe einen Schritt auf das Arschloch zu. „Du hast eine verdammt große Klappe, weißt du das?"

„Hey, ich brauche hier heute Abend keinen Ärger", sagt der Biker hinter der Theke, aber er wird einfach ignoriert – und ist auch irgendwie in der Unterzahl.

Das andere Team hat sich näher an uns herangeschlichen und wir kommen alle zusammen. Testosteron liegt schwer in der Luft. Die Musik wird etwas lauter und schallt aus den blechernen Lautsprechern, die über der Bar angebracht sind.

Der andere Quarterback wirft mir einen Kuss zu. „Du hast nur eine große Klappe und große Eier. Deshalb kann ich dir in dein hässliches Gesicht sagen, dass wir deine Anzeigetafel zerlegen werden und dann auch *all* deine dreckigen Schlampen ficken werden. Natürlich doppelt verpackt. Wir wollen doch nicht irgendwelche Krankheiten aus ihren schlampigen kleinen Löchern aufschnappen, oder Jungs?“

Ein Chor der Zustimmung ertönt, ein paar von ihnen klingen allerdings etwas unsicher.

Ich spüre, wie sich die Jungs hinter mich stellen. Sie sind begierig darauf, Blut zu sehen. Aber wir müssen uns zusammenreißen.

Dann sagt der andere Quarterback etwas, das ich ihm einfach nicht verzeihen kann. Er zeigt direkt auf mich und ist jetzt nur noch ein paar Meter entfernt. „Und was dich angeht, du Arschloch, ich werde deine Schlampe zuerst ficken.“

Ich denke an Erin und sehe absolut rot. Ich weiß, dass der Typ nur Scheiße labert und uns aufziehen will. Er kennt wahrscheinlich nicht mal ihren Namen. Aber ich beiße an. Ich stürme vor, greife ihn um die Taille und schiebe ihn erst durch sein Team und dann über einen Tisch, sodass wir beide auf die Tanzfläche stürzen.

Danach beginnt eine verdammte Katastrophe.

Der Ort versinkt im Chaos. Tony prallt mit zwei Typen an der Bar zusammen und ein Glas kracht gegen die Wand. Ich höre das Knirschen von Knöcheln gegen Knochen und erkenne, dass es meine eigene Hand ist, die diesem großmäuligen Wichser in den Kiefer schlägt. Ich treffe seinen Kopf, aber er steckt den Schlag gut weg und feuert eine harte Linke zurück, der ich ausweichen kann, bevor ich versuche, wieder auf die Beine zu kommen.

Ich bin außer Atem, als mich jemand anderes zurück auf den Boden schleudert. Die Seite meines Gesichts ist nass und klebrig. „Fick dich!", schreie ich, greife nach oben, trete einem Typen in die Brust und werfe ihn über einen Tisch. Dann nehme ich den Quarterback am Kragen seines Trikots und schlage ihm mitten ins Gesicht. Er murmelt etwas und Blut fließt in zwei roten Strömen aus seiner Nase. Ich lasse ihn fallen und drehe mich um. Ich bin schockiert darüber, wie schnell die Hölle losgebrochen ist, aber ich spüre die willkommene Flut von Endorphinen, die ein guter Kampf mit sich bringt.

Der Barmann ist nirgends zu sehen. Entweder kauert er in einer Ecke oder er hat die Polizei gerufen. Wir dürfen auf keinen Fall hier sein, wenn sie kommen.

Ich schiebe meine Finger in den Mund, pfeife laut und rufe: „Verpisst euch! Los!"

Mein Kopf wird schnell wieder klar und die Erkenntnis läuft mir eiskalt den Rücken runter. Der andere Quarterback kneift sich die Nase zu, stolpert gegen einen alten Zigarettenautomaten und greift mit einer Hand nach der Wand.

Ich renne auf die Treppe zu, die nach draußen führt. „Verdammt, lauft!", schreie ich, und meine Kehle wird plötzlich trocken.

Die anderen schließen sich mir an, während ich renne.

Tony ist damit beschäftigt, einen riesigen Kerl an der Bar anzuschreien. Ich packe sein Trikot, ziehe ihn weg und schiebe ihn Richtung Ausgang. „Verpiss dich, Mann!"

Wir stolpern alle schwer atmend die Treppe hoch und nach draußen. Meine Hand fängt an zu schmerzen und meine Augen werden groß.

„Was zum Teufel ist gerade passiert?", keucht Tony.

„Das ist doch egal", antworte ich. „Lass uns einfach zum Bus gehen und von hier verschwinden."

Tony nickt und streicht sich sein Haar zurück. Er klatscht in die Hände. „Ihr habt ihn gehört, Jungs. Bewegt euch! Im Eiltempo!"

Ich nehme mir eine Sekunde Zeit, um mich zu sammeln. Dabei schaue ich die Treppe hinunter, die zum Klub führt, aber niemand taucht auf.

Was zum Teufel hast du getan?, fragt mein Kopf.

Was zum Teufel hast du getan?, wiederholt er noch einmal.

*

Der Trainer schüttelt den Kopf. Es regnet und der Geruch von Ozon und abgestandenem Schweiß liegt in der Luft. Er geht die Linie entlang und ein Regenschirm hält das Schlimmste von ihm ab. „Ich habe in meinem ganzen Leben noch nie ein traurigeres Pack von Wichsern gesehen. Was zum Teufel habt ihr Jungs zwischen gestern und heute angestellt, das euch zu so einem erbärmlichen Haufen von Arschlöchern gemacht hat?“

Ich schaue zu Tony und sehe, dass sich die Schuldgefühle im ganzen Team ausbreiten. Aber alle halten den Mund. So funktioniert das bei uns. Einer für alle.

Der Trainer ist noch nicht fertig. „Anscheinend habt ihr auch irgendwann die Fähigkeit zu sprechen verloren. Habt ihr euch den Corovirus eingefangen?“

„Es heißt *Corona*virus“, sagt jemand am anderen Ende.

Und los gehts.

„Es ist mir scheißegal, ob es Krebs ist!“, schreit der Trainer. „Ihr spielt da draußen wie verdammte Anfänger!“ Er stellt sich auf die Zehenspitzen und versucht, über uns hinwegzusehen. „Was zum Teufel ist das?“

Wir drehen uns alle zusammen um. Eine Gruppe von Polizisten nähert sich vom Westeingang her und bahnt sich ihren Weg über das Spielfeld. Ich sehe Tony an und weiß, dass wir denselben Gedanken teilen.

„Alles klar“, sagt der Trainer. „Wartet hier einen Moment.“

Wir sehen dem Trainer zu, wie er ihnen entgegengeht. Einer von ihnen zeigt in unsere Richtung und ich weiß, dass wir am Arsch sind.

„Scheiße“, sagt Tony. „Glaubst du, sie ...?“

Ich nicke. „Die Frage ist nur, wer.“

Die Frage ist beantwortet, als die Bullen vor uns auftauchen. Einer schaut auf ein Foto in seiner Hand. Es ist ein Schwarz-Weiß-Foto von einer Überwachungskamera, aber es ist deutlich genug. Er schaut darauf und zeigt auf mich.

Ein anderer Polizist kommt auf mich zu und greift nach seinen Handschellen. Wasser tropft von der Krempe seiner Mütze. „Peyton King?"

Der Trainer steht schweigend da. Ich habe keine Ahnung, was er denkt. Ich bin am Arsch. „Ja", verkünde ich.

Der zweite Polizist holt ein weiteres Foto heraus, schaut auf und nickt diesmal zu Tony. „Tony Hamilton?"

„Ja, Sir."

„Sie werden mit uns kommen."

Es gibt keine weiteren Fotos. Es scheint, als würden Tony und ich heute den Kopf hinhalten müssen.

Der Polizist geht mit den Handschellen auf mich zu, aber der Trainer springt auf, um ihn abzuwehren. „Hey, Officer", sagt er, „die brauchen wir nicht. Die Jungs werden freiwillig gehen, nicht wahr, Jungs?"

Wir nicken beide gleichzeitig, aber ich spüre, wie sich eine nervöse Angst in mir ausbreitet. Meine Brüder und ich haben als Heranwachsende viel Mist gebaut, vor allem die Zwillinge. Wir hatten auch ein paar Zusammenstöße mit der Polizei, aber das hier ist ernst. Es knüpft an eine Reihe von Vorfällen in Crestfall an – Kämpfe und

Ausflüge ins Büro des Dekans. Darauf folgte eine Reihe von Entschuldigungen.

Der Polizist mit den Handschellen denkt einen Moment darüber nach, bevor er sie wegsteckt. „In Ordnung. Lasst uns gehen."

Ich gehe mit ihm weg, Tony mit dem anderen. Mein Herz klopft, weil ich weiß, dass das hier alles andere als gut ausgeht.

Ich schaue zurück und sehe das Team im Regen stehen. Ein Block aus Rot und Weiß. Der Trainer sieht enttäuscht aus. Und das ist schlimmer, viel schlimmer, als ihn wütend zu sehen.

Ich lasse den Kopf hängen und gehe. Es gibt nichts mehr, was ich tun kann.

*

Wir werden eine Viertelstunde lang verhört, aber das Filmmaterial aus der Bar ist ziemlich eindeutig.

Ich gehe mit Tony durch den schummrigen Gang zu den Zellen und sehe, wie er in seine geführt und dann die Zellentür hinter ihm geschlossen und verriegelt wird.

„Hier rein", sagt die Polizistin, die mich hierher gebracht hat, während sie eine Hand auf meinem Rücken legt und mich in meine eigene Zelle schiebt.

Ich trete ein und die Tür schließt sich hinter mir mit einem soliden Klirren von Metall. Das Schloss dreht sich. Es gibt keine Öffnung an der Tür, nur einen schmalen Schlitz an der Rückwand, durch den das

Sonnenlicht diagonal in den Raum fällt. In der Ecke steht eine Metalltoilette ... und das wars. Es sind vier Wände aus gestrichenem Ziegelstein und sonst nichts. Ich kann nur gedämpfte Geräusche von draußen hören, nichts Verständliches.

Ich lasse mich auf den Boden sinken und stütze meine Hände auf die Knie. Erst dann wird mir klar, dass ich Erin immer noch keine Nachricht geschickt habe. Sie wird sicher denken, dass ich sie ignoriere.

„Scheiße!" Ich schlage mit der Faust auf den Boden, aber es endet nur damit, dass ich wieder vor Schmerz fluche und mir die Hand halte. Ich bin mehr frustriert über mich selbst als über alles andere. Ich werde sie verlieren. Und wofür?

Ich starre an die Decke und sehe die einsame Glühbirne in der Mitte. Ich möchte schreien, aber ich weiß, dass es nichts nützen wird.

Alles, was ich tun kann, ist warten.

*

Das Abendessen wird serviert. Es ist eine Ansammlung von drei matschigen Kugeln aus etwas, das ich für Kartoffeln, Kürbis und Erbsen halte, das aber aufgrund der Farbe alles Mögliche sein könnte. Ich schiebe es beiseite. Nach dem Licht draußen zu urteilen, bin ich schon seit zwölf Stunden oder mehr hier drin, die Glühbirne ist vor einer Stunde oder so zum Leben erwacht.

Ich lege mich hin und versuche zu schlafen, aber ich kann nicht. Ich wälze mich hin und her, greife mir an den Kopf und schüttle ihn immer wieder, weil ich weiß, dass das hier alles kaputtmachen wird.

Ich bin bis jetzt nur einmal aus der Zelle gekommen. Um meinen Anruf zu tätigen. Ich dachte wirklich daran, Erin anzurufen, entschied mich dann aber doch für meinen Vater. Er ist nicht einmal drangegangen und ich musste ihm eine Sprachnachricht hinterlassen, die wahrscheinlich gelöscht und vergessen wird.

Ein paar Stunden später höre ich, wie das Schloss an der Tür entriegelt wird. Sie schwingt auf und dieselbe Beamtin, die mich hergebracht hat, steht da und sagt streng. „Stehen Sie auf. Man hat Sie auf Kaution rausgeholt."

Ich will sie fragen, wer mir geholfen hat, aber ich fange an, es zu verstehen, als ich den Anwalt meines Vaters im Foyer warten sehe.

Ich unterschreibe den Papierkram. Der Polizist am Schreibtisch nimmt ihn und drückt den Summer für die Tür, die zum Foyer führt. Der Anwalt kommt mit der Aktentasche in der Hand zu mir herüber. „Ihr Vater wartet draußen."

„Natürlich tut er das", antworte ich und folge dem Anwalt zu der wartenden Limousine. Der Chauffeur öffnet die Tür, ich steige ein und nehme gegenüber von meinem Vater Platz, der dort mit seinem üblichen Glas sitzt – 25-jährigem Scotch, der gut fünfhundert pro Flasche kostet.

Mein Vater lässt sich nichts anmerken. Es ist ein typischer King-Charakterzug, seine Emotionen und Wut zu verbergen. Zumindest war das so, bis dieser Quarterback anfing, Scheiße über Erin zu reden.

Das hat er nicht, schaltet sich mein Kopf ein. *Er hat nicht mal ihren Namen gesagt, oder? Du bist derjenige, der angebissen hat.*

„Ich werde es kurz machen“, sagt mein Vater, taucht einen Finger in sein Glas und wirbelt das Eis herum. „Du ziehst wieder zu Hause ein.“

„Das will ich nicht“, protestiere ich.

„Das ist keine Bitte, Peyton.“

Zurück nach Hause zu ziehen, wäre die Hölle. Ich hasste es, dort zu leben. Egal, mit welcher Geliebten auch immer Vater dort herumspukte.

„Hast du eine bessere Idee?“, fragt er. „Weil du auf keinen Fall mehr in der Nähe des Campus wohnen wirst.“

Ich *habe* eine Idee. Auch wenn sie mir nicht gefällt, könnte sie alles sein, was ich habe. „Ich könnte bei den anderen einziehen.“

„Deinen Brüdern?“ Vater lacht und stellt sein Glas ab. „Mm.“ Er lässt sich zurück in den Sitz sinken. „In Ordnung. Vielleicht können sie dich aus Schwierigkeiten heraushalten.“

Ich bin überrascht, dass der alte Mann so leicht einlenkt. Das Leben mit meinen Brüdern wird nicht viel besser sein als das mit meinem Vater, aber ich ziehe das kleinere Übel vor.

Mein Vater lehnt sich nach vorne und zeigt mit einem Finger auf mich. „Aber hör mir zu, Peyton, und hör mir gut zu. Noch so einen Blödsinn, noch so einen Mist, und ich werde nicht mehr hier sein, um dir aus der Patsche zu helfen und diese Scheiße zu glätten, hörst du? Jetzt bist du auf dich allein gestellt. Verstehst du, was ich damit sagen will?"

„Ja", antworte ich kleinlaut.

„Ja, was?"

„Ja, ich verstehe."

„Gut, dann steig aus dem Wagen!"

KAPITEL FÜNFZEHN

ERIN

Es ist schon Tage her, dass ich von Peyton gehört habe. Meine leichte Besorgnis hat begonnen, sich in etwas anderes zu verwandeln, das sich in meinem Bauch dreht und wendet, als hätte ich etwas Schlechtes gegessen.

Wurde ich nur ausgenutzt?, frage ich mich. Bin ich dem Raubtier zum Opfer gefallen, dem ich mein ganzes Leben lang so sehr versucht habe auszuweichen? Sogar in der Schule, als der süßeste Junge der Klasse, Blair Williams, mir anbot, mich mit dem Finger zu ficken, wenn ich ihm im Austausch dafür einen Blowjob unter der Tribüne geben würde – nein, nicht mit der guten alten Erin – habe ich abgelehnt. Und das aus gutem Grund. Aber jetzt schlafe ich mit Blair Williams 2.0 und was habe ich vorzuweisen, außer einem schmerzenden Herzen mit dem Gefühl des Bedauerns?

Es ist erst ein paar Tage her, erinnere ich mich. *Er könnte beim Training beschäftigt sein, richtig? Das macht doch Sinn.*

Er hat ein Handy, erwidere ich mir selbst. Es ist ja nicht so, als wäre er zum Mars geschickt worden.

Aber dann erinnere ich mich an das Kuscheln und das Reden. An die Art und Weise, wie er sich mir gegenüber geöffnet hat. Ich kann einfach nicht glauben, dass er mich einfach so im Stich lässt. Das ergibt keinen verdammten Sinn. Wir hatten doch etwas, oder etwa nicht?

Die Frage bleibt unbeantwortet.

Ich liege in meinem Bett und schaue einen besonders deprimierenden polnischen Film in Schwarz-Weiß an. Mindy sieht sich im Wohnzimmer Magic Mike an und ich frage mich langsam, wer hier die bessere Wahl getroffen hat.

Ich höre, wie Magic Mike draußen zu Ende geht, und kaum eine Minute später klopft es an meine Schlafzimmertür.

„Herein", murmle ich.

Die Tür geht auf und Mindy steht einfach nur da und beobachtet mich. „Wie ich sehe, trägst du deinen Penis-Pyjama, was bedeutet, dass du entweder super deprimiert bist oder dir die sauberen Schlafanzüge ausgegangen sind."

Ich starre weiter auf den Bildschirm. „Letzteres."

Der Pyjama mit den ineinandergreifenden rosa Cartoon-Penissen war ein Geschenk meiner Tante, als ich achtzehn wurde. Es war ihre Art zu sagen, ich solle mich ein bisschen amüsieren und „einfach ein bisschen verdammten Spaß haben", wie sie es ausdrückte. Ein interessanter Vorschlag, wenn man bedenkt, dass sie ihre Zeit an der Uni auch nur mit studieren verbracht hat. Also ja, alle meine anderen Schlafanzüge sind in der Wäsche und ich bin gezwungen, diesen zu tragen, wie ein perverses, pornografisches Escher-Kunstwerk.

Mindy nimmt die Fernbedienung in die Hand, hält den Film an und setzt sich auf meine Bettkante. „Ich hoffe, es ist nicht wegen Peyton King."

Ich versuche, irgendwo anders hinzuschauen, als zu ihr.

„Oh, Scheiße", ruft sie aus. „Ist es *doch*. Ihr seid ... Ihr wart ... Sind die Legenden wahr? Brauchst du medizinische Hilfe?"

Ich werfe ein Kissen nach ihr. „Ja, mach nur so weiter."

Sie mustert mich. „Doppelte Scheiße, du hast dich in ihn *verliebt*, oder? Was zum Teufel hat er mit dem Ding gemacht? Dir damit auf den Kopf gehauen? Denn das ist nicht die Erin, die ich kenne. Du regst dich nicht wegen eines Jungen auf. Und er ist noch ein Kind. Das verstehst du doch sicher."

Ich setze mich in den Schneidersitz auf und spiele mit meinen Händen. „Er ist ..." Aber ich finde nicht die passenden Worte.

Mindy hilft mir auf die Sprünge. „... ein beschissenes Mitglied einer Studentenverbindung, das irgendwie in dein Gehirn eingedrungen zu sein scheint. In deine Hose? Das verstehe ich. Aber in deinen schönen Kopf? Wie zum Teufel ist er da reingekommen?"

Das ist die Frage der Stunde, wirklich. Und eine, auf die ich keine Antwort habe.

„Ich habe keine Ahnung", gestehe ich und bin den Tränen nahe, als Mindy nach vorne springt und mich in eine Umarmung zieht. „Oh Gott, er bringt dich zum Weinen."

„Ich weine nicht", aber meine Stimme bricht, als ich es sage.

Mindy hält mich mit stählernem Blick ein Stückchen von sich weg. „Hör zu, Mädchen, und zwar gut. Du wirst doch nicht zulassen, dass dieser Typ seinen Jedi-Gedanken-Scheiß abzieht, oder?“

„Nein“, quieke ich.

„Sieh mich an“, befiehlt Mindy und spricht jetzt etwas lauter. „Wirst du es zulassen?“

„Nein“, stottere ich.

„Verdammt noch mal, sprich lauter, Schwester!“

Wir erheben uns beide auf die Füße. „Nein!“, schreie ich mit meiner ganzen Kraft.

Dann hören wir ein Poltern von oben. „Hey, seid leise!“, kommt eine gedämpfte Stimme.

Ich lache mit Mindy. Nach ihren aufmunternden Worten fühle ich mich ein bisschen besser. Wenn sie bei dieser ganzen Leichtathletik-Sache durchfällt, könnte sie eine anständige Karriere als Lebensberaterin machen ... oder als Sexualtherapeutin.

Sie greift nach unten und reicht mir die Fernbedienung. „Ich werde etwas schlafen und du“, sagt sie und schaut auf den Bildschirm, „du schaust weiter den langweiligsten Film der Welt.“

„Der ist nicht ...“

Aber sie ist schon auf dem Weg nach draußen und wirft eine Hand hoch. „Gute Nacht.“

„Gute Nacht“, antworte ich und lege mich zurück ins Bett.

Ich sehe mir weiter den Film an, aber meine Gedanken kreisen immer noch um Peyton. So sehr ich es auch versuche, ich kann ihn nicht dazu bringen, zu verschwinden.

*

Überraschenderweise wache ich erfrischt und mit klarem Kopf auf. Nach genügend Koffein fließen die Worte im Büro leicht. Vielleicht ist es ein Gefühl der Erleichterung, da ich jetzt Peyton für den Artikel nicht gebrauchen kann. Lewis wird zu sich kommen. Er wird das Gesamtbild irgendwann sehen.

Mein Handy klingelt mit einer Nachricht. Mindy steht erst zur Mittagszeit auf, was bedeutet, dass es nur eine Person sein kann.

Ich bin endlich entspannt, denke ich, *und jetzt kommst du und rufst mich an?*

Ich überlege, ihn zu ignorieren, aber mein Handy verhöhnt mich und klingelt einfach weiter. Diese ausgeglichene Stimmung, die ich hatte, knallt gegen eine verdammte Wand. Ich rolle mit den Augen und öffne die Nachricht.

Es ist wirklich Peyton, er entschuldigt sich für seine Abwesenheit und fragt, ob er mich anrufen kann.

Klar, antworte ich und bleibe dabei neutral. Ja, ich möchte schon irgendwie hören, was er zu sagen hat.

Mein Handy beginnt sofort zu vibrieren. Ich stehe auf und nehme es mit ins Treppenhaus, um sicherzugehen, dass Amanda nicht hinter meiner Tür steht und zuhört.

Ich gehe ran. „Das ist schon eine Weile her."

„Das ist es", und bei diesem einfachen Satz merke ich, wie sehr ich seine Stimme vermisst habe. Es ist der dunkle, raue Ton, der mir Schauer über den Rücken jagt. „Lass mich noch einmal um Entschuldigung bitten."

„Es ist schon drei Tage her, Peyton."

Eine Pause. „Hast du von dem Kampf in der Stadt gehört, in der Bar?"

„Ja, habe ich." Ich hake nach. „Warst du daran beteiligt? Ich habe gehört, es waren Leute von außerhalb?"

„Ja, sie haben Scheiße über das Team erzählt, aber sie haben bekommen, was sie verdient haben. Unglücklicherweise", sagt er und zieht das Wort in die Länge, „wurde die Polizei involviert und ich wurde verhaftet ..." Ich höre ein langes Ausatmen. „... also ja, es waren nicht die tollsten Tage meines Lebens."

Ich hatte keine Ahnung. Ich *habe* von der Schlägerei gehört, aber die Details waren lückenhaft. Wir kümmern uns um die Nachrichten auf dem Campus, nicht um die Stadt. Aber selbst nach dieser Information kann ich nicht anders, als wütend zu sein.

„Falls du dich wunderst", fährt er fort, „ich habe meinen Vater angerufen, der seine schweren Jungs hinzugezogen und alles wieder in Ordnung gebracht hat. Mehr oder weniger. Ich wollte dich anrufen, wirklich, aber ... Die Wichser sind beim Training aufgetaucht und haben mich in Handschellen weggeschleppt. Zusammen mit Tony. Das nenne ich eine verdammte Demütigung. Ich bin überrascht, dass du *davon* nichts mitbekommen hast."

Meine Wut verflüchtigt sich, aber sie ist noch nicht ganz weg. Ich weiß nicht, wie ich darauf reagieren soll.

Ich bin überrascht, dass sich das noch nicht herumgesprochen hat, aber die Mitglieder des Teams stehen sich sehr nahe. Trainer Mooney hat wahrscheinlich alle gegeben, um es geheim zu halten, damit die Talentsucher keinen Wind davon bekommen. Es sieht nicht gut aus, wenn die Besten der Uni in Handschellen weggeschleppt werden.

Ich brauche nicht zu antworten. Peyton spricht zuerst. „Auch eheliche Besuche waren nicht erlaubt, tut mir leid."

Das entlockt mir ein kleines Lächeln. Ich kann es nicht verhindern. „Ich wäre sowieso nicht gekommen."

„Das ist wahrscheinlich klug, wenn man bedenkt, dass die Matratze die Dicke eines Kekses hatte."

Wieder gibt es ein langes Schweigen.

„Was nun?", frage ich.

„Ich mache es wieder gut und führe dich zum Essen aus."

„Wann?"

„Heute Abend. Wir gehen in die Stadt. Der alte Mann hat mich dazu gebracht, bei meinen Brüdern außerhalb des Campus einzuziehen. Ich schätze, er denkt, dass sie mich aus den Schwierigkeiten heraushalten werden. Offensichtlich hat er in letzter Zeit nicht viel Zeit mit ihnen verbracht."

Vor meinen Augen blinkt ein großes Neon-Warnschild auf, das vor dieser Einladung noch nicht da war. Aber ich schiebe es beiseite. Es ist reine Neugier und vielleicht der flüchtige Wunsch, wieder bei ihm zu sein und in seinen Armen zu liegen. „Und wenn ich zustimme?"

„Ich verspreche dir eine Nacht, die du nicht vergessen wirst."

„Reden wir immer noch über das Abendessen?"

„Und den Nachtisch."

Ich ignoriere diese Anspielung. „In Ordnung. Oh Gott. Warum zum Teufel nicht? Aber ich will, dass du vor mir kriechst, hörst du mich?"

„Laut und deutlich. Ich schicke dir die Details per Nachricht, und Erin?"

„Ja?", antworte ich hoffnungsvoll.

„Ich meine es ernst. Danke, dass du mir noch eine Chance gibst."

„Mm", sage ich nur, weil ich mir nicht sicher bin, wie ich antworten soll.

Es folgt eine peinliche Verabschiedung, bevor ich auflege.

Das Warnschild schiebt sich wieder in Position und ich schwöre, dass es jetzt die Größe einer Werbetafel hat.

Wem mache ich was vor? Ich *brauche* Peyton King in diesem Artikel. Und wer hätte das gedacht, die perfekte Gelegenheit, tiefer zu graben, hat sich gerade ergeben.

*

Die Zeitung zahlt nicht gut. Meine Mahlzeiten sind meistens tiefgekühlt und nicht besonders appetitlich, weshalb das Steak, das ich im Restaurant in der Stadt bestellt habe, mich fast zum Orgasmus führt. Wer braucht schon Peyton King, wenn man ein Rückensteak bekommen kann, das so butterweich und zart ist.

Ich sehe, wie er mich beobachtet, während er einen Arm über die Lehne seines Stuhls gestützt hat und diese lässig-formelle Dualität, die er so gut beherrscht, durchzieht. Sogar das Leinenhemd, das er trägt, passt auf magische Weise zu beiden Verhaltensweisen.

Ich lege meine Gabel weg. „Was ist los?"

„Nichts. Ich sehe nur gern einem Mädchen zu, das weiß, wie man ein Steak isst, das ist alles."

Ich steche meine Gabel in den letzten Bissen. „Wenn du denkst, dass ich eine Art Wildfang bin, den du in deine persönliche Sexsklavin verwandeln kannst, musst du noch mal nachdenken."

„Es schien dich nicht zu stören, als ich die Kontrolle übernommen habe."

Jetzt hat er mich erwischt. Ich zucke mit den Schultern und vermeide den Blickkontakt, obwohl ich meine Beine fest unter den Tisch geklemmt habe. „Vielleicht. Aber ein Wildfang? Nein. Unerzogen in gewissen fleischlichen Gelüsten? Sicher. Aber ein Wildfang bin ich nicht."

Er beugt sich nach vorne und starrt mich über den Tisch hinweg an. „Die meisten Mädchen würden einen Salat bestellen und vielleicht ein bisschen darauf herumhacken, aber du stürzt dich einfach rein. Das ist verdammt geil."

Das Pärchen, das am Tisch neben uns versucht, ein friedliches, romantisches Abendessen zu genießen, wirft Peyton einen angewiderten Blick zu. Er zieht die Augenbrauen hoch und ich muss lachen. Ich tue mein Bestes, um nicht an dem letzten himmlischen Bissen zu ersticken.

Neben mir sitzt ein Plüschtier, das Peyton für mich gekauft hat. Es sieht ein bisschen aus wie eine Muschel mit Augen, obwohl ich mir sicher bin, dass es eigentlich ein Herz sein soll. Es ist irgendwie süß.

Der Wein steigt mir zu Kopf, aber ich schaffe es, das Gespräch auf die Kneipenschlägerei und Peytons anschließende Zeit als Knastbruder zu lenken. Dreimal muss ich mich entschuldigen, um auf die Toilette zu gehen (um angestrengt Notizen auf eine Serviette zu kritzeln). Ich bohre immer tiefer, bis ich mehr als genug für den Artikel zusammen habe. Natürlich bin ich mir nicht sicher, ob ich diese Informationen überhaupt verwenden werde, aber ich schreibe sie trotzdem auf, denn ich bin einfach eine gute Journalistin. Nur für den Fall. Ich fühle mich verdammt schuldig, es zu tun, aber ich tue es trotzdem, weil ich weiß, dass, wenn das alles schiefgeht, wenigstens etwas Gutes dabei herauskommen wird.

Peyton spricht über seinen Vater und darüber, dass er ihm versprochen hat, die Kaution zum letzten Mal gezahlt zu haben. Er spricht darüber, dass er bei seinen Brüdern einziehen wird, und erwähnt einige *sehr* aufschlussreiche Leckerbissen über die drei, von denen ich vorher noch nichts gehört hatte.

Wie pinkelt man überhaupt richtig in so einem Zustand?, grüble ich.

Es scheint, dass King Senior besonders gute Arbeit geleistet hat, um die erwähnte Kneipenschlägerei zu vertuschen. Aber das ist keine Überraschung, wenn man bedenkt, wer Stone King ist und welche juristische Macht er wahrscheinlich auf Knopfdruck besitzt. Es würde sich gut für den Artikel eignen. All diese Mantel-und-Degen-Geschäfte hinter den Kulissen und die Silberlöffel. Aber ich bin mir wieder nicht sicher, ob ich es verwenden werde.

Das sage ich mir zumindest, als ich das Badezimmer zum vierten und hoffentlich letzten Mal verlasse.

Peyton sieht besorgt aus. „Ist alles in Ordnung? Gibt es da hinten eine geheime Bar, von der ich wissen sollte?"

„Das Einzige, was es dort gibt, ist Seife und Wasser, fürchte ich", lächle ich und setze mich. „Sollen wir den Nachtisch bestellen?"

Die Hauptspeise fand ich gut, aber der Käsekuchen, den wir zum Dessert haben, ist auf einem ganz anderen Niveau. An einem Punkt stöhne ich tatsächlich und meine Augen sind geschlossen. Sie öffnen sich aber schlagartig wieder, als ich Peytons Hand auf meiner spüre. „Erde an Erin, du fängst an, eine Szene zu machen."

Ich kontrolliere meinen Teller auf Reste, aber es ist kein einziger Krümel mehr übrig. „Bring mich noch mal hierher und ich gebe dir alles, was du willst."

Er lächelt daraufhin. „Führ mich nicht in Versuchung."

„Jetzt klingst du aber sehr förmlich."

„Manchmal kann Förmlichkeit schön sein."

„Manchmal", antworte ich kryptisch.

„Willst du mit zu mir kommen und meine Brüder kennenlernen?", bietet Peyton an.

Verdammt, er sieht heute Abend unwiderstehlich aus. Ich sollte eigentlich auf der Hut und besonders vorsichtig sein, aber sein Blick ist so entwaffnend und so geheimnisvoll, dass es schwerfällt, etwas anderes als „*Ja*" zu sagen.

„Großartig, ich lasse den Parkservice das Auto vorfahren."

Das Auto entpuppt sich als etwas Sportliches. Es ist schwarz und besonders niedrig. Ich muss praktisch einen Spagat machen, um in das Ding zu kommen. Drinnen riecht es nach Leder und

Kölnischwasser. Es hört sich an, als wäre der Teufel auf einen Legostein getreten, als wir in die Nacht hinausschießen.

Das Gespräch wendet sich mir zu und ich bin froh darüber. Wir diskutieren über unsere südkoreanischen Lieblingsfilme und sind beide überglücklich, dass *Parasite* dieses Jahr den Oscar für den besten Film bekommen hat. Peyton bringt tatsächlich eine Reihe von kulturellen Unterschieden in dem Film zur Sprache, die mir vorher nicht aufgefallen waren. Die Tiefe seines Wissens und Verständnisses ist ein ziemlicher Schock, um ehrlich zu sein.

Eine Überraschung pro Minute, denke ich mir.

Die Residenz der Familie King liegt in den Hügeln über der Stadt. Eine Straße nach der anderen ist mit weitläufigen Villen und perfekten Gärten gespickt. Als ich aus dem Auto steige (Korrektur, *klettere*), wird mir klar, dass der Ort sogar nach Geld *riecht*.

Die Flügeltüren der Casa del King öffnen sich mit einem lauten Knarren und wir treten in den Flur.

Eine Stimme schreit von oben: „Bist du schon zurück, Romeo? Was ist denn passiert? Hast du ihr gesagt, dass du sie wieder in den Arsch ficken willst? Du hast ein Problem, Bruder."

Ich höre Schritte auf der Treppe und eine Gestalt taucht auf. Der Blick der Gestalt hüpft zwischen Peyton und mir hin und her und landet am Ende wieder bei mir. „Oh, Scheiße. Ich wusste nicht, dass ..."

Peyton verzieht das Gesicht und sagt: „Erin, das ist Titus."

Als er ins Licht tritt, kann ich die Familienähnlichkeit erkennen. Er ist jünger als Peyton und wirkt ein bisschen knabenhaft um die Wangen und die Kieferpartie. Er ist nicht ganz so gut geformt wie mein Mann.

Dein Mann, lache ich.

Jemand anderes taucht aus einem angrenzenden Korridor auf und ich verdrehe die Augen, denn ich starre auf ...

„Sie sind zweieiig, falls du dich wunderst“, erwähnt Peyton, der seine Hand schützend gegen meinen unteren Rücken gelegt hat.

„Phoenix hier ist der Basketball-Profi. Titus? Na ja, ich schätze, er ist ziemlich gut darin, seinen Schaft zum Glänzen zu bringen.“

„Baseball“, seufzt Titus und lehnt sich verschwörerisch vor. „Er meint, ich bin eine verdammte Kanone im Baseball.“

„Seid ihr nicht zu viert?“, frage ich Peyton.

„Er hat sich das Beste bis zum Schluss aufgehoben“, sagt eine heisere Stimme hinter mir.

Ich drehe mich um und entdecke den zweifellos vierten und jüngsten King. Und anscheinend auch den Geheimnisvollsten. Es ist Nolan, der dort in tiefschwarzen Boxershorts und ... sonst nichts ... steht. Tatsächlich sind alle vier Jungs durchtrainiert und gut gebaut. Die fleischgewordene Männer-Perfektion schlechthin. Das heißt, sie sind auch auf ihre eigene Art einzigartig. Sie haben noch kaum etwas gesagt und doch bekomme ich schon ein Gefühl für die Hackordnung hier.

„Jungs“, sagt Peyton herablassend, „das ist Erin.“

Einer nach dem anderen begrüßt mich erstaunlich herzlich.

„Wir gehen jetzt nach hinten und ich gehe davon aus, dass ihr uns in Ruhe lasst, oder?“, fährt Peyton fort. Er beäugt die anderen so intensiv, dass ich mich wundere, ob sie davon Löcher im Kopf bekommen.

Jeder Bruder nickt wissend.

„Ja, Eure Hoheit“, verbeugt sich Titus. „Auf jeden Fall“, sagt er und winkt uns weiter.

Nolan hält mich im Vorbeigehen auf und sieht zu Peyton. „Sei vorsichtig mit ihm“, sagt er. „Er spielt nicht immer nett.“

„Das tue ich auch nicht“, zwinkere ich.

Titus pfeift wie ein Wolf. „Scheiße, ja. Viel Spaß, Kinder.“

Im hinteren Teil des Hauses, das eine Art Freizeitraum zu sein scheint, schließt Peyton die Tür und verriegelt sie. „Ignoriere diese Idioten einfach.“

Ich lege einen nachdenklichen Finger auf mein Kinn. „Ich weiß es nicht. Sie schienen irgendwie charmant zu sein.“

„Du hast doch Titus gehört, oder?“

„Okay“, lache ich. „Vielleicht war die Sache mit dem Arschficken ein bisschen zu viel.“ Ich sehe mich um. „Oder ist das hier der Ort, wo das Arschficken passiert?“

Peyton lacht. „Wenn du magst. Obwohl der Whirlpool schöner ist."

„Es gibt einen Whirlpool?"

„Draußen ... abgeschlossen und auf Anordnung meines Vaters sicher vor neugierigen Blicken."

„Aber ich habe keinen Badeanzug", erkläre ich.

Peytons Lächeln wird breiter. „Ich auch nicht. Sollen wir?"

Ich drehe mich kurz um. „Deine Brüder sind gleich hinter dieser Tür. Was, wenn sie reinkommen?"

„Das werden sie nicht."

Das geht schneller, als ich erwartet habe. Aber ich stimme trotzdem zu. „Wenn ich sie sehe, ein Guckloch oder eine Überwachungskamera finde ... irgendwas ..."

„Wir werden nicht gestört werden", versichert Peyton und zieht sich bereits aus. Das macht es nur noch schwieriger, der ganzen verdammten Sache zu widerstehen. „Worauf wartest du noch?"

Ich rolle immer noch mit den Augen, als ich mein Oberteil und meine Hose ausziehe, während ein stolzer Peyton vor mir steht, dessen Erektion gegen den Rest seines Körpers völlig abstrakt wirkt.

Ich bleibe in meinem Slip und BH stehen und fühle mich darin irgendwie noch nackter. „Komm schon", drängt Peyton und macht einen Schritt auf mich zu.

Ich greife nach meinem Höschen und ziehe es mit einem einzigen Ruck meine Beine hinunter. Dann falte ich es und lege es auf den Rest meiner ebenfalls ordentlich gefalteten Kleidung auf dem Beistelltisch.

Ich öffne meinen BH und bedecke mich, aber Peyton tritt nach vorne und zieht meinen Arm weg, bevor er ihn um seinen Rücken legt. Ich muss zugeben, dass der Haut-Kontakt sehr angenehm ist.

„So ist es besser", sagt er und küsst mich, bevor er mich von den Füßen hebt und uns hinaus in die kalte, bissige Nacht trägt. Der Whirlpool befindet sich in einem großen Pavillon, der von Pflanzen und Sträuchern umgeben ist. Es ist eine gemütliche kleine Oase.

Peyton setzt mich am Rand des Whirlpools ab und springt hinein, der Dampf steigt in feinen Ranken um ihn herum auf.

Er dreht mich mit dem Gesicht zu sich, trennt meine Beine und lässt sich ins Wasser sinken, bis nur sein Kopf übrig bleibt. Das sexyste U-Boot der Welt.

Ich erschaudere, als seine Finger mein Geschlecht teilen. Alle Bedenken, dass die Brüder uns stören könnten, sind verflogen.

„Ich habe in meinem ganzen Leben noch nie etwas so Perfektes gesehen", sagt Peyton und ich glaube ihm.

Er schlüpft lässig zwischen meine Beine und macht diese Empfindung körperlich. Er fährt mit seiner Zunge an meiner Nässe entlang, an dem heißen, glitschigen Verlangen, das aus meinem Inneren strömt.

Die Wärme des Wassers dampft an den Innenseiten meiner Oberschenkel herauf und ein Hauch von Chlor liegt in der Luft. Der Kontrast zwischen der kühlen, frischen Luft und der Wärme des Wassers ist reizvoll.

Ich weiß, dass ich es vermisst habe, aber irgendwie fühlt es sich auch vertraut an. Ich will mich zurückhalten, der Konflikt in meinem Kopf ist nicht verschwunden. Aber ich will es genauso sehr wie er – einfacher geht es nicht.

Der Pavillon ist erfüllt von meinem atemlosen Stöhnen und einem leisen Keuchen. Er gleitet mit einem Finger in mich hinein und ich schwebe einen Moment lang vom Wannenrand. Meine Hände halten ihn fest umklammert. Ich schwebe. Himmelhoch.

Und ich will nie wieder runterkommen.

Er arbeitet mit langsamer und geübter Präzision und bringt mich immer wieder an den Rand, bevor er mich zurückfallen lässt. Er weiß genau, wo meine Grenze ist. Noch nie hat mir jemand diese Art von Aufmerksamkeit entgegengebracht. Diesen anspruchsvollen Sinn für mein eigenes Vergnügen.

Kein Teil von mir wird ungeliebt gelassen. Seine Hände wandern über meine Oberschenkel, mein Gesäß und meinen Bauch. Sie sind immer in Bewegung, um einen neuen Teil meines Körpers zu bewandern. Ich bin seine eigene veritable Schatztruhe.

Aber es ist das Juwel, das er zwischen meinen Falten findet, das ihn wirklich zum Leben erweckt. Seine Lippen streichen über den

Noppen meiner Klitoris. Er saugt sie in die Wärme seines Mundes und drückt mit der Unterseite seiner Zunge dagegen.

Für einen Moment bin ich sicher, dass er sich zurückziehen wird. Also greife ich nach seinem Kopf und halte ihn zwischen meinen Schenkeln fest. Was auch immer passiert, ich will ihn, und zwar jetzt.

Er saugt und zieht sanft. Er arbeitet an der heißen Stelle meines Geschlechts, bis ich unkontrolliert zittere und mich gegen sein schönes Gesicht stemme.

Erst als ich am Rande des Abgrunds stehe, zieht er sich zurück und klettert auf meinen Körper. Dann zieht er uns lachend ins Wasser.

Als er in mir versinkt und sein Schwanz tief in mich eindringt, erschaudere ich unkontrolliert. Ich weine. Echte Tränen tropfen von meinem Gesicht, als er mir ins Ohr flüstert, wie genau es sich anfühlt, mit mir Liebe zu machen. Er beschreibt alles im Detail und sein Vokabular ist in Sachen weiblicher Anatomie viel versierter als meines.

Mein Kopf singt im Takt mit meinem Körper, alles im Universum ist im Gleichklang. Es gibt keine wilde Akrobatik oder verzerrte Stellungen. Er versucht nicht, mich durch die Dielen zu ficken wie beim letzten Mal.

Nein, das ist eine Seite von Peyton King, die ich noch nie gesehen habe. Er wiegt sich sanft in mir. Immer und immer wieder. Bis ich kaum noch atmen kann.

Ich stemme mich gegen ihn. Der intensive Druck gegen meine Klitoris löst mich von innen heraus auf.

Wir bewegen uns so, bis ich wieder am Rand stehe. Das Wasser spritzt über die Seiten der Wanne und der Dampf macht mein Gesicht glitschig und nass.

Ich halte seinen Hinterkopf fest und schaue in seine Augen. Ich sehe die tiefe Intensität darin. Er ist so schön, so schön.

Und er gehört mir.

Dieser Gedanke ist genug.

Das Band zerreißt und mein Orgasmus rollt durch meinen Körper in einem nicht enden wollenden Schwall der Lust. Er ist so stark und tief, dass ich nicht sicher bin, ob ich lebe oder tot bin.

Er flüstert: „Ich liebe dich." Dann hebt er uns aus dem Wasser, wobei seine Hände meinen Hintern stützen. Er wiederholt seine Worte, als er sich gehen lässt und die Wärme seiner Erlösung ist willkommen.

Und ich treibe nicht länger.

Ich fliege.

KAPITEL SECHZEHN

PEYTON

Von jemandem geweckt zu werden, der auf einem hockt und einem anschließend eine Ohrfeige verpasst, ist genau der Grund, warum ich allein lebe.

Nolan versucht auch noch die andere Wange zu erwischen. „Komm schon, großer Junge. Es ist Spieltag."

Ich greife nach oben und schiebe ihn von mir runter. „Hast du nicht etwas Besseres zu tun?"

Er klettert vom Bett und sieht sich die Sachen auf meinem Schreibtisch an. Er ist wahrscheinlich auf der Suche nach etwas, das er später mitgehen lassen kann. „Wie lange lebst du schon allein, ein Jahr? Das ist ein Jahr, in dem wir dich hätten in den Wahnsinn treiben können. Und hey, es ist verdammt unterhaltsam."

Ich finde einen Schuh auf dem Boden und werfe ihn in seine Richtung. Er duckt sich gerade noch rechtzeitig und der Schuh prallt gegen die Wand.

„Siehst du", lächelt er, „blitzschnelle Reflexe. Nur durch die vollständige Beherrschung des inneren Ichs möglich."

Ich werfe den anderen Schuh. Er fängt diesen mit ausgestreckter Hand auf. „Und wie es scheint, mein guter Bruder, hast du besagte Selbstbeherrschung noch nicht gemeistert."

Ich suche nach einem T-Shirt. „Du willst, dass ich Selbstbeherrschung übe, während ich mit euch Arschlöchern zusammenlebe? Das ist ein verdammt guter Test, das muss ich dir lassen. Ihr lebt wie die Tiere. Ich weiß nicht, ob das unten ein Kühlschrank ist oder ein Biowaffenlabor."

„Dafür kannst du Titus die Schuld geben."

Ich stehe auf und stemme die Hände in die Hüften. „Hast du den Zustand der Teppiche gesehen? Ihre natürliche Farbe ist cremefarben, weißt du, nicht linsenbraun."

Nolan setzt sich an meinen Schreibtisch und schwingt die Beine über den Tisch. Er trägt seine Lieblingsschuhe. „Seit wann lässt du dir eine Vagina wachsen und fängst an, dich um den gottverdammten Teppich zu kümmern?"

„Seit ich gelernt habe, stolz auf meinen Wohnsitz zu sein."

Nolan greift nach einem T-Shirt auf der Rückseite des Schreibtischs und wirft es mir zu. Ich fange es mit einer Hand auf. „Unseren Wohnsitz", korrigiert er und greift nach einem neonfarbenen Zauberwürfel.

Nolan kann scheinbar nie lange still sitzen. Als er jünger war, diagnostizierte man bei ihm ADHS, obwohl nichts wirklich dagegen unternommen wurde. Manche würden sagen, er ist einfach hyperaktiv oder temperamentvoll. Er lebt ein bisschen mehr auf der Überholspur als die meisten. Das bedeutet aber auch, dass er leicht ablenkbar ist, weshalb der Geruch von frisch gebackenen Pfannkuchen ihn schnell aus meinem Zimmer lockt.

Der kommt wahrscheinlich von Phoenix, der unten einen Pfannkuchen-Berg mit gemischten Beeren und Schokostückchen zubereitet.

Das habe ich vermisst.

Ich schließe die Tür und schüttle den Kopf. „Was hast du über Selbstbeherrschung gesagt, Bruder?“

Ich setze mich auf mein Bett, suche mein Handy und schreibe Erin eine Nachricht. Sie antwortet mit einem Kuss-Emoji und sagt mir mit einem Zwinkern, dass sie an mich denkt. Sie wollte in diesem chaotischen Haus nicht übernachten und ich konnte es ihr nicht wirklich verübeln. Auch wenn ich sie gerne um etwas anderes gebeten hätte.

Ich habe auch an dich gedacht, antworte ich, und es ist keine Lüge. Ich bin letzte Nacht im Schlaf so stark gekommen, dass ich um Mitternacht das Laken wechseln musste. Das habe ich nicht mehr gemacht, seit ich sechzehn war.

Sie fragt, ob ich für das Spiel heute Abend bereit bin.

Ich lächle und meine Finger arbeiten. *Es ging mir nie besser. Kommst du? Du solltest.*

Sie dort zu haben, wäre ein großer Schritt. Es wäre eine Art öffentliche Erklärung. Aber ich denke, ich bin bereit dafür, diese Sache auf die nächste Stufe zu bringen.

Ich werde es mir überlegen, antwortet sie.

Ich lege das Handy weg und ziehe mir das T-Shirt über. Ich atme tief ein und stelle fest, dass diese Pfannkuchen *wirklich* verdammt gut riechen.

*

Den ganzen Tag schwanken meine Gedanken zwischen Erin und Football. Es fällt mir schwer, mich zu konzentrieren. Ich sitze da und sehe zu, wie der Trainer seine übliche Ansprache vor dem Spiel hält, aber alles, was ich sehe, ist, wie sich sein Mund bewegt.

Wir betreten das Feld. Die Lichter sind hell und die Luft ist kühl. Mein Kiefer arbeitet daran, meinen Mundschutz zu fixieren. Durch das Gitter meines Helms nehme ich unsere Besucher heute Abend in Augenschein. Es ist ein erfolgreiches Team mit neun Konferenztiteln unter ihrem Gürtel. Wir haben sie beim letzten Mal ohne Probleme besiegt und ich habe keinen Zweifel, dass es heute eine Wiederholung gibt.

Wir haben vielleicht gegen das letzte Team verloren, weil ich hinter Gittern war und so, aber ich habe definitiv vor, das heute Abend wiedergutzumachen.

Ich habe ihren Quarterback im Visier.

Ja, er könnte ein Problem werden.

Die Selbstgespräche setzen ein und das Netz aus Adrenalin beginnt sich zu verdichten. *Aber du bist schneller*, sage ich mir. *Deine Füße sind verdammt schnell.*

Umso merkwürdiger ist es, dass, als das Spiel beginnt und der Ball in meine Richtung fliegt, meine berühmten Füße einfach nicht mitspielen wollen. Ich stolpere tatsächlich und schaffe es gerade noch, den Ball unter Kontrolle zu bekommen, bevor ich ihn das Feld hinunterwerfe.

In dieser Disziplin bin ich überragend. Das kann ich. Aber ich habe ihre Taktik nicht erkannt. Ein Spieler knallt von der Seite in mich hinein und hebt mich von den Füßen.

Ich sehe, wie sich die Welt zur Seite neigt, und dann falle ich. Ich warte auf den Aufprall und als er kommt, bläst er mir die Luft aus den Lungen. Ich schlage flach auf dem Boden auf und ringe nach Atem. Erst als der andere Spieler von mir runtergeht, schaffe ich es, wieder Luft zu holen. Ich schaue hoch zu den stecknadelkopfgroßen Sternen, von denen ich verdammt noch mal hoffe, dass sie am Himmel sind und nicht in meinem Kopf.

Tony kommt angerannt, greift nach unten und hilft mir auf die Beine. „Gehts dir gut?“

Ich schüttele den Kopf und schniefe. Dann spucke ich meinen Mundschutz aus. „Ja.“

Er hilft mir auf die Beine. Meine Rippen fühlen sich an, als wären sie durch einen Fleischwolf gedreht worden.

Ich sehe den Trainer an der Seitenlinie, der bestürzt dreinschaut.

„Wie konntest du das verpassen?“, fragt er.

„Ich habe keine Ahnung“, antworte ich – es ist die Wahrheit.

Ich schaue hinüber zur Tribüne, wo die Freundinnen der Spieler abhängen, aber ich kann Erin nicht sehen. Ich betrachte den oberen Rang, kann sie aber auch dort nicht finden.

Vielleicht verspätet sie sich?

Kann sein.

„King!", ruft einer unserer Abwehrspieler. „Positionen!"

Ich schüttle kurz meinen Kopf und laufe zurück ins Mittelfeld. Aber die Dinge nehmen eine Wendung zum Schlechteren. Ich weiß nicht, was los ist, aber mein Spiel ist *total* daneben.

Im vierten Viertel sind wir total am Arsch und liegen weit zurück. Ich versuche, einen Angriff zu starten, aber es ist umsonst.

An der Seitenlinie ist der Trainer verständlicherweise wütend, aber seine Worte schaffen es nicht zu mir, weil mein Blick immer wieder zu den Tribünen wandert und versucht, Erin auszumachen.

Sie ist nicht da.

Ich frage Tony, aber er zuckt nur mit den Schultern. „Dein Einhorn hat dich im Stich gelassen, Mann."

Ich schaffe vielleicht nur jeden vierten Versuch und es ist für jeden Zuschauer klar, dass ich nicht in Form bin. Unsere Gegner holen sich einen leichten Sieg.

Ich werfe meinen Helm an der Seitenlinie auf den Boden. „Scheiße!"

„King, hierher, sofort!“, schreit der Trainer.

Tony stellt sich mit dem Rücken zu ihm und pfeift mir zu. „Wir sehen uns dann auf der anderen Seite, Mann.“

Der Trainer hat mich vom Rest des Teams weggeholt. „Willst du mir erklären, was da draußen passiert ist, Junge? Denn das war einfach grauenhaft. Wenn es hier Talentsucher gab, werden sie schwer enttäuscht abreisen. Das verstehst du doch, oder?“ Er blinzelt und mustert mich. „Bist du verkatert?“

Ich schaue weg. „Nein.“

„Krank?“

„Nein.“

„Sonst irgendwie verletzt?“

„Nein.“

„Nein, was?“

„Nein, Trainer.“

„Wie erklärst du dir dann diese Scheiße?“

Es ist eine gute Frage. Auch wenn ich mir ziemlich sicher bin, dass die Antwort klar ist. Es ist Erin. Ich bin wütend auf mich selbst, aber ich bin fast genauso wütend auf sie. Weil sie nicht gekommen ist. Weil sie nicht hier war und mich unterstützt hat. Ich habe ihr gesagt, dass sie kommen soll, oder? Sie könnte mein Glücksbringer sein, soweit ich weiß.

Und seit wann glaubst du an diesen abergläubischen Scheiß, deine Schnürsenkel auf eine bestimmte Art zu binden und dreimal auf deine Brust zu klopfen?

Das ist wahr. Ich glaube nicht an das Zeug, aber es ist die natürliche Schlussfolgerung, die ich ziehe. Die Tatsache, dass sie nicht aufgetaucht ist, hat mich in eine gefährliche Schieflage gebracht. Ich konzentriere meine Frustration auf sie. So ist es einfacher.

Der Trainer sieht mich von der Seite an und schnippt mit den Fingern. „Erde an Peyton, was zum Teufel ist da oben im La-La-Land los?"

„Ich glaube, ich habe Kopfschmerzen, oder so was", lüge ich. „Es ist wirklich schlimm."

„Mm." Der Trainer beobachtet mich aufmerksam. Seit diese Dokumentation rauskam, sind alle nervös wegen Gehirnerschütterungen und so. „Jonesy soll dich auf der Krankenstation untersuchen, mal sehen, ob sie einen Grund findet, warum du dich plötzlich in einen Verlierer verwandelt hast."

„Ja, Trainer."

Er zeigt auf mich, wie ein in Enttäuschung ertrinkender Vater. „Du bringst dich besser in Form für das nächste Spiel. Bring dich in Form oder du fliegst raus."

*

Zu Hause will ich nur noch zurück in mein Zimmer, meine Kopfhörer aufsetzen und das ganze verdammte Desaster vergessen. Nolan versucht, mich anzusprechen, aber er hält die Klappe, als ich ihn fast durch die Wand schiebe. Die anderen wissen, dass sie sich fernhalten müssen.

Ich knalle meine Zimmertür zu und fahre mit einer Hand über den Schreibtisch, wobei alles, was dort lag, in einem Haufen auf dem Boden landet. Es nützt nichts.

Ich sitze auf meinem Bett, als mein Handy zu klingeln beginnt. Ich nehme es heraus und schaue überrascht auf das Display. Es ist Erin.

Ich gehe ran, lasse sie zuerst sprechen. Sie klingt sehr fröhlich. „Wie ist das Spiel gelaufen?"

Es ist sogar noch ärgerlicher, dass sie es nicht weiß, weil das bedeutet, dass sie sich nicht mal eine Minute Zeit nehmen konnte, um den Spielstand zu überprüfen oder den Kopf aus dem Fenster zu stecken und festzustellen, dass heute Abend niemand jubelnd nach Hause gegangen ist.

Ich stehe auf und gehe im Zimmer auf und ab. „Wie es gelaufen ist?" Ich lache.

„Ja", sagt sie leichthin.

„Was glaubst du, wie es gelaufen ist?" Ich schreie schon fast und habe Mühe, mich zu beherrschen.

„Ähm, okay. Also nicht gut?"

„Wo warst du?“

Sie spürt meine Wut. „Ich wusste nicht, dass Anwesenheitspflicht besteht.“

Zum Teufel, natürlich wusstest du das. „Die Einladung war verdammt eindeutig.“

„Peyton, es gefällt mir nicht, wie du mit mir redest. Worum geht es hier eigentlich?“

Meine Wut steigt weiter in mir auf und wird zu einem roten Schleier, durch den es immer schwieriger wird, klar zu sehen. Aber ich denke an die Art und Weise, wie mein Vater ins Telefon geschrien hat und irgendein armer Lakai am anderen Ende es abbekommen hat. Das ist seine Art und ich bemühe mich, es nicht zu meiner zu machen. „Alle Freundinnen der anderen Spieler hatten die Höflichkeit, zu erscheinen, weißt du.“

Ich merke erst, was ich sage, als es aus meinem Mund kommt, aber es ist zu spät – das ‚F‘-Wort ist draußen und schwimmt in der Stille zwischen uns herum.

Ich weiß nicht, wie es weitergehen soll. Ich brauche Erins Antwort, aber die Leitung ist tot.

„Erin?“

Ich verfluche mich im Stillen erneut und die Wut verflüchtigt sich.

„Wir müssen reden“, sagt sie kurz und legt auf.

Ich lege den Hörer sanft weg.

Was zum Teufel hast du getan, Superstar?

Wer weiß? Ich habe das ‚F'-Wort noch nie benutzt und jeder weiß, dass es nur ein paar Buchstaben entfernt ist, von ...

Ich atme aus und ein. Ich versuche, mich mit den Techniken zu beruhigen, die der Trainer mir beigebracht hat, aber es ist nutzlos.

Alles, was ich tun kann, ist, hier mit meinen rasenden Gedanken zu sitzen und auf Klarheit zu hoffen.

KAPITEL SIEBZEHN

ERIN

Titus öffnet mir die Tür. „Sieh an, sieh an, wenn das nicht das Einhorn selbst ist."

Ich gehe an ihm vorbei. „Ich wünschte wirklich, ihr würdet aufhören, mich so zu nennen." Ich halte kurz an, kneife mich und mache eine Show daraus. „Ich bin ganz real, verstehst du?"

Titus wippt mit dem Kopf hin und her. „In Anbetracht der Art und Weise, wie du meinen Bruder mit deiner Muschi verzaubert hast, würde ich sagen, dass alles möglich ist."

Ich schüttle den Kopf. „Bezaubernd."

Er verbeugt sich und wedelt mit einer Hand vor sich. „Nein, *verzaubert.*"

So grob die Brüder auch sind, ich kann verstehen, warum sie auf dem Campus so beliebt sind. Jeder von ihnen könnte ein Model sein, alle wirken irgendwie besinnlich und auf ihre eigene Art sind sie die perfekten Alphamännchen. Sie würden eine tolle Rockband abgeben.

„Habt Spaß!", ruft Titus mir hinterher, als ich die Treppe hinaufgehe. So wie er es schon bei meinem letzten Besuch getan hat.

Ich finde Peyton auf seinem Bett. Es sieht so aus, als hätte er auf mich gewartet. Meine Wut hat sich in den letzten vierundzwanzig Stunden gelegt, aber ich bin immer noch wütend über die Art, wie er reagiert hat, als ich nicht zu seinem Spiel erschienen bin.

Vielleicht habe ich schon vorher verstanden, was es für ihn bedeuten würde. Und vielleicht wollte ich nicht auftauchen, weil ich mir dann eingestehen müsste, was das für uns beide bedeuten könnte.

Er hebt seine Hand. „Bevor du etwas sagst, möchte ich mich bei dir entschuldigen. Ich habe nicht klar gedacht."

Ich setze mich neben ihn. „Und vielleicht hätte ich da sein sollen. Ich wusste nicht, dass es so wichtig für dich ist."

Er deutet auf sein Zimmer und ich sehe die unzähligen Poster und gekritzelten Spielpläne. Ich sehe auch die nicht weniger als zehn Bälle, die auf dem Regal über seinem Bett aufgereiht sind.

„Okay, okay", sage ich, „es ist wichtig für dich, das verstehe ich. Aber das war trotzdem kein Grund, so auf mich loszugehen. Wie ich schon sagte, ich wusste nicht, dass es eine Anwesenheitspflicht gibt."

„Alle Freundinnen waren da."

Mein Herz bleibt bei dem Wort wieder stehen und es dauert eine Sekunde, bis es wieder in Gang kommt. Ihm muss klar geworden sein, was er am Telefon gesagt hat. Aber es jetzt wieder zu sagen, ist eine bewusste Entscheidung. „Ist es das, was wir sind, Freund und Freundin?"

Stille.

Ich will gerade etwas sagen, aber er spricht zuerst und schaut mich mit diesen unmöglich dunklen Augen an. „Ich mag dich, okay?" Er ist eindeutig nervös, fährt sich mit der Hand über den Kopf und hüpft beim Sprechen herum, als wäre das Bett aus Gummibällen gemacht. Er blickt zwischen seinen Beinen hinunter. „Um ehrlich zu sein, bin ich es nicht gewohnt, so etwas zu fühlen. Keine hat es je so lange ausgehalten wie du."

„Soll das ein Kompliment sein?"

„Ja", sagt er und sieht mich wieder an. „Das ist es. Du bist anders."

„Einzigartig?"

Er lächelt. „So in etwa."

„Also können wir diese ganze Hässlichkeit von neulich hinter uns lassen und weitermachen, wenn du, wie sagen die Kinder, fest mit mir gehen willst? Ist es das, was du willst?"

Sein Lächeln wird breiter. „Das würde mir gefallen ... und die Vorteile, die es mit sich bringen würde."

„Ich stehe auch auf dich", gestehe ich, „was verrückt ist, glaub mir. Aber du bist auch nicht der, für den ich dich gehalten habe."

„Scheiße, ich bin sogar noch härter, als du dir vorgestellt hast?"

Ich schlage ihm sanft auf die Schulter und bin irgendwie überrascht, dass es meine Hand ist, die wehtut. „Träum weiter."

Er rutscht rüber, sodass wir uns berühren. Dann schubst er mich leicht zur Seite.

Ich schubse zurück.

„Was sollen wir jetzt tun?", fragt er.

Mir fallen sofort ein paar Dinge ein, obwohl der Gedanke, dass Titus von unten mithört, es irgendwie im Keim erstickt.

„Wie wäre es mit einem Spaziergang. Um den Kopf freizubekommen?“

Ich stehe auf. „Klingt gut.“

Aber selbst als wir rausgehen, bin ich hin- und hergerissen. Ich verstecke die Geschichte immer noch vor ihm. Aber ich schreibe sie immer noch, und warum? Ich kann nicht beides haben.

Oder doch?

*

Peyton atmet die knackige Nachtluft ein. Der Campus ist so ruhig um diese Zeit und ich mag das. Es ist friedlich, fast meditativ.

„Hattest du Spaß auf dem Jahrmarkt neulich?“, fragt Peyton und schwingt unsere Hände.

Alles, woran ich denken kann, ist das Riesenrad. „Nun, es war das erste Mal, dass ich ...“

„Gekommen bist?“, unterbricht Peyton mich. „Ernsthaft? Was ist mit dem Morgen bei dir zu Hause?“

Aber ich stoppe ihn, senke meine Stimme und prüfe, ob wir allein sind. „Nein, nein, du Idiot. Das war das erste Mal, dass ich *so etwas* in der Öffentlichkeit gemacht habe.“

Peyton beginnt zu lächeln. „Aber du hast es genossen, nicht wahr? Ich erinnere mich genau. Du hast es *wirklich* genossen. Du bist fast auf den Mond geflogen, als wir oben ankamen."

„Ich wäre fast auf die Polizeiwache geflogen, wenn wir erwischt worden wären", erwidere ich.

Peyton nimmt neben mir Position ein und geht weiter. „Ich wette, du warst in der Schule ein richtiger Tugendbold, nicht wahr? Was war deine verrückteste sexuelle Aktion? Vor mir?"

Ich rolle mit den Augen und lache. Dann schaue ich hinauf in einen mit Sternen übersäten Himmel, durch den ein Flugzeug eine scharfe Linie schneidet. „Ich habe mal einem Typen einen geblasen. In der Wohnung seiner Eltern."

„Waren sie zu Hause?"

„Nein", fauche ich. „Natürlich nicht."

„Wow, das ist pervers. Das wars? Ernsthaft? Keine schrägen Bondage-Fetische oder Arsch-Fickereien ..."

„Woher kommt denn deine Besessenheit mit meinem Arsch? Und nein, ich habe es nie in den ..."

Er greift hinter mich und drückt besagtes Hinterteil zusammen. „Aber ich habe das Gefühl, du wärst offen dafür. Ich glaube, du würdest es sogar verdammt lieben."

Es gibt einen Park, der an den Campus angrenzt. Er ist nicht sehr groß, aber er ist voller Kirschbäume und alter englischer Ahornbäume. Der perfekte Ort zum Lernen an einem Sommertag.

Peyton lehnt sich zu mir rüber, um mir etwas ins Ohr zu flüstern. Dann blickt er in Richtung der schattigen Formen des Parks. „Wie wäre es jetzt? Dort drinnen?"

Ich folge seinem Blick. „Was? *Sex*?", flüstere ich, weil ich Angst habe, dass uns jemand hören könnte.

„Nein, Kanaster", kontert Peyton. „Komm schon."

Und ehe ich mich versehe, werde ich in den Park gezogen und wir beide schlängeln uns durch die Bäume und Sträucher, bis wir ein schönes Plätzchen gefunden haben, das etwas abseits liegt. Es gibt nur den silbernen Schein des Mondes über uns und darin sieht Peyton praktisch engelsgleich aus.

Was er als Nächstes tut, ist es nicht.

Er presst seinen Mund auf meinen und drückt mich gegen den großen Stamm eines der älteren Ahornbäume. Die Rinde fühlt sich an meinem Rücken rau an. Seine Zunge trifft auf meine und schickt mich bereits in eine Reizüberflutung.

Ich habe schon öfter über so etwas fantasiert. Natürlich habe ich das. Ich hätte nur nicht erwartet, dass ich es hier auf dem Campus tun würde.

Der Kuss allein reicht aus, um mich zum Brennen zu bringen. Mein Inneres spannt sich an und mein Magen flattert, weil ich weiß, was kommen wird. Ich kann nicht glauben, dass ich das tue. Es ist absolut verrückt und völlig untypisch für mich. Ich mache so was nicht.

Keiner kann uns sehen, aber trotzdem sind meine Wangen knallrot vor Verlegenheit.

Peyton greift unter meinen Rock und zieht mein Höschen runter. Ich hebe einen Fuß und er zieht es von meinem Knöchel, dann vom anderen. Er lässt meinen Slip in einem feuchten Haufen neben uns auf den Boden fallen. Ein kühler Luftzug streicht zwischen meinen Beinen hindurch und lässt meine nackte Haut zu Gänsehaut werden.

Ich erwarte seine Hand oder zumindest seine Finger, aber stattdessen kniet er sich hin, hebt ein Bein und legt es über seine Schulter. Dann verschwindet er unter meinem Rock wie ein altmodischer Fotograf.

Ich dachte, Peyton wäre bei unserem Abendessen hungrig gewesen, aber die Art, wie er mich dort im Park verschlingt, ist etwas ganz anderes. Er hält die Oberseite meiner Beine und leckt vom feuchten Ring meiner Öffnung den ganzen Weg hinauf zu meiner Klitoris. Er saugt sie in seinen Mund, bevor er mit dem dicken Körper seiner Zunge um sie kreist.

Ich versuche, mir ein Stöhnen zu verkneifen und schließe meinen Mund. Dann stütze ich mich mit beiden Händen auf seinem Kopf ab.

Er leckt von meiner Klitoris weg. Seine Zunge verengt sich und gleitet in meine Muschi. Seine Lippen schließen sich dabei um meine Schamlippen und das Ganze macht mich vor Lust völlig verrückt.

„Heilige Scheiße“, atme ich aus und versuche alles, um leise zu sein. Ich schließe kurz die Augen, um mich zu konzentrieren.

Sein Kopf schiebt sich unter meinen Rock. Seine Hände bewegen sich nach unten, um meinen Arsch zu umfassen und meine Backen zu trennen. Seine Zunge bewegt sich nach unten und dann nach innen. Weiter und weiter. Bis ihre Spitze direkt an meinem Arschloch sitzt.

Ich dachte, Oralsex in einem öffentlichen Park sei ein ziemliches Tabu, aber so weit zu gehen? Dahin, wo noch *nie* ein Mann zuvor gewesen ist?

Wenn ich dachte, ich würde durchdrehen, als er anfing, mich zu lecken, betrete ich jetzt eine ganz neue Welt der Lust.

Ich beuge mich unter dem Schock der Empfindung und der Art, wie seine Zunge gegen meine intimste Stelle sticht. Er leckt daran und scheint nicht genug zu bekommen, während sich seine Finger in das weiche Fleisch meines Arsches graben.

Langsam zieht er sich zurück, hebt mein Bein an und holt Luft. Dann steht auf und dreht mich so, dass ich dem Baum zugewandt bin.

Sein Mund ist an meinem Ohr und ich kann meine Erregung an ihm riechen. Es ist der erdige Duft meines Geschlechts auf seinen Lippen. „Weißt du, wie verdammt heiß mich das gemacht hat, dein süßes kleines Arschloch so zu lecken?“

„Wie heiß?“, frage ich ganz langsam.

Er antwortet, indem er seine Hand unter meinen Rock schiebt. Er schiebt sich zwischen meine Pobacken und ein Finger übt Druck auf die enge Rosette meines Anus aus.

Ich sauge einen Atemzug ein und er verschwindet hinter dem engen äußeren Ring aus Muskeln. Mein Arsch saugt ihn tief in die Hitze dahinter.

Ich könnte auf der Stelle kommen, aber ich halte mich zurück, während Peyton seinen Finger langsam ein- und ausführt.

In meinen wildesten Träumen hätte ich nie gedacht, dass ich so etwas genießen würde. Aber die Art, wie mein Herz rast und wie die Watte sich in meinem Kopf bildet ... Ich genieße es nicht nur. Ich genieße jede glückselige Sekunde.

Ich schnurre leise, als sich seine Finger zurückziehen und das Geräusch eines Reißverschlusses zu hören ist. Es ist nur eine kurze Bewegung, dann empfinde ich das herrliche Gefühl seines Schwanzes in mir, der nach oben gleitet und mich an den Baum drückt.

Ich umklammere den Stamm mit beiden Händen und meine Finger krallen sich in die alte Rinde, während ich genommen werde.

Es ist aber nicht für lange.

Peyton zieht sich zurück, sein Schwanz gleitet nach oben und ruht zwischen meinen Arschbacken. „Darf ich?"

Ich weiß, was er fragt.

Ich nicke zustimmend. Er benutzt seinen Daumen, um seinen Schwanz nach unten zu drücken und ihn in das zu kleine Loch zu führen.

Zuerst habe ich keine Ahnung, wie es funktionieren soll, aber sein Schwanz ist glitschig, weil er in mir gesteckt hat, und die Nässe erlaubt es seiner riesigen Eichel, die ersten paar Zentimeter zu überwinden, um von meinem Arsch verschluckt zu werden.

Ich stöhne laut auf und kann mich jetzt nicht mehr beherrschen. Ich drücke mich gegen ihn und ein weiterer Zentimeter schiebt sich in die klammernde Hitze meines Körpers.

Es ist ein völlig anderes Gefühl, so füllend und schmutzig, so ganz und gar nicht ... ich.

Er hebt sich und sein Schwanz rutscht tiefer. Tief genug, dass ich seine Eier an der Oberseite meiner Oberschenkel spüren kann.

Ich verfalle in eine Art Manie und verliere mich in allem, während sein Schwanz langsam rein- und rausgleitet. Mehr und mehr. Der feste Keil seines Körpers drückt mich hart gegen den Baum und mein Rock bündelt sich zwischen uns.

Seine freie Hand wandert zu meiner Klitoris und übt langsamen Druck aus, bis es fast unerträglich wird.

Ich atme aus und kann keine Worte mehr bilden.

Er beginnt, sich schneller zu bewegen. Er verlässt das langsamere Tempo und nimmt mich mit neuer Intensität.

Ich drücke mich gegen den Baum und bin mir sicher, dass ich morgen blaue Flecken und Kratzer haben werde, aber das ist mir völlig egal.

„Ja“, stöhne ich.

Nach einem langen Stöhnen stößt er hoch und bleibt dort.

In der Sekunde, in der ich seine Erlösung spüre, komme ich ebenfalls. Mein Kiefer erschlafft und mein Körper wird von einem Zucken der Lust geplagt. Mein Hintern und meine Muschi pressen sich zusammen und melken ihn trocken.

Ich weiß, dass ich etwas sage. Ich merke, dass ich es laut spreche, aber nichts scheint zu passen. Meine Worte ergeben überhaupt keinen Sinn.

Ich habe einen Abschluss in Journalismus und ich kriege keine zwei Worte zusammen.

Peyton zieht sich, kaum dass er wieder zu Atem gekommen ist, zurück. Ich bleibe am Baum stehen und das Muster der Rinde hat sich auf meiner Wange eingeprägt, als ich mein Gesicht davon abhebe.

Mir ist schwindelig und meine Sicht ist verschwommen.

„Bist du okay?“, fragt er und sein Schwanz schwingt vor meinen Augen.

Das war gerade in dir drin, denke ich mir. *Das war gerade in deinem Arsch.*

Der Gedanke lässt mich erneut zusammenzucken.

Plötzlich schreit jemand: „Hey, es ist der King!“

Es folgt Gelächter und ein lautes Rufen.

Wir sind entdeckt worden.

Ich habe mich noch nie so schnell angezogen. Ich hocke mich hin und suche den Boden nach meinem Höschen ab, obwohl ich weiß, dass es keinen Unterschied macht, ob ich es finde oder nicht.

Peyton verpackt sich in einem viel gemächlicheren Tempo. Er ist wahrscheinlich daran gewöhnt. Es muss ziemlich langweilig für ihn sein.

„Sie können uns sehen!“, flüstere ich alarmiert.

Er nimmt meine Hand und zieht uns in die entgegengesetzte Richtung zu der Gruppe von Studenten, die ich jetzt durch die Kirschbäume blitzen sehe.

„Lauf, Forrest, lauf!“, johlen sie und gehen weiter.

Ich stolpere über eine Wurzel und hüpfe einbeinig weiter, um mit Peyton Schritt zu halten. Eine Kette von Kraftausdrücken ertönt hinter mir.

Peyton fängt selbst an zu lachen und hört nicht auf, bis wir auf der anderen Seite des Parks vor dem Wirtschaftsgebäude herauskommen, das von den armen Seelen, die darin gefangen sind, „Askaban“ genannt wird.

Dort schiebt Peyton uns um eine Ecke und wir beide umarmen schwer atmend eine Wand.

Ich lasse Peyton zuerst um die Ecke spähen. „Sind sie weg?“, flüstere ich.

„Sieht so aus“, antwortet er und dreht sich wieder zu mir um. „Und, war das riskant genug für dich?“

Ich richte immer noch meinen Rock und kann immer noch diese schöne Taubheit spüren, wo er mich gefickt hat. „Was kommt als Nächstes? Werden wir es auf dem Schreibtisch des Dekans tun? Cunnilingus in der Cafeteria?“

Peyton lächelt nur. „Jetzt liegen wir auf einer Wellenlänge.“

KAPITEL ACHTZEHN

PEYTON

Erin und ich sehen uns in der kommenden Woche noch ein paar Mal. Ich ertappe mich dabei, dass ich jede Ausrede nutze, um bei ihr zu sein. Alles tritt hinter ihr zurück – das Training, die eigentlichen Vorlesungen. Ich gehe zwar immer noch zum Training, aber es ist schwierig, bei der Sache zu bleiben, wenn ich daran denke, auf wie viele Arten ich sie bei Sonnenuntergang beglücken werde.

Sie verleiht der ganzen Welt einen Glanz. Zu sagen, dass die Farben heller sind, wäre ein Klischee, aber es ist, als hätte jemand das Rad auf Technicolor gestellt. Ich ertappe mich dabei, wie ich einen guten Sonnenuntergang bewundere und auf die Leute achte, die mir im Vorbeigehen zuwinken. Sogar Tony hat mich verwirrt angeschaut, weil ich das Training nicht mit einer kurzen Stichelei in seine Richtung begonnen habe.

Heute Abend ist wieder ein Spiel. Wir treten gegen Oklahoma an. Sie haben fünf Trainer und achtzehn Spieler in der Ruhmeshalle, außerdem haben sie sieben nationale Meisterschaften gewonnen ... Ich genieße die Chance, sie in die Schranken zu weisen und sie zurück ins Cowboyland zu schicken.

Diesmal *ist* Erin unter den Zuschauern. Sie sieht in den Farben von Crestfall ziemlich auffällig aus. Ich winke vom Feld aus und sie winkt lächelnd zurück. Ich überlege, ob ich das Spiel ganz schwänzen und mit ihr unter die Tribüne schleichen soll, um etwas von der Schulzeit nachzuholen, das sie verpasst hat. Aber der Trainer hat mir klargemacht, wie wichtig das heutige Spiel ist. Wenn wir in Zukunft etwas erreichen wollen, brauchen wir diesen Sieg.

Wir brechen die Aufwärmübungen ab und machen uns auf den Weg zum Feld. Vor den Scheinwerfern wimmelt es von Insekten und die Luft ist schwer von Feuchtigkeit. Ich setze meinen Mundschutz ein und stütze mich auf meine Hüften. Dabei habe ich ein Auge auf Erin gerichtet, die jetzt mit dem Rest der Menge sitzt.

Ich konzentriere mich auf Oklahoma.

Meine Zeit zu glänzen, Jungs.

Aber es scheint, dass mein Glanz heute Abend ein wenig zu wenig ist. Der erste Spielzug ist ein kompletter Reinfall, dank einer Fehlkalkulation meinerseits. Oklahoma spielt seine alte Taktik, maximiert seine Größe an der Mittellinie. Normalerweise hätten wir das drauf, aber mein Ausrutscher erzwingt Fehler an der Linie.

Das ist kein guter Start.

Im ersten Viertel wird es besser, aber mir graut davor, an die Seitenlinie zu gehen.

Wie erwartet, scheint der Trainer nicht glücklich darüber zu sein. Er hat die Hände in die Hüften gestemmt und brütet wohl innerlich vor sich hin.

Ich starre zu Erin hoch, als er mich zur Seite nimmt. „Hörst du überhaupt zu, King? Beobachtest du Vögel oder spielst du hier heute Abend Football? Sags mir, denn es kommt mir verdammt noch mal so vor, als wüsstest du es nicht mehr."

Ich richte meine Aufmerksamkeit wieder auf ihn. „Es tut mir leid, Trainer."

Er schüttelt den Kopf und schiebt das Mikrofon von seinem Mund weg. „Hört mal, diese Oklahoma-Jungs wissen, wie man eine solide Verteidigung hinlegt. Ihr Jungs müsst es heute Abend bringen. Schock und Ehrfurcht, verstanden?"

„Ja, Trainer", kommt die gemeinschaftliche Antwort.

Er zeigt auf mich. „Und du ... Keine weiteren Patzer, verstanden? Wir wollen den Jungs zeigen, wer der Boss ist, und nicht, dass eure Ärsche um einen Tritt betteln."

Es ist eine interessante Vorstellung, aber ich versuche, nicht zu grinsen und nicht zu Erin aufzuschauen.

Im zweiten Viertel holen wir den Rückstand wieder auf, aber ich habe immer noch Probleme mit der Ballkontrolle. Ich kann meinen Körper heute einfach nicht zur Mitarbeit bewegen. Die wichtige Verbindung zwischen Kopf und Körper ist irgendwie unterbrochen.

„Peyton!"

Tony erwischt mich dabei, wie ich Erin wieder ansehe. „Vergiss das Einhorn, Mann. Konzentrier dich auf das verdammte Spiel!"

Ich nicke und sammle mich, aber das Spiel geht wieder daneben. Nichts, was ich tue, scheint heute Abend zu funktionieren.

Wir gehen mit einem Rückstand ins letzte Viertel, aber ich schaffe es, mehr mit Glück als mit Können, in den letzten fünf Minuten einen

Touchdown zu erzielen und den Spielstand auszugleichen. Wir gehen in die Verlängerung, aber in den beiden zehnminütigen Halbzeiten punktet keine Mannschaft.

Nichts dämpft die Stimmung auf dem Feld mehr als ein Unentschieden, die Menge verflüchtigt sich schnell, aber Erin wartet lächelnd, während ich in die Umkleidekabine unter ihr gehe. Ich glaube nicht, dass sie genau versteht, was heute Abend da draußen passiert ist.

Der Trainer wartet schon. Es herrscht ein allgemeines Gefühl der Niederlage, obwohl wir unentschieden gespielt haben. Wie er sagte, wir brauchten diesen Sieg.

Aber wir haben ihn nicht.

Ich nehme meinen Helm ab und meine Haare kleben an meinem Kopf. Der Schweiß brennt in meinen Augen und ich setze mich.

Ich erwarte, dass der Trainer durchdreht, aber er bleibt bemerkenswert zurückhaltend. Er stellt einen Fuß auf die Bank. „Ich denke, wir sind uns alle einig, dass das viel besser hätte laufen können. Also mache ich es kurz: Das nächste Mal töten wir da draußen. Das wars."

Er klatscht in die Hände und alle beginnen, mit hängenden Schultern zu den Spinden oder unter die Dusche zu gehen.

Der Trainer zeigt vom anderen Ende des Raumes aus auf mich. „King. Mein Büro."

Tonys Augenbrauen zucken, als ich vorbeigehe und ich zeige ihm den Mittelfinger. Wenigstens *das* fällt mir leicht.

Der Trainer bleibt in seinem Büro stehen. Ich schließe die Tür, aber er sagt nicht, dass ich mich setzen soll. Das bedeutet, dass er nicht plant, dass das hier lange dauert.

„Willst du versuchen, mir zu erklären, warum mein Starspieler heute Abend auf dem Feld herumgejagt ist und nach seinen Eiern gesucht hat? Ich meine, was soll der Scheiß, Junge? Konntest du den Scheiß nicht kommen sehen? Wir haben dafür trainiert, wieder und wieder und wieder. *Selbst ich* habe es satt."

„Es tut mir leid." Vielmehr habe ich nicht zu bieten.

Der Trainer schaut zur Decke und legt den Kopf wieder schief. „Ich kann auf die Entschuldigungen verzichten. Sag mir, was passiert ist. Gib mir *Antworten.*"

Ich habe vor langer Zeit gelernt, dass Ehrlichkeit die beste Politik ist, wenn es um den Trainer geht. „Ich habe nicht aufgepasst", gestehe ich.

„Da hast du verdammt recht und ich würde vermuten, dass es etwas mit dem hübschen Mädchen in der ersten Reihe zu tun hatte."

War das so verdammt offensichtlich? „Vielleicht", antworte ich, um Erin nicht bloßzustellen. Sie wird zu keinem weiteren Spiel zugelassen, wenn der Trainer herausfindet, wer sie ist.

Ich erwarte eine weitere Abreibung und bereite mich schon darauf vor, aber der Trainer setzt sich auf die Kante seines Schreibtisches und seufzt. „Glaubst du, das ist das erste Mal, dass ich jemanden wegen einer kleinen Muschi ausrasten sehe? Das ist es nicht. Aber darf ich dir einen Vorschlag machen?“

Mir ist klar, dass es eine rhetorische Frage ist.

„Das nächste Mal“, sagt er, „sag ihr, sie soll zu Hause bleiben. Dann spielst du wenigstens nicht die ganze Nacht Pingpong mit den Augen, ja?“

„Ja, Trainer.“

Ich sage „*Ja*“, aber das ist nicht das, was ich will. Also verspreche ich, besser zu spielen, und sage dem Trainer, dass ich mich beim nächsten Spiel bessern werde.

Das scheint zu reichen. Er entlässt mich mit einer Handbewegung und kehrt zu seinem wertvollen Spielbuch zurück. Das arme Ding sieht aus, als wäre es im Tal des Todes ausgegraben worden. Es ist in Leder gebunden und fällt an allen Ecken auseinander. Ich weiß nicht, welche Magie er darin für das nächste Spiel zu finden hofft, denn das Problem heute Abend waren nicht die Spielzüge. Es lag an mir.

Das ist eine schwer zu schluckende Pille.

Frisch geduscht, treffe ich Erin an der Seite der Tribüne. Sie lächelt und freut sich, mich zu sehen.

Ich küsse sie und es ist mir egal, wer uns jetzt sehen kann. Sollen sie es doch wissen. Scheiß drauf. Ich bin *stolz* darauf, mit ihr gesehen zu werden.

Sie schlingt ihre Arme um meinen Hals. Sie riecht und fühlt sich so verdammt gut an in meinen Armen. „Ein Unentschieden ist doch nicht so schlecht, oder?“

„Na ja, es ist nicht ideal.“ Das ist eine Untertreibung, aber ich will die Dinge leicht halten. „Es gibt heute Abend eine Party, falls du Interesse hast.“

Ich erwarte, dass sie ablehnt, aber sie wird sofort hellhörig. „Klar. Wo?“

„Nu Tau Beta, auch bekannt als die Nut Boys.“

„Warum?“

Ich beschließe, nicht zu viel zu verraten. „Ich schätze, du hast noch nie ‚feuchter Keks‘ gespielt.“

*

Die Party ist gut, wenn auch ein bisschen gedämpft dank des Unentschiedens. Aber Tony scheint das nicht zu stören, denn er hat bereits die Arme um zwei Blondinen gelegt und geht nach oben, als wir ankommen.

Ich bewege mich mit Erin an meiner Seite und tue mein Bestes, um sie den Jungs vorzustellen. Ein DJ legt lässige karibische Musik auf und das Ganze hat etwas von einem tropischen Thema, wenn man die Tabletts mit Mai Tais sieht, die die Runde machen. Die Nut Boys mögen die unterste Stufe der Griechen sein, aber sie wissen immer noch, wie man eine Party schmeißt.

Ich reiche einen Mai Tai an Erin. Sie nimmt den winzigen Schirm heraus, wirbelt ihn in ihren Fingern und lehnt sich gegen die Wand. Sie sieht so süß aus. „Ich war heute Abend keine Ablenkung, oder?“

Die Wahrheit hat vielleicht beim Trainer funktioniert, aber hier nicht.

Ich küsse sie auf die Stirn. „Natürlich nicht. Ich war nur nicht in Stimmung.“

Ihre Hand drückt sich gegen meine Brust und fällt langsam zu meiner Gürtelschnalle. „Vielleicht brauchst du eine Aufmunterung?“

Ich greife nach ihrem Hintern und ziehe sie fester an mich heran. „Vielleicht brauche ich das.“

Teamkollegen versuchen, mich zum Beerpong zu bringen und wollen mit mir vom Balkon im zweiten Stock zu springen – der übliche Nut-Boys-Scheiß, aber ich passe. Ich kann mich vor Erin nicht mehr mit diesem kindischen Unsinn beschäftigen. Tatsächlich bin ich insgesamt ein ziemlich guter Junge und der perfekte Partygast. Wir machen uns um ein Uhr nachts auf den Weg nach Hause. Das ist im Grunde genommen der Zeitpunkt, an dem die Party erst richtig anfängt. Tony kommt schließlich ohne Hemd aus dem oberen Stockwerk und beklagt sich über unsere frühe Abreise.

Als wir rausgehen, rufe ich ihm zu: „Wir sehen uns beim Training, Arschloch.“

„Gleichfalls, Arschloch“, schreit er zurück und johlt laut.

Mindy ist nicht zu Hause, als wir wieder bei Erin ankommen.

Die Tür schließt sich und ich werfe sie dagegen. Es ist genug, um kurz die Luft aus ihren Lungen zu pressen.

Wir machen uns nicht einmal die Mühe, das Licht einzuschalten. Sie will etwas sagen, aber ich bedecke ihre Lippen, bevor sie sprechen kann.

Eine Sekunde später beginnt sich die Welt ein wenig schneller zu drehen. Unsere Münder pressen sich fest aufeinander. Der Kuss ist schnell und heftig.

Sie legt ihre Hände um meinen Nacken, zieht mich fester an sich. Dann presst sie sich gegen mich.

Ich glaube nicht, dass ich jemals ein so dringendes Bedürfnis verspürt habe, eine Frau zu nehmen. Mich überkommt eine akute Verzweiflung, die nur ihre glitschige kleine Muschi befriedigen kann.

Ich neige meinen Kopf und lasse zu, dass die Berührung intensiver wird. Ihre Lippen brandmarken meine mit ihrer Hitze.

Es gibt nur einen Ausweg aus dieser Situation. Ich muss sie für mich beanspruchen und sie zu meiner machen. Nichts anderes wird funktionieren.

Ich ziehe den Saum ihres Kleides hoch. Ihre Haut fühlt sich an meinen Fingern feurig an.

Sie reibt ihre Beine gegen mein Handgelenk und ich tauche nach unten, um sie anzuheben. Als ich wieder nach oben komme, schaukelt der stählerne Umriss meines Schwanzes gegen ihren Schritt.

Ich knurre gegen ein leises Stöhnen an, das aus ihrer Kehle dringt, und stoße sie trocken gegen die Tür.

Ich halte ihren Arsch mit beiden Händen fest und reibe mich kraftvoll an ihr, während unsere Lippen miteinander verschmolzen bleiben.

Ihre Hände gleiten meinen Rücken hinauf und sie umklammert meine Schultern. Meine Finger drücken sich tiefer in das weiche Fleisch ihres Hinterns.

Meine Gedanken sind wie ein Sturm. Die Hitze in diesem Raum ... die sexuelle Spannung ...

Sie verzehrt uns.

Wir keuchen gemeinsam und unsere Münder kämpfen um Raum.

Ihre Hüften beginnen sich gegen mich zu stemmen und ihre Beine ziehen sich um meine Hüften zusammen.

Ich bin noch nicht einmal in ihr drin und schon spüre ich, wie sich ihr Körper zusammenzieht und zur Explosion bereit ist. Ich fühle die Hitze in ihrem Schritt.

Ich erwidere ihre Stöße und stoße fester zurück.

Wir sind wie zwei Teenager, die versuchen, es hinter sich zu bringen, bevor Mama und Papa nach Hause kommen. Ich weiß, ich sollte aufhören, bevor sie kommt, und sie richtig ficken. Aber ich kann es nicht lassen.

Sie stöhnt in meinen Mund und mein Name versucht sich von ihren Lippen zu lösen. Ihre Nägel krallen sich in meinen Rücken und sie erschaudert. Sie wölbt sich gegen mich, und ihr Körper hebt sich, als sie kommt.

Ich nehme mir einen Moment Zeit, um ihr Gesicht zu betrachten. Ihre geschlossenen Augen, die Art und Weise, wie die Lust über ihre gerötete Haut rinnt und die sinnlosen Laute, die sie im Orgasmus verliert.

Der Anblick ist zu viel.

Ich stürze mich noch einmal auf sie und kann mich nicht mehr zurückhalten. Ich komme in meiner Hose, ohne sie überhaupt auszuziehen. Ich stöhne gegen ihren Hals und wir beide sind im Takt gefangen. Mein Schwanz zuckt weiter vor Erregung gegen ihren Schritt.

Ein letztes Beben der Lust treibt mich vorwärts und durchzuckt mich auf eine Weise, die ich mir bis jetzt nicht vorstellen konnte.

Wir sinken zusammen auf den Boden und lehnen uns aneinander.

Sie nickt zu meiner Jeans. „Bist du ...?"

„Ich bin", lache ich.

Sie nimmt mein Gesicht und küsst mich. „Ist das eine Premiere, die *ich* für mich beanspruchen kann? Der große Peyton King ist in seiner Hose gekommen?"

„Beanspruche, was immer du willst“, sage ich und küsse sie genauso heftig zurück. „Ich gehöre dir.“

KAPITEL NEUNZEHN

ERIN

„Vegane Würstchen oder vegane Burger? Beides wird wohl wie nasser Gips schmecken."

Ich achte nicht wirklich auf Mindy, die den Einkaufswagen füllt, während sie ihn durch den Supermarkt schiebt. Wir kaufen immer zusammen ein, aber heute bin ich ganz woanders – wunderbar woanders.

Sie sieht mich lächeln. „Oh, Scheiße. Ich kenne diesen Blick."

Ich richte mich auf und versuche, lässig zu wirken. „Welchen Blick?" Sogar mein Tonfall klingt schuldbewusst.

Mindy legt eine Hand auf ihre Hüfte. „Du weißt schon, der Blick, der sagt: ‚Meine Güte, was hat der für einen traumhaften Schwanz'."

Eine Frau wirft uns im Vorbeigehen einen finsteren Blick zu. Das entwickelt sich zu einer regulären Sache. Ich werde bald einen Ruf haben, wenn ich mich in dieser Art von Gesellschaft aufhalte.

„Tut mir leid", flüstert Mindy ihr zu und verzieht den Mund zu einem ‚Igitt!'-Ausdruck. Sie lässt den Wagen im Gang stehen und kommt auf mich zu. „Aber im Ernst", schnieft sie, „du fängst sogar an, nach Sex zu *riechen*."

„Das ist mein Deo", sage ich, aber Mindy ignoriert mich.

„Ich wollte, dass du deinen Zeh ins Wasser tauchst und nicht in der Pipeline surfst, bis dein Brett in zwei Hälften zerbricht."

Ich blinzle. „Eine seltsame Analogie, aber …“

Sie lässt mich nicht zu Wort kommen. „Oder ist es sogar mehr“, ihr Tonfall wird neugierig. Sie hebt einen Finger. „Es ist mehr.“ Sie zeigt hinter sich. „Die Straße runter ist ein Brautmodengeschäft, weißt du. Da finden wir sicher etwas für deinen dünnen Hintern.“

Ich hebe beide Hände. „Wow, die Hochzeitsglocken. So weit ist es nicht.“

„Aber es geht in diese Richtung, nicht wahr?“

Der Gedanke, Peyton zu heiraten, ist zwar nicht völlig abwegig, aber doch sehr weit hergeholt.

Aber er würde toll in einem Anzug aussehen, wenn er dir langsam das Strumpfband mit den Zähnen auszieht, runter, runter, runter …

Mindy schnippt mit den Fingern und ich komme zu mir. „Was zum Teufel?“

Ich gehe zum Einkaufswagen und schiebe ihn an. „Können wir aufhören, über mein Liebesleben zu reden. Wie ist deines, hm?“

Sie wippt mit dem Kopf von einer Seite zur anderen. „Ich kann mich nicht beklagen. Der Typ von neulich Abend, der wie ein trauriges Kalb klang, als er kam? Ja, mit dem hats nicht geklappt.“

„Schockierend“, antworte ich.

Mein Handy geht in meiner Tasche los. Ich greife nach unten und sehe, dass es Lewis ist. „Ich muss rangehen.“

„Loverboy?“

„Nein“, sage ich und gehe in den Gang zurück, damit Mindy nicht an jedem meiner Worte hängt.

„Lewis“, antworte ich. „Es ist Samstag.“

„Du solltest wissen, dass die Nachrichten nie schlafen.“ Das ist einer seiner Lieblingssätze. Er wirft ihn bei jeder Gelegenheit raus.

„Die Nachrichten vielleicht nicht, aber einige von uns Menschen schon. Sie sollten es auch mal versuchen.“

Ein leises Lachen. „Hör mal, ich möchte, dass du deine Geschichte zu Ende bringst.“

„Ich dachte, ich hätte noch eine Woche.“

„Amanda musste ihre zurückschieben. Sie hat eine neue Spur gefunden und braucht Zeit, um alles zu verarbeiten und es in Form zu bringen.“

Gottverdammte Amanda. Sie nutzt ihren Status quo.

„Ist sie fertig?“

„Wie bitte?“

„Deine Story. Ist dein Artikel fertig für den Druck?“

Ist er nicht. Er ist nicht mal annähernd fertig. Aber ich will auch nicht so wirken, als hätte ich nichts. „Er ist ... fast fertig. Fast fertig.“

„Nun“, sagt Lewis, während im Hintergrund Papier knistert, „tu, was immer du musst, um es herauszuhämmern. Wir müssen die Stelle besetzen, und zwar schnell. Verstanden?“

„Ja.“

„Kann ich auf dich zählen?“

„Ich werde es fertig haben. Ich brauche nur ein bisschen mehr Zeit.“

„Okay.“

„Okay“, antworte ich und warte darauf, dass Lewis zuerst auflegt.

Ich lehne mich an ein Regal mit Dosentomaten und sage mir, dass ich durchatmen muss. Das habe ich jetzt wirklich nicht gebraucht. Ich habe eine Geschichte, ja, aber sie ist schwach. Es gibt nichts wirklich Saftiges, um es von einem Boulevardblatt in ein richtiges Stück Journalismus zu verwandeln. Ich brauche das gewisse Etwas ... und zwar schnell, wenn man bedenkt, wie Lewis mich gedrängt hat.

Ich überlege, was ich tun soll, als mein Handy wieder zu klingeln beginnt.

Nicht schon wieder, denke ich und schaue nach unten, um zu sehen, dass es diesmal tatsächlich Peyton ist, der anruft.

Ich gehe ran. „Hey.“

„Hey“, antwortet er und ich weiß sofort, dass etwas nicht stimmt. Da ist nichts von dem üblichen Schwung in seiner Stimme, kein Funke.

„Alles in Ordnung?“

„Kannst du vorbeikommen?“ Was es nur noch schlimmer klingen lässt.

Ich winke Mindy zu, die mir signalisiert, dass ich mich beeilen soll. „Ja. Gibst du mir eine halbe Stunde? Was gibts denn?“

„Es ist nichts. Ich würde dich nur gerne sehen.“ Aber da ist *etwas*. Er klingt aufgeregt und nervös. Etwas stimmt nicht.

„Okay. Wir sehen uns bald.“

Keine Antwort.

Ich lege auf und starre auf den Bildschirm.

Die Dinge werden immer merkwürdiger.

„Willst du den roten oder den blauen Senf?“, schreit Mindy aus dem nächsten Gang, und ich weiß, dass zumindest einige Dinge völlig normal sind.

*

Die Brüder sind schon alle weg, als ich am Haus ankomme. Peyton führt mich in die Küche, wo sein Laptop auf dem Tresen steht.

„Was ... ist ... los?“, frage ich vorsichtig.

Er steht neben dem Tresen und zeigt zum Laptop. „Lies es doch selbst.“

Ein kalter Schauer durchfährt mich. Ich bin entlarvt worden. Er hat eine Kopie der Geschichte oder zumindest den Entwurf. Aber mir wird klar, dass das unmöglich ist, oder nicht?

Ich schleiche mich langsam vor und sehe, dass es eine E-Mail ist.

„Lies sie“, sagt er.

Ich bringe mein Gesicht an den Bildschirm und lese. Es wird schnell klar, dass es nichts mit meiner Geschichte zu tun hat.

Ganz einfach. Es ist ein Erpressungsversuch. Der Absender hat ein Wegwerfkonto benutzt, aber die Nachricht ist klar. Sie scheint auf irgendeinen Vorfall in Peytons Vergangenheit anzuspielen. Einen Vorfall, den „du sicher für sich behalten willst“, heißt es in der E-Mail. Es gibt keinen Gruß und keine Unterschrift am Ende.

„Ein Freund aus dem Informatiklabor hat versucht, es zurückzuverfolgen, aber es ist nutzlos. Es könnte von überall herkommen.“

Ich richte mich auf. „Es ist Spam, richtig? Lösch es einfach.“

„Ich glaube nicht, dass es Spam ist.“

„Wovon redest du?“ Ich fange an, mir Sorgen zu machen.

Er lehnt sich gegen den Tresen. Er hat die Hände tief in den Taschen und das Kinn auf der Brust. „Als ich siebzehn und in der Oberstufe war, bin ich in diesem einen Kurs durchgefallen. Unser alter Herr war streng mit dem Sportzeug, aber auch mit den Noten.

Er verstand, wie wichtig eine gute Ausbildung ist, schätze ich. Oder meine Mutter tat es. Eins von beidem."

Er holt tief Luft und sieht mich an, als wäre seine ganze Welt plötzlich zusammengebrochen. „Diese Lehrerin, Lorna, sie hat mir angeboten, mir eine gute Note zu geben, wenn ich, du weißt schon ...", er macht eine lange Pause, „wenn ich Sex mit ihr habe."

Ich kann fast nicht glauben, was ich da höre. „Und du glaubst, diese Lehrerin will dich jetzt erpressen?"

„Ja. Der Vorfall, von dem sie spricht. Sie nennt es ‚unseren kleinen Handel' und sagt, es war ‚für beide Seiten vorteilhaft'. Ja, das ist sie ganz sicher. Das waren genau die Worte, die sie benutzt hat, als sie mir die ganze Sache vorgeschlagen hat. Ich meine, sie muss es sein. Keiner sonst weiß davon."

Ich setze mich und versuche, das alles zu verstehen. „Wow, okay. Du könntest zur Polizei gehen, oder?"

„Wenn das rauskommt, wird die Schule mir das Diplom wegnehmen, und was dann? Ich werde meinen Abschluss nicht machen können. Alle Football-Angebote werden verschwinden und ich bin am Arsch. Oder ich muss schon früher anfangen zu spielen, obwohl ich eigentlich erst meinen Abschluss will. Das ist beschissen. Ich bin am Arsch."

Ich hatte mit vielem gerechnet, aber nie mit dem.

„Du kannst sie nicht damit durchkommen lassen. Du warst doch noch minderjährig, oder?"

„Aber ich wusste, was ich tat.“

„So darfst du nicht denken. Sie hat dich benutzt, Peyton.“

Er starrt aus dem Fenster. „Der Skandal, der daraus entsteht ... Ich bin ein King. Kannst du dir das vorstellen?“

Ich stehe auf und gehe zu ihm. Ich halte ihn fest. Seine Hände fallen mir um den Hals und ich bin mir nicht sicher, wer jetzt eigentlich wen tröstet. „Wir werden einen Weg finden“, sage ich, aber in meinem Kopf befindet sich ein Wirrwarr von Gedanken. Es besteht aus Handlungen und Konsequenzen. Was zum Teufel können wir tun, wenn das alles wahr ist?

Er hat ja recht. Ein Skandal wie dieser könnte seiner Zukunft schweren Schaden zufügen. Auch wenn ihm hier eindeutig Unrecht geschehen ist, wird die Öffentlichkeit das nicht so sehen. Die Gegenreaktion allein würde alles zerstören, wofür er gearbeitet hat. Unabhängig von seinem Partyboy-Image. Selbst das wäre weg, denn hey, er hat mit einer Lehrerin für bessere Noten geschlafen. Er ist ... ein Held? Einige werden das so sehen. Was das Image-Problem für zukünftige Football-Teams, die ein nettes, sauberes Aushängeschild suchen, um Softdrinks und T-Shirts zu verkaufen, nur noch schlimmer macht.

Ob die Polizei involviert wird oder nicht, ich kann mir nicht vorstellen, dass dabei nichts schiefgeht. Ich denke nach. Oh, ich denke nach, aber Lösungen scheinen ... unwahrscheinlich. Und warum gerade jetzt? Ausgerechnet jetzt, wo es so aussah, als würde sich alles klären.

Er legt sein Kinn auf meinen Kopf. Seine Brust füllt und dehnt sich gegen meine eigene. Sein Herz schlägt fest. Ich kann ihn spüren. Das Gewicht seines Körpers und den seifigen Duft seiner Haut. Die Art, wie sich sein Hemd an meinen Fingern anfühlt. Ich will nicht, dass das hier passiert. Ich will hier sein, ohne dass sich ein Sturm am Horizont abzeichnet.

„Wir werden es in Ordnung bringen“, wiederhole ich.

Aber ich habe keine Ahnung, wie.

KAPITEL ZWANZIG

PEYTON

Die Zwillinge streiten sich unten über irgendetwas, Nolan ruft ihnen zu, sie sollen still sein. Ich schwöre, die Wände in diesem Haus sind aus Papier. Ich bedecke mein Gesicht mit meinem Kissen. Es riecht immer noch nach Erin und nach Vanille.

Ich atme den Duft ein, bevor ich das Kissen neben mich lege und mich in eine sitzende Position begebe, die Handflächen vor die Augen lege und versuche, wach zu werden.

Erin ist früh gegangen, um ungesehen zu verschwinden – der ‚Gang der Schande' ist anscheinend ein häufiges Ereignis hier, wenn man den Erzählungen meiner Brüder Glauben schenken darf. So wie sie reden, könnte man meinen, dieser Ort sei ein umgekehrtes Bordell. Unten sieht es auf jeden Fall wie eines aus.

Mein Laptop liegt aufgeklappt auf meinem Schreibtisch und verhöhnt mich. Die Angst kribbelt in meinem Nacken, als ich mich an den Erpressungsversuch erinnere – Versuch ist hier das passende Wort, denn ich werde nicht zulassen, dass Lorna, diese Schlampe, die Oberhand über mich gewinnt.

Nach einer Nacht mit Erin ist mein Kopf klar. Ich weiß, was ich zu tun habe. Ich schwinge mich aus dem Bett und mache mich auf den Weg hinüber zum Schreibtisch.

„Woher zum Teufel sollte ich wissen, dass du sie schon gefickt hast?", schreit einer der Zwillinge von unten.

Ich schüttle den Kopf und bewege meinen Finger auf dem Mousepad des Laptops. Der Bildschirm beginnt zu leuchten.

Ich rufe die Erpresser-E-Mail auf und drücke auf „Antworten". Ich halte meine Antwort so kurz wie möglich und lasse keinen Zweifel aufkommen: „Was wollen Sie?"

Die E-Mail wird gesendet und ich will gerade meinen Laptop schließen und meinen Tag fortsetzen, als mein E-Mail-Eingang plötzlich eine Nachricht anzeigt.

Ich bin überrascht, bereits eine Antwort zu finden. Lorna hat offensichtlich gewartet. Ihre Antwort ist ebenso kurz: „Zehntausend und das alles ist vergessen."

„Hm", murmle ich und bin nicht überrascht über die Zahl. Sie weiß, dass ich in der Lage wäre, eine solche Summe ohne große Probleme aufzutreiben. Aber wenn sie nach mehr gefragt hätte, würden meine Alarmglocken läuten.

Ich bezweifle, dass die Zahlung wirklich irgendetwas vergessen macht. Aber wenn ich das Schuljahr überstehen und bei einem Team unterschreiben könnte, wäre ich in einer besseren Position, den Skandal zu überstehen, falls sie es jemandem erzählt.

Ich bin von meiner eigenen geistigen Schärfe überrascht. Besonders in Anbetracht der körperlichen Anstrengung zwischen den Laken letzte Nacht. Wenn ich sie jetzt bezahle, wird das die Sache vielleicht nicht beenden, aber es wird mir Zeit verschaffen. Vielleicht ist das alles, was ich brauche.

Ist es narrensicher? Scheiße, nein. Ich überlege, ob ich Erin anrufen soll, um ihre Meinung zu hören, aber ich habe sie gestern genug mit meinem Scheiß genervt. Es gibt keinen Grund für sie, sich noch mehr einzumischen.

Ich weiß, dass sie es mir übel nehmen wird. Sie *will* involviert werden. Aber wenn es eine Sache gibt, die ich im Leben gelernt habe, besonders als ein Mitglied der Familie King, ist es, dass man diese Art von Angelegenheiten intern regelt. Je weniger Leute davon wissen, desto besser. So bleibt es sauber und einfach.

Ja, denn alles an dieser Sache ist wirklich einfach, nicht wahr?

Ich ignoriere meinen inneren Zyniker.

Ich rufe eine Suchmaschine auf und suche nach den Öffnungszeiten der Bankfiliale in der Stadt. Ich dusche, mache mich frisch und gehe nach unten, wo Nolan an der Frühstückstheke hockt und auf einer Banane kaut.

Er greift in die Obstschale und wirft mir einen Apfel zu, ohne sich umzudrehen. Ich fange ihn mit einer Hand auf. „Wo sind die Zwillinge?"

Er deutet seitlich durch die Schiebetür, die nach draußen führt. Dort sind die Zwillinge damit beschäftigt, entweder einen seltsamen Geschwister-Liebestanz aufzuführen oder einen Wrestling-Kampf durchzuführen. „Bist du dir sicher, dass sie mit uns verwandt sind?"

Ich setze mich an die Frühstückstheke, nehme einen Bissen von dem Apfel, kaue und schlucke. Die Zwillinge sind ... anders. „Gib ihnen die Möglichkeit, es rauszulassen. Es hat sich vorhin so angehört, als würde hier unten gleich der Dritte Weltkrieg ausbrechen. Mädchenkram?“

„Mädchenkram“, nickt Nolan.

Schon in der Mittelschule stritten sich die Zwillinge ständig um ihre Frauen. Ich weiß, dass es die stämmige Rebecca Taminson ziemlich stolz gemacht hat, dass nicht nur einer, sondern gleich zwei Anspruch auf sie erheben wollten.

Nolan stopft sich das letzte Stück Banane in den Mund und wirft die Bananenschale in einem perfekten Bogen in den Mülleimer am hinteren Ende der Küche. „Wo wir gerade von weiblicher Gesellschaft sprechen. Es klang, als hättest du gestern Abend dein Zimmer renoviert.“ Wir waren vielleicht ein bisschen zu lautstark.

Ich stelle mich dumm. „Nur eine ruhelose Nacht, das ist alles.“

„Eine rastlose Nacht mit endlosen Beinen namens Erin Nash, ja. Es wird ziemlich ernst zwischen euch, was?“

Es ist untypisch für Nolan, so neugierig auf mein Liebesleben zu sein. Das bedeutet, dass er entweder a) wirklich verdammt gelangweilt oder b) wirklich interessiert ist.

Ich gehe darauf ein. „Sie ist anders.“

„Inwiefern? Hat sie eine dritte Brustwarze? Oder Muttermale auf ihrem Arsch, die wie Jesus aussehen?“

Einfach ignorieren. „Sie", ich suche nach dem Wort, „hat ein Gehirn."

Nolan verschluckt sich fast vor Lachen und klatscht auf die Frühstückstheke. Er hält sich die Kehle, um sich zu erholen. „Oh, Scheiße. Das war perfekt."

Einer der Zwillinge knallt gegen die Schiebetür und wird sofort wieder zurück ins Getümmel gezogen. Weder Nolan noch ich schenken dem irgendeine Beachtung.

„Du musst allerdings zugeben", fährt Nolan fort, „dass es eine gewisse Sicherheit gibt, die Hirnlosen von Crestfall zu vögeln. Die wandelnden Toten, könnte man sagen."

„Volltreffer, denn ja, sie *fressen* dein verdammtes Gehirn, wenn du ihnen nahe genug kommst, zermürben dich mit Bedürftigkeit und anderen Blödsinn über ihr Cheerleader-Training."

„Aber diese Erin verfällt nicht in besagten Zombiezustand?"

„Sie hat Pläne", antworte ich, „eine echte Zukunft. Wie ich da rein passe? Das weiß ich noch nicht."

Nolan steht auf, legt mir die Hand auf die Schulter. „Sieh dich an. Du bist so erwachsen." Er wischt sich eine imaginäre Träne von der Wange. „Ich bin so stolz", schluchzt er.

Ich schiebe ihn weg. „Hast du nicht einen Puck, den du jemandem in den Arsch schieben kannst?"

Und einfach so sind wir wieder beim Üblichen und das ernsthafte Gespräch ist vorbei. „Vorzugsweise in den Arsch meines Trainers. Ich weiß, Mooney ist ein harter Brocken, aber wir haben unser eigenes Arschloch unten auf dem Eis, das euch Weicheier in den Schatten stellt."

Ich werfe den Rest meines Apfels nach ihm und er wehrt ihn mit einem Ellbogen ab. „Dafür bezahlen sie mir das große Geld, Bruder."

„Träum weiter", lächle ich, gerade als der andere Zwilling gegen das Glas der Schiebetüren knallt. Sein Gesicht ist flach gegen die Scheibe gepresst und seine Augen treten hervor.

Ich kann nur den Kopf schütteln.

*

Es ist ein Wochentag in der Stadt und das Stadtzentrum ist während der Mittagspause sehr belebt. Um so viel Bargeld abzuheben, musste ich bei der Bank ein wenig schleimen, aber jetzt sitze ich hier mit einem billigen Rucksack, den ich im Laden um die Ecke gekauft habe, und warte im beliebtesten Café der Stadt auf meine Femme de Erpressung.

Ich sitze, wie angewiesen, an einem der kleinen Tische bei den Rosenbüschen und eine Kellnerin, die ich nicht kenne, kommt alle paar Minuten vorbei, um zu sehen, ob ich noch etwas bestellen möchte. Die Pommes frites, die ich vorhin bestellt habe, stehen unberührt neben mir und werden kalt.

Ein öffentlicher Ort, belebt ... Ich verstehe irgendwie, was Lorna damit bezwecken wollte. Es gibt Zeugen, also kann ich nicht versuchen, sie zu erwürgen – ein immer verlockenderes Angebot, wenn man bedenkt, was sie mir hier antut.

Ich erkenne sie schon von Weitem. Sie sieht aus, als hätte sie etwas an ihren Wangen machen lassen. Definitiv ein bisschen Botox für ihre Lippen. Sie trägt eine rote Bluse, die den gleichen auffälligen Farbton hat wie der Rosenbusch neben mir und nichts zu verdecken scheint, ebenso wenig wie der Minirock, der im Grunde irgendwo unter ihren Titten beginnt.

Sie nimmt Platz und ihr frisch geglättetes, strohblondes Haar fällt ihr um die Schultern. Ich kann immer noch das Glätteisen an ihr riechen.

Während ich hier sitze und sie ansehe, glaube ich nicht, dass ich mich jemals zu ihr hingezogen gefühlt habe. Die anderen Jungs liebten die Vorstellung, mit der Lehrerin zu schlafen und ihre dreckigen Fantasien auszuleben. Aber die Realität war ganz anders. Ich wäre nicht einmal hart geworden, wenn sie mir nicht vor dem Akt Viagra gegeben hätte. Was dann passierte, ist in meiner Erinnerung sehr verschwommen. Ich habe sie mehr oder weniger ausgelöscht und sie mit hundert anderen Mädchen überschrieben.

Sie ignoriert mich, gibt der Kellnerin ein Zeichen und bestellt einen Kaffee: „Mit Mandelmilch, nicht zu heiß."

Schon nach fünf Sekunden will ich mich so weit wie möglich von ihrem falschen, hässlichen Arsch entfernen.

Jetzt wendet sie ihre Aufmerksamkeit mir zu und lächelt hinter einer übergroßen Sonnenbrille hervor. „Meine Güte, bist du gewachsen." Sie schürzt ihre Lippen. „Mm."

Ich hebe den Rucksack hoch. „Wollen Sie das verdammte Geld oder nicht?"

Sie sieht sich alarmiert um. „Immer mit der Ruhe, Tiger. Wo bleiben die Höflichkeiten?"

„Ich denke, die sind in dem Moment aus dem Fenster geflogen, als Sie einen Minderjährigen gefickt haben."

Ihr Tonfall wird härter. „*Hey*. Ganz ruhig."

„Bringen wir es hinter uns."

Sie scheint sich zu entspannen. „Wie ich höre, geht es dir sehr gut. Du bist der große Superstar auf dem Campus", ihre Hand geht in einem Bogen nach oben, „der leuchtende Stern der Akademie."

„Das würden manche sagen."

„Denkst du immer noch an mich?"

Mein Gott, ist sie wirklich so narzisstisch? War sie das schon immer? „Nein."

Sie schmollt. „Oh, komm schon. Ich wette, all diese Mädels, in denen du deinen großen Schwanz vergraben hast, sind nichts im Vergleich zu mir, oder?"

Ich muss mir auf die Zunge beißen, aber ich beuge mich vor, um meine Gedanken zu diesem Thema deutlich zu machen. „Um ehrlich zu sein …“

Sie sieht erwartungsvoll aus.

„… kann ich mich an nichts mehr erinnern. Ich würde sogar sagen, dass Sie im Großen und Ganzen ziemlich langweilig waren.“

Sie will immer noch nicht nachgeben. „Sei jetzt nicht so ein schlechter Verlierer, Peyton. Das war das Klügste, was ich tun konnte. Wie ich schon sagte, es wird jetzt alles verschwinden. Du wirst nie wieder von mir hören. Das heißt“, sagt sie, „es sei denn, du möchtest noch eine Runde und deinem Gedächtnis vielleicht ein bisschen auf die Sprünge helfen?“

Der Gedanke ekelt mich an und mein Schwanz ist so absolut uninspiriert, dass ich mich wundere, dass er sich nicht in meinen Körper zurückzieht. „Sie sind krank, wissen Sie das?“

Ihr Kaffee kommt und die Kellnerin schaut zwischen uns hin und her. Sie fragt sich bestimmt, was ich hier mit dieser abgewrackten Alten mache.

Lorna antwortet nicht und starrt mich mit ihrem grässlichen Blick der Zufriedenheit an. Ich würde fast alles tun, um ihn aus ihrem Gesicht zu bekommen.

Sobald die Kellnerin weg ist, stehe ich auf und werfe den Rucksack mit so viel Wucht auf den Tisch, dass ihr Kaffee verschüttet wird. Sie gibt einen Aufschrei von sich und andere schauen sich um, um zu sehen, was die ganze Aufregung soll. „Nimm ihn“, sage ich ihr. „Nimm ihn und lass mich *verdammt noch mal* in Ruhe.“

Und damit drehe ich mich um und gehe.

Ich schaue nicht zurück.

KAPITEL EINUNDZWANZIG

ERIN

Das Schreiben dieses Artikels wird schnell zur Qual, sowohl körperlich als auch geistig. Meine Handflächen sind schweißnass und kleben an der unteren Seite der Tastatur, meine Finger rutschen ab. Ich bin ein Wrack.

Das ist keine Überraschung. Schließlich schlafe ich mit Peyton und habe mich ihm so sehr angenähert, dass mir jedes Wort, das ich schreibe, wie ein Verrat der höchsten Stufe vorkommt.

Hochverrat.

Und jedes Mal, wenn ich so denke, versuche ich mich auf das ‚Warum' zu besinnen. Auf das größere Bild, um das es geht. Ich spiele unsere Beziehung herunter und versuche, sie als eine einfache Affäre zu rechtfertigen. Aber tief im Inneren weiß ich, dass es viel mehr als das geworden ist. Ich fange an, mich zu fragen, ob meine große, strahlende Zukunft es wirklich wert ist, jemanden zu verraten, den ich so sehr mag und liebe.

Ein scharfes ‚Ping' lässt mich an meinem Schreibtisch zusammenzucken, aber es ist nur eine eingehende E-Mail-Benachrichtigung. Es ist wieder Lewis, der den Druck erhöht – als ob ich in diesem Stadium noch mehr davon bräuchte. Er hat keine Ahnung, was hier auf dem Spiel steht und in welche moralische und ethische Zwickmühle er mich gebracht hat.

Wurde ich nicht besser erzogen als das? Bestimmt. Aber ich habe meiner Mutter auch *versprochen*, es zu schaffen. Ich habe ihr auf ihrem *Sterbebett* versprochen, alles zu tun, was nötig ist, um bekannt zu werden und meinen Kindheitstraum zu verwirklichen. Nicht viele Menschen bekommen die Chance, es wirklich zu tun. Sie hat ihre Tochter allein großgezogen und sich den Rücken wund gearbeitet, um mich auf die beste Schule zu schicken, die sie sich leisten konnte. Sie hat dafür gesorgt, dass ich zu essen hatte und Kleidung bekam. Ich schulde ihr etwas, oder nicht? Ist das nicht wichtiger als alles andere?

Martha Gellhorn und Barbara Walters haben sich nie vor der harten Wahrheit gescheut und sind nie vor dem Unbequemen zurückgeschreckt. Nein, sie haben es umarmt und machten weiter.

Ich tippe weiter und versuche, die Schuldgefühle zu verdrängen. Langsam kommt die wahre Geschichte zum Vorschein. Verflucht sei er, aber Lewis hatte recht. Jetzt, wo Peyton die Hauptrolle spielt, hat die Geschichte einen echten menschlichen Fokus. Aber am Ende verwende ich mehr persönliche Informationen über ihn, als ich erwartet hatte. Ich beschreibe den Kampf, die Verhaftung und familiäre Aspekte, um das alles zu verbinden. Ich versuche, so objektiv wie möglich zu bleiben, und verlasse mich auf die Fakten und hoffe, dass meine eigenen persönlichen Gedanken über Peyton als Person die Geschichte beeinflussen.

Ich komme zum letzten Abschnitt und halte inne. Hier hatte ich vor, Peytons großes Geheimnis zum Vorschein zu bringen – den ganzen Skandal um den Sex für eine gute Note und den damit verbundenen Erpressungsversuch. Meine Finger schweben über den

Tasten und ich weiß nicht, ob ich es kann oder ob ich es überhaupt tun sollte. Ich kämpfe mit mir selbst – *ja, nein, ja, nein*. Es ist mir in den Schoß gefallen, als ob es so gewollt wäre.

Ich bin mir nicht einmal sicher, wie Peyton zu der ganzen Sache steht. Er hat mir nicht gesagt, ob er sich entschieden hat, diese Lorna zu bezahlen oder nicht. Es ist seine Sache. Aber ich bin sicher, wenn ich ihn fragen würde, würde er mir sagen, was passiert ist.

Das ist nur ein Ablenkungsmanöver. Die Frage bleibt. Ich seufze und beschließe, alles aufzuschreiben, um zu sehen, wie die Geschichte mit und ohne die Enthüllung dasteht. Noch während ich tippe, schwitzen meine Hände und mein Puls erhöht sich, als würde Peyton jeden Moment mit einem schockierten Gesichtsausdruck über meine Schulter springen. Er schüttelt den Kopf. ‚Wie konntest du nur?', wird er sagen. Seine Augen sind dabei feucht und glasig. ‚Wie konntest du mich verraten?'

Aber wie ein journalistischer Judas schreibe ich weiter.

Beim Durchlesen des Artikels mit meinem wohl fünften Kaffee des Tages, erkenne ich, dass ich keine Ahnung habe, welche Version ich nehmen soll. Ich drücke bei beiden auf ‚Drucken' und stehe auf, um sie aus dem Drucker in der Ecke zu holen, bevor Amanda die trocknende Tinte riecht. Mit dem Papier gehe ich zu Lewis' Büro. Er telefoniert gerade, aber er legt auf, als er mich sieht, und winkt mich herein.

Ich schließe die Tür und setze mich. Ich halte beide Versionen der Geschichte auf meinem Schoß, eine unter der anderen.

„Ist das die Geschichte?“, fragt er und deutet auf den Stapel frisch gedruckten Papiers.

„Eigentlich sind es zwei Geschichten, leicht unterschiedlich“, beginne ich, und mein Herz schlägt jetzt viel schneller, als es sollte. Das Papier brennt in meinen Händen. Es fühlt sich an, als könnte es sich jeden Moment spontan entzünden und der Boden unter meinem Stuhl aufbrechen. „Ich würde gerne Ihre Meinung hören, welche stärker ist – Ihre professionelle Meinung“, füge ich hinzu.

Er scheint darüber erfreut zu sein, richtet sich in seinem Stuhl auf und streckt seine Hand aus. „Nun ja, natürlich. Jetzt bin ich gespannt.“

Ich hebe das Papier an und es scheint plötzlich wahnsinnig schwer. Er will danach greifen, aber ich scheine es nicht loslassen zu können.

Lewis sieht mich verwirrt an. „Erin? Du weißt schon, dass du den Artikel loslassen musst, damit ich ihn lesen kann, oder?“

Ich reiße meine Hände los, die sich schnell in meinem Schoß verschränken.

Das wars. „Natürlich, tut mir leid. Ich bin schon den ganzen Morgen damit beschäftigt.“

Lewis schaut auf den Artikel hinunter und nickt. „Geh und hol dir was zu essen. Ich sage dir, was ich denke, wenn du zurückkommst.“

So beginnt das längste Mittagessen meines Lebens. Ich traue mich nicht, Peyton eine Nachricht zu schreiben, und kann mich nicht einmal dazu durchringen, mein Handy in die Hand zu nehmen, geschweige denn seine neueste Liebeserklärung zu lesen – na ja, das, was in der Familie King einer Liebeserklärung am nächsten kommt.

Ich sitze da und starre auf das Sandwich, das ich gekauft habe, und kann mich nicht überwinden, auch nur einen Bissen zu essen. Ich habe Angst, dass es mir gleich wieder hochkommt. Mein Magen ist nicht voll von Schmetterlingen. Nein, es ist ein ausgewachsenes Insektenreich da drin.

Ich werfe das Sandwich weg und mache mich wieder auf den Weg nach drinnen. Ich steige die Treppe hinauf und fühle mich heiß und kribbelig, obwohl die Klimaanlage im Büro auf die übliche Temperatur eingestellt ist, bei der einem normalerweise die Nippel einfrieren.

Ich klopfe an Lewis' Tür und atme schnell ein.

„Herein", sagt er.

Ich nehme Platz und kann in seinem Gesichtsausdruck nichts erkennen. Ich kann seine Reaktion überhaupt nicht einschätzen. Die Artikel, beide Versionen, liegen in zwei Stapeln auf seinem Schreibtisch verteilt, also weiß ich zumindest, dass er sie gelesen hat.

Er sieht mir in die Augen und legt seinen Zeigefinger auf den rechten Stapel. „Das ist eine tolle Geschichte. Du hast dich wirklich selbst übertroffen. Sie ist wahrhaftig in ihrer Absicht und überraschend persönlich, wenn ich das sagen darf."

Ich werde ganz still und warte auf mehr, aber Lewis legt seinen Finger auf den anderen Stapel und sticht in ihn hinein. „Aber diese

Version ist solides Gold. Die Sache mit der Lehrerin“, er bringt seine Finger an die Lippen und küsst sie wie ein Show-Koch, „*die* wird dich groß machen, Kleine. Die wird dich aus dieser kleinen Zeitung herausholen und in die richtigen Publikationen bringen. Daran habe ich keinen Zweifel.“ Sein Finger wandert zurück zu dem anderen Stapel. „Und obwohl Papa Lewis (mir wird übel bei seinen Worten) dich zwingen könnte, stattdessen diese Version zu schreiben, um dich hier ganz für sich zu behalten, weiß ich doch, wann man einen Vogel freilässt, damit er sein bestes Lied singen kann.“

Ich habe keine Ahnung, wovon er redet. Ich erkenne nur die Tatsache, dass er die Version *mit* Peytons Geheimnis besser findet. Ich bin versucht, ihm zu sagen, dass es zu viel ist und ich mit der anderen Version glücklich bin, aber seine nächsten Worte bringen mich auf den Boden der Tatsachen zurück.

Er sticht wieder mit dem Finger in den Artikel. Diesmal so fest, dass er gegen das Holz des Schreibtisches darunter stößt. „Danach wird jeder ein Stück von dir haben wollen. Ich meine, wenn du diese Art von Enthüllung bekommen kannst, von einer der bestbewachten Familien auf dem Campus ... wenn du *das* bekommen konntest, ist *alles* möglich.“

Es ist eher die Frage, *wie* ich es bekommen habe, aber das verrate ich nicht. Stattdessen bin ich von meinem Traum geblendet worden. Ich denke an meine Mutter und wie sie da oben lächelt, wenn sie hört, was ich erreicht habe, weil ich mich nicht wegen irgendeines dummen Jungen kompromittiert und mir von ihm mein Leben und meine Zukunft habe stehlen lassen.

Du weißt, dass er nicht nur ein ‚dummer Junge' ist, erinnert mich mein Verstand.

Aber das tue ich nicht. Was wir haben, ist noch frisch. Und was Lewis mir hier aufzeigt, geht weit über diese Wände und diesen verfluchten Campus hinaus. Es ist real und es wartet auf mich, wenn ich nur meine persönlichen Gefühle beiseiteschiebe und mich an die verdammte Arbeit mache.

„Wie auch immer", sagt Lewis, lehnt sich mit den Händen hinter dem Kopf zurück und durchbricht meinen Tagtraum, „ich vertraue meinen Mitarbeitern, also ist es deine Entscheidung. Ich würde beide Versionen veröffentlichen und ich werde es gerne tun. Es liegt ganz bei dir."

Verdammt, seine Unentschlossenheit wirft bei mir wieder Fragezeichen auf. Es ist fast so, als wäre er in meinem Kopf. Eine beängstigende Vorstellung, wirklich.

Ich stehe auf und sage mit voller Überzeugung. „Mach die Geschichte mit dem Geheimnis. Ich bin bereit."

„Bist du das?", lächelt er und lehnt sich vor. Er hat seine Hände vor sich verschränkt. „Bist du das wirklich?"

„Ja", antworte ich, wobei ich wie durch ein Wunder die Nervosität aus meiner Stimme heraushalte.

„Okay dann", nickt er. „Betrachte es als erledigt. Wir werden es übermorgen auf der ersten Seite bringen. Amandas Geschichte wird gestrichen. Und nimm dir den Nachmittag frei. Du hast es dir verdient.“

Das ist genau das, was ich die ganze Zeit gewollt habe. Also warum fühle ich mich so leer, als ich sein Büro verlasse?

Ich schließe Lewis‘ Tür hinter mir und blicke auf die Schreibtische, an denen die Leute hin und her wuseln, da wir so kurz vor dem Druck stehen. Niemand scheint dem moralischen Problem, das sich in mir eingenistet hat, auch nur die geringste Aufmerksamkeit zu schenken. Andererseits ist es ja auch nicht so, dass ich ein Schild an meinem Kopf kleben habe, welches meine ewige Liebe zu Crestfalls größtem Loverboy verkündet.

Meine Hände sind ineinander verschlungen und es ist fast so, als würde ich dort nach einem Ehering suchen. Ich will mir sicher sein, dass Peyton nicht über Nacht in mein Zimmer geschlichen ist und ihn mir an den Finger gesteckt hat.

Du bist wahnsinnig, sage ich mir.

Ich packe meine Sachen und mache mich auf den Weg. Eine Kaltfront zieht über den Campus hinweg und unheimliche schwarze und graue Streifen bedecken den Himmel. Ich fühle eine Strömung in der Luft, die das Herannahen eines Sturms ankündigt.

Ich will mich umdrehen, sage mir aber, dass ich lieber weitergehen und von dort verschwinden sollte, bevor ich etwas Dummes anstelle.

Ich denke an die Zeit, die Peyton und ich zusammen verbracht haben. Ich weiß, dass ich mehr für ihn bin als nur ein weiteres

Mädchen oder eine weitere Trophäe, die er haben wollte, weil sie ‚*Nein*' zu ihm gesagt hat. Ich weiß, dass in diesem – ja, sehr schönen – Körper ein wirklich denkender, fühlender Mensch steckt. Mit einem tatsächlich schlagenden Herz. Er mag das Aushängeschild für Verbindungspartys hier sein. Aber ich erinnere mich an die Zeit, die wir zusammen verbracht haben. Was mir davon wirklich in Erinnerung geblieben ist, sind die Gespräche und unsere gemeinsamen Interessen. Ich habe herausgefunden, wer der wahre Peyton King ist.

Ein Windstoß zwingt mich dazu, meinen Mantel fester um mich zu ziehen. Ich bin auf halbem Weg über den Hof, als ich eine Gruppe von Studenten in die andere Richtung gehen sehe. Sie tragen Football-Trikots, lachen und haben eine gute Zeit nach der Vorlesung.

Ich bin traurig, dass ich das auf der Uni nie erleben konnte. Ich habe immer zu viel Zeit mit meinem Kopf nach unten verbracht. Ich habe meinen Blick nie hoch genug genommen, um das Leben selbst zu sehen.

Ich bleibe stehen, der Wind streift durch mein Haar und weht es in mein Gesicht.

Ich kann es nicht tun.

Diese Version wird mich beruflich weiterbringen, ja. Aber persönlich? Es wird mich kaputtmachen und nicht nur mich, sondern auch Peyton.

Bevor ich es mir ausreden kann, hole ich mein Handy raus. Ich lasse es fallen und bin gezwungen, mich zu bücken und es wieder aufzuheben, wobei meine Finger gegen die beißende Kälte ankämpfen.

Ich schreibe, so schnell ich kann, eine Nachricht und sage Lewis, dass ich es mir anders überlegt habe und ich die Version ohne Peytons Geheimnis veröffentlichen will.

Ich frage mich, ob er zustimmen wird, und bin angenehm überrascht, als er sofort zurückschreibt. Er erklärt mir, dass es meine Entscheidung sei, aber ich solle ihm so schnell wie möglich Bescheid geben, wenn ich meine Meinung ändere.

Ich stecke mein Handy ein und kann endlich wieder atmen. Jetzt weiß ich, dass zumindest ein großes Geheimnis morgen nicht ans Licht kommen wird.

Vielleicht verzeiht mir Peyton ja den Rest.

Bist du dir da sicher?

Zur Hölle, nein. Ich bin mir über vieles nicht mehr sicher, während ich weiterlaufe.

KAPITEL ZWEIUNDZWANZIG

PEYTON

Ich habe den ganzen Tag versucht, Erin zu erreichen, aber sie geht nicht an ihr Handy. Ich überlege, ob ich zur Zeitung fahren soll, um zu sehen, was los ist. Aber ich vermute, dass sie mit der Arbeit beschäftigt ist. Ganz zu schweigen davon, dass es viel umständlicher ist, von hier aus dorthin zu kommen.

Titus sieht, wie ich am Esstisch auf mein Handy starre. „So einen Schmollmund habe ich nicht mehr gesehen, seit ich in der fünften Klasse deine Pokémon-Karten genommen habe."

„Weißt du, wie viel die Dinger jetzt wert wären?" Ich lächle und lege mein Handy weg.

Er setzt sich auf den Tisch und vergisst dabei jeden Anstand.

„Was willst du denn machen? Die Schuldeneintreiber hinter mir herschicken? Ich habe kaum zwei Groschen, die ich zusammen reiben kann, Bruder. Wo wir gerade dabei sind, kannst du mir einen Zehner leihen?"

„Wofür?"

„Für ... Unterhaltungszwecke. Freizeitgestaltung."

Ich rolle mit den Augen. „Derselbe alte Titus."

Er hebt kapitulierend die Hände. „Würdest du es anders haben wollen?"

„Ja, bestimmt. Ich möchte, dass du einen anständigen, hart arbeitenden Beitrag zur Gesellschaft leistest."

Ich kann verstehen, warum die Mädchen wegen ihm über sich selbst stolpern. Wie wir alle hat er diesen angeborenen King-Charme und dieses schelmische Glitzern in den Augen, das auf eine lustige Nacht hindeutet – wenn schon sonst nichts. Er ist auch verdammt gut bestückt. Ich wusste nicht, dass man Gewichte heben muss, um einen Schläger zu schwingen.

Ich finde es lustig, dass wir uns alle zu verschiedenen Sportarten hingezogen fühlen. Wir hätten als Team eine ziemliche Macht sein können.

„Es ist dieses Mädchen, nicht wahr?", fährt Titus fort und lässt sein Harter-Kerl-Getue wie einen abgetragenen Mantel fallen. „Das Einhorn, richtig?"

„So ähnlich", antworte ich.

„Ich denke, wir wissen es beide besser, Bruder. Mädchen sind den Ärger nicht wert. Du machst Folgendes. Du gehst da raus", er zeigt in die vage Richtung des Campus. Ich erinnere mich an ein ähnliches Gespräch vor wenigen Tagen, „und suchst dir irgendeines von den Hunderten von Mädchen aus, die mit deinem Liebesstab Pogo spielen wollen. Fick sie ein oder drei Stunden lang und ich garantiere dir, dass dieses vermeintliche Einhorn von dir fröhlich davon traben wird. Was auch immer sie hat, es ist es nicht wert, solche Obligationen auf sich zu nehmen."

Meine Augenbrauen heben sich überrascht. „*Obligationen?* Heilige Scheiße, erzähl mir nicht, dass du tatsächlich etwas in englischer Literatur lernst."

Titus' Lächeln wird breiter. „Willst du noch ein passendes Wort wissen? Versklavt, wie in *den Schwanz von einer Muschi versklavt zu bekommen.*"

„So ist es nicht. Es ist ..."

Er hebt seine Hand. „Ach, erzähl doch weiter. Sag mir, warum sie *so* besonders ist."

Ich mag es nicht, wenn man mich bevormundet, aber ich spiele mit. „Also gut. Ich habe versucht, das durch Nolans Dickschädel zu bekommen, aber das funktioniert einfach nicht. Sie ist das Gesamtpaket. Sie ist klug und witzig auf eine seltsame Art. Sie ist attraktiv, aber sie schert sich nicht darum. Sie ist heiß, ohne es zu wissen, und ja, der Sex ist auch verdammt gut. Nein", korrigiere ich, „es ist der beste Sex, den ich in meinem Leben je hatte. Wir beide wissen, dass das wie die Vince-Lombardi-Trophäe ist."

„Du vergleichst deine Geliebte mit einer Football-Trophäe?"

„Ja, denn sie ist der Traum, Bruder. Sie ist alles, was ich mir immer gewünscht habe, aber nie wusste, dass ich es brauche. Sie ist das Einhorn."

Titus findet keine kluge Antwort darauf und überlegt im Stillen. Er versucht etwas anderes. „Ich denke immer noch, dass du verrückt bist. Was mich betrifft, so gehe ich jetzt zum Campus, um einzusammeln, was du hier verkommen lässt. Dann gibt es mehr für mich."

„Du kannst sie alle haben", lache ich.

Er winkt, sammelt seine Baseballtasche an der Tür ein und geht hinaus.

Nolan ist früh zum Training gegangen und Phoenix ist schon seit einer Weile seltsam abwesend. Ich bin mir nicht sicher, was da los ist.

Auf seine Art hat Titus nicht ganz unrecht. Schon als wir Teenager mit Pickeln und rasenden Hormonen waren, haben wir uns geschworen, uns niemals von Mädchen unterkriegen zu lassen, uns niemals niederzulassen und stattdessen das Leben eines ewigen Junggesellen zu führen. Es klang wie ein Hirngespinst, bis ich eines Tages merkte, dass es Realität war. Aber das Gras war dort nicht grüner und der Nervenkitzel nur von kurzer Dauer. Ein kurzer Kick und dann eine tiefe Leere, die durch nichts gefüllt werden konnte – nicht durch Football, Schnaps oder einen anderen feuchten Mund.

Mein Handy liegt mit dem Display nach unten auf dem Tisch. Ich hebe es auf und versuche es noch einmal bei Erin, erreiche aber wieder nur die Mailbox. Es ist eine muntere Erin, die mir mitteilt, dass ich es bitte später noch einmal versuchen soll.

„Als ob ich es nicht schon genug versucht hätte", murmle ich vor mich hin und erwäge, das Telefon gegen die Wand zu werfen. Ich kann aber nicht die nötige Wut aufbringen, um es zu tun. Was würde es mir schon nützen?

Solche Zurückhaltung ist neu. Dieser *ganze* Scheiß ist neu. Ich bin mir nicht ganz sicher, was ich davon halten soll. Ich teste meine Gefühle wie ein Wissenschaftler und bewerte die Reaktion. Es ist nicht gänzlich unangenehm und scheint mich nicht umzubringen. Wo ist also das Problem?

In der Tat, antwortet mein Verstand.

*

Am nächsten Tag bin ich für den Unterricht auf dem Campus. Ich trage eines meiner Ersatztrikots und bemerke, dass viel Rot und Weiß um mich herum zu sehen ist. Das ist auch ganz normal, da ein Spiel ansteht. Wenn es um Football geht, macht Crestfall keine Scherze. Wir haben vielleicht nicht die Zahlen der ganz Großen, aber was uns an Menschenmassen fehlt, machen wir mit Enthusiasmus wieder wett.

Die Vormittagsvorlesungen sind gerade zu Ende gegangen und auf dem Campus herrscht ein Gedränge von Studenten, die sich zu ihrer nächsten Stunde bewegen.

Aber irgendetwas stimmt nicht.

Ich nicke einem der Hockey-Jungs zu, aber er lächelt nur zurück. Seine Körpersprache ist irgendwie komisch. So, als wüsste er etwas, was ich nicht weiß.

Und im Hörsaal wird es noch seltsamer.

Ich sitze da und habe den Eindruck, dass die Leute mich beobachten und über mich flüstern. Wenn ich sie ansehe, drehen sie die Augen weg.

Du bist verdammt paranoid, sage ich mir. *Du bist Peyton King. Natürlich schauen sie dich an.*

Aber sie schauen mich nicht mit Ehrfurcht oder Bewunderung an, sondern mit etwas anderem, das ich nicht einordnen kann.

Die Mittagsglocke ertönt und der Unterricht wird unterbrochen. Draußen verwandelt sich mein Verdacht in reine Panik. Es gibt keinen Zweifel mehr. Die Leute *starren* mich an. Sie schlurfen an mir vorbei, beobachten mich und flüstern. Ich weiß, dass ich mir das nicht nur einbilde.

Ich gebe einem der Jungs aus dem Team ein Zeichen, aber er ignoriert mich und ändert die Richtung.

Was zum Teufel?

Ich befinde mich in der Mitte des Hofes und drehe mich im Kreis, während die Leute zusehen. Einer von ihnen zeigt auf mich. Ich will gerade zu ihm rübergehen und ihn fragen, was sein gottverdammtes Problem ist, als mich jemand von hinten an der Schulter packt.

Ich wirble herum und habe schon die Faust erhoben. Aber es ist nur Tony. Er springt zurück. „Hey, Bruder. Beruhige dich."

„Beruhigen?", lache ich und sehe mich um. „Was zum Teufel ist hier los, Tony? Ist letzte Nacht etwas passiert? Ist mir ein drittes verdammtes Auge gewachsen?"

Der Blick, den er mir zuwirft, sagt mir sofort, dass es, was immer es ist, verdammt ernst ist.

„Hey", sagt er wieder und greift nach meiner Schulter, „was hältst du davon, wenn wir den Platz verlassen, hm? Wir können uns da drüben in den Schatten hängen."

Ich schiebe seine Hand weg und verliere die Geduld. „Tony", sage ich und buchstabiere es für ihn, „Was. Zum. Teufel. Ist. Hier. Los?"

Er kratzt sich hinter dem Ohr und seine Augen zucken nach links und rechts. Dann tritt er dicht an mich heran und bringt seinen Mund an mein Ohr. „Schon gut, schon gut. Scheiße. Es ist die Zeitung."

Ich lege meinen Kopf zurück und habe die Augen zusammengekniffen. „Die was?"

Tony schüttelt den Kopf und hat dabei die Hände in die Hüften gestemmt. „Die Uni-Zeitung, Mann."

„Was ist damit?"

„Du bist auf dem Titelblatt."

Das wäre nicht das erste Mal. Ich weiß nicht, was die ganze Aufregung jetzt soll. „Und?", dränge ich.

„Hör mal", sagt Tony mit leiser Stimme. „Finde einfach eine Kopie, okay. Du wirst schon sehen." Er klopft mir auf die Schulter, geht davon und lässt mich in noch größerer Verwirrung zurück.

Ich mag das Gefühl nicht, das ich jetzt habe. Es gefällt mir ganz und gar nicht.

Ich befolge seinen Rat und gehe hinüber, wo ein Stapel Papier an der Ecke des IT-Gebäudes abgeladen wurde.

Ich hebe eine Zeitung auf und setze mich in eine Nische, die normalerweise für öffentliche Sexualakte reserviert ist, die jetzt aber zum Glück verlassen ist. Das Licht ist nicht toll, aber ich kann die Titelseite ganz gut erkennen.

Doch ich will meinen Augen nicht trauen.

„Nein", sage ich laut und blättere auf die nächste Seite, wo sich die Dinge nur noch weiterentwickeln.

„Nein, nein, nein", wiederhole ich und lese. Meine Augen überfliegen alles, aber ich bin unfähig, die Details aufzunehmen, denn es ist umfangreich. Gründlich.

Ich blättere zurück auf die Titelseite und schaue auf die Schlagzeile, in der Hoffnung, dass ich nicht das sehe, was ich befürchte. Aber es steht genau vor meinen Augen.

Von Erin Nash.

Ich lasse die Zeitung fallen. Ich lasse sie einfach aus meinen Händen gleiten. Ein Bild von mir mit zwei Mädchen, das jemand aus meinem Instagram-Account gezogen hat, schaut mich an und lächelt selbstgefällig, als wollte es sagen: ‚Du bist drauf reingefallen, Bruder.'

Ungläubigkeit verwandelt sich in Wut, wird zu Selbstmitleid und verwandelt sich dann in Sekundenschnelle wieder in ausgewachsene Wut.

Ich lasse mich mit dem Rücken gegen die Wand fallen, weil ich Angst habe, ohne sie auf dem Boden zu landen. Schweiß bricht mir auf der Stirn aus und darunter fühle ich pochende Kopfschmerzen.

Ich schaue nach unten und bete, dass das alles nur ein Traum ist. Dass das, was ich gerade gelesen habe, nur in meinem Kopf passiert ist. Aber es ist alles noch da. Buchstäblich schwarz auf weiß.

Es ist alles da. Was ich ihr über meinen Vater erzählt habe, meine Familie, den Erpressungsversuch. Lornas Name wurde nicht erwähnt, aber es ist für jeden, der nur ein wenig Gehirn besitzt, klar, wer es ist. Es ist, als hätte man mir die Seele aus dem Leib gerissen und sie auf diese Seiten gespritzt. Roh und rot und blutend. Nichts kann den Lauf jetzt stoppen. Das ist mein Ende.

Ich weiß nicht, ob ich die Nische verlassen will und ob ich mich überhaupt noch in der Öffentlichkeit sehen lassen kann. Aber ich weiß, dass ich sie sehen muss. Ich muss Erin sehen und hoffe, dass das alles ein großes Missverständnis war. Vielleicht hat sie die Ausrede aller Ausreden, warum sie mich so niedermacht.

In einer Sekunde hat sich meine Welt verändert und ich bin mir nicht sicher, ob sie jemals wieder dieselbe sein wird. Aber wenn nicht, kann Erin vielleicht Antworten liefern.

Ich lehne mich nach vorne, lege die Hände auf meine Knie und erinnere mich daran, durchzuatmen. Es ist ein großer Schlag, ja, aber ich habe schon früher große Schläge eingesteckt und überlebt. Ich kann das hier auch überleben.

Aber zuerst: Erin.

Erin ‚Judas' Nash.

KAPITEL DREIUNDZWANZIG

ERIN

Es ist ein neuer Tag. Ich fühle mich befreit von dem Gewicht, das auf meinen Schultern saß ... oder besser gesagt, von Lewis, der ständig Druck ausübte. Morgen wird die Story erscheinen und ich kann endlich weitermachen.

Ich vermeide die Versuchung, mich mit Peyton zu treffen und alles auszuplaudern. Ich weiß, Ehrlichkeit ist der beste Weg, aber ich will verdammt sein, wenn es nicht auch der Schwierigste ist.

Also mache ich stattdessen meine täglichen Besorgungen und kaufe ein paar Sachen in dem kleinen Supermarkt neben dem Campus ein. Ich bin auf dem Weg nach draußen und halte eine Tüte unter jedem Arm, als ich Amanda in meine Richtung kommen sehe.

Ah, so ein Mist.

Ich könnte mich umdrehen und so tun, als hätte ich sie nicht gesehen, aber wir haben bereits Blickkontakt aufgenommen. Sie läuft zu mir rüber und ihre riesigen Titten wackeln in ihrem pinkfarbenen Jogginganzug. Sie hat die Haare zu einem Pferdeschwanz hochgesteckt, der die Schwerkraft zu überlisten scheint.

Sie bleibt keuchend vor mir stehen, obwohl sie nur drei Meter gerannt ist.

„Erin“, beginnt sie und ihre Stimme ist so keck wie ihr Dekolleté, „was machst du?“

Angesichts dessen, was ich unter dem Arm habe, dachte ich, es wäre ziemlich offensichtlich. „Ich hole nur ein paar Sachen ab."

Sie tut so, als würde sie in eine Tüte schauen. „Ich hoffe, da ist Champagner drin, denn das war eine *Wahnsinnsgeschichte*, die du da veröffentlicht hast."

„Geschichte?"

Sie legt den Kopf schief. „Komm schon. Es gibt keinen Grund, bescheiden zu sein, und ja, ich weiß, wir hatten unsere Differenzen, die große Wette und all das. Ich werde bezahlen, das ist cool. Aber ich dachte, du solltest es wissen. Es war mutiges Zeug."

Ich setze es zusammen. „Du hast den Artikel gelesen?"

Sie schaut auf ihre glitzernde Uhr. „Es ist fast 10. Ich würde sagen, jeder auf dem Campus hat sie inzwischen gelesen. Die Sache wird sich wie ein Lauffeuer verbreiten."

Ich war mir sicher, dass Lewis sagte, der Artikel würde erst morgen erscheinen. Das hat er doch gesagt, oder? *Übermorgen.* Er muss ihn durchgedrückt haben – fast unerhört angesichts der Geschwindigkeit unserer Drucker – sie arbeiten nur im Schneckentempo.

„Egal", lächelt Amanda. „Die sehen schwer aus."

Ich hebe meinen Kopf und bin immer noch bemüht, alles zu verarbeiten. „Ja, danke."

Amanda beginnt auf der Stelle zu joggen. „Nochmals, *toller* Artikel."

Ich gehe lächelnd davon.

Heilige Scheiße.

Das war … seltsam, aber wenn Amanda meinen Artikel gut findet …

Ein Typ, den ich aus dem Café kenne, bleibt stehen, als er mich sieht. „Hey, du bist doch die Reporterin, richtig? Erin, stimmts?“

Ich nicke.

Er stützt die Hände in die Hüften und nickt. „Glückwunsch. Das war eine richtig gute Lektüre.“

„Danke?“, antworte ich.

Er streckt die Hände aus. „Nein, nein, ich meine es ernst. Der Scheiß wird die Leute zum Reden bringen.“ Er schaut mir zwischen die Beine. „Du musst echt Eier haben, Schwester. Einen King höchstpersönlich zu entblößen … *Verdammt* gut“, sagt er und schüttelt sein Bein, als ob er gerade in Eiswasser getreten wäre.

Er streckt seine Faust aus und ich drehe mich, so gut ich kann, um sie mit meiner eigenen zu treffen.

Er geht lachend davon, aber er ist nicht die einzige Person, die mich auf meinem Weg zurück in die Wohnung anspricht. Zum Teufel, Leute, die ich kaum kenne, halten an und sagen mir, dass sie den Artikel gelesen haben. Das ist keine Überraschung, wenn man bedenkt, dass mein Konterfei direkt neben der Schlagzeile steht. Gut sichtbar für alle.

Amanda hatte recht. Er verbreitet sich und bringt die Leute zum Reden – genau der Effekt, den ich mir erhofft habe. Den sich jeder Journalist erhofft.

Ich bin auf Wolke sieben, als ich nach Hause komme. Sogar die Treppen kommen mir heute wie nichts vor. Ich habe das Gefühl, ich könnte sie hinauf schweben.

Die Tür ist nicht verschlossen. Ich drücke mich hindurch und stelle die Tüten auf den Tresen.

„Mindy, bist du da?“, rufe ich.

Aber es ist nicht Mindy, die hinter mir auftaucht.

Es ist Peyton.

Und ich merke, dass etwas sehr, sehr falsch läuft.

Seine Arme sind verschränkt und seine ganze Haltung ist abwehrend. Er hat die Stirn gerunzelt. „Wie zum Teufel konntest du nur?“

Ich bin mir nicht sicher, in was ich hier hineingeraten bin.

Ich gehe auf ihn zu, aber er weicht einen Schritt zurück. „Komm mir bloß nicht zu nahe. Woher soll ich wissen, dass du mir nicht wieder in den Rücken fällst?“

Ich bin solche Boshaftigkeit nicht gewohnt und ich mag diesen ätzenden Ton nicht, den er mir gegenüber anschlägt. „Warum setzen wir uns nicht?“, biete ich an.

„Scheiß auf das Sitzen. Du musst anfangen zu reden, und zwar schnell.“

„Wenn es um den Artikel geht …“

„Da hast du verdammt recht, es geht um den Artikel.“

„Ich dachte, er würde erst morgen erscheinen“, sage ich ihm.

Er sieht sich im Raum um und schüttelt den Kopf. „Als ob das irgendeinen verdammten Unterschied machen würde. Ich bin ruiniert. Das weißt du doch, oder? Den Scheiß, den du da geschrieben hast, besonders den *persönlichen* Scheiß … Du hast alles versaut: Meine Karriere, meine Zukunft, meinen verdammten Ruf. Die machen mich fertig.“

„Aber …“

„Aber was?“, faucht er. „Ich kann es kaum erwarten, zu hören, wie du das rechtfertigen willst. Glaubst du, wenn du das Zeug über mich und Lorna in deine Geschichte schreibst, wird mir das helfen? Und was ist mit dem ganzen Scheiß über meine Beziehung zu meinem Vater und meinen Brüdern …“

Mir fällt der Magen in die Kniekehle. Wovon redet er da? Die Erpressung? Das stand in dem Artikel, den ich Lewis verboten hatte, zu veröffentlichen.

Jetzt dämmert es mir.

Lewis hat mich verarscht.

Peyton sieht meinen Blick der Verwirrung. „Was? Hast du schon vergessen, was du geschrieben hast?“

Er greift zum Couchtisch, hebt eine Ausgabe der Zeitung auf und wirft sie mir zu.

Irgendwie fange ich sie auf, drehe sie um und weiß sofort, als ich die Titelseite sehe, dass der falsche Artikel erschienen ist. Der allererste Satz sagt schon alles: *Peyton King mag einer von Crestfalls Besten sein, aber es sind oft die, die im hellsten Rampenlicht stehen, die die dunkelsten Wahrheiten verbergen.*

Oh, verdammt.

Ich lese weiter, aber ich kenne den Text auswendig. Ich will nur keinen Augenkontakt mit Peyton herstellen. Ich will nicht sehen, wie sehr er durch meine Hand verletzt wurde. Was habe ich gedacht, was passieren würde? Habe ich Lewis wirklich vertraut und geglaubt, dass er das Richtige tut?

Schieb die Schuld nicht von dir, sage ich mir. *Du hast das getan.*

Ich falte die Zeitung in der Hälfte und lege sie vorsichtig auf den Tresen. Dann richte mich auf und zwinge mich, Peyton anzusehen. Aber der verletzte Blick in seinem Gesicht ist so deutlich und so echt, dass es mir das Herz bricht. „Diese Version sollte nicht veröffentlicht werden.“

Er macht einen Schritt nach vorne und ich erschrecke beim Blick in seine Augen. Es ist wie eine Kaltfront, die über seinen ganzen Körper gefegt ist. „Aber du hast es geschrieben, nicht wahr? Was auch immer deine Absicht war, du hast es geschrieben. Du hast mich verdammt noch mal benutzt. Wozu?“

Ich weiß, ich sollte nicht widersprechen, aber er verdient es zumindest zu wissen, warum. „Weil ich eine Zukunft will, okay? Und ein Artikel wie dieser ...“

Er verliert die Beherrschung. „Es ist *mein* Leben, Erin! Es ist mein verdammtes Leben, mit dem du hier spielst. Ich meine ... Scheiße, du hast mich wirklich reingelegt, weißt du das? Du hast mich tatsächlich dazu gebracht, mich um dich zu sorgen und zu denken, dass das mehr sein könnte.“ Er fährt mit seinen Händen durch sein Haar, dann reibt er sich mit Zeigefinger und Daumen die Augen und atmet schwer aus. „War das alles eine List? Nur ein Weg, um mich zum Reden zu bringen?“

Ich gehe nach vorne, aber er tritt wieder zurück. Er hat die Hand ausgestreckt, um Abstand zu halten. Meine Augen sind heiß und feucht. „Das war es nicht, ich schwöre es.“

„Blödsinn“, schreit er und seine Augen sind ebenfalls glasig. In diesem Moment wird mir klar, dass ich ihn gebrochen habe. Für was auch immer ich Peyton King gehalten habe ... mir ist jetzt klar, dass er ein Mensch ist, wie jeder andere auch.

Ich bin wütend auf Lewis und habe vor, ihn in kleine Streifen zu reißen, wenn ich ihn das nächste Mal sehe. Aber ich bin wütender auf mich selbst, weil ich diese Version überhaupt geschrieben habe. Und weil ich sie einfach in das Universum hinausgeschickt habe. Ich wusste in meinem Herzen, dass Lewis die anzüglichere Version wählen würde. Ich überließ es ihm, meine Schuldgefühle zu lindern.

Aber das funktioniert nicht.

Peyton scheint sich zu beruhigen und atmet durch seine Nasenlöcher aus. „Vielleicht, wenn ich mich wirklich zwinge, kann ich dich dafür sogar bewundern. Normalerweise war ich derjenige, der andere ausgenutzt hat. Du hast es mir zurückgezahlt.“ Er klatscht in die Hände. „Verdammt clever, und ja, vielleicht ist das der große Durchbruch, den du suchst. Es ist eine gute Geschichte. Aber es ist meine und sie hätte nie das Licht der Welt erblicken dürfen.“

Er geht an mir vorbei und ich wünschte fast, er hätte mehr geschrien und wäre wütender auf mich gewesen. Aber da ist nichts als Niedergeschlagenheit und Bitterkeit.

Ich greife nach ihm, aber er zieht seinen Arm weg, öffnet die Haustür und bleibt kurz im Türrahmen stehen.

„Peyton …“, flehe ich.

„Wir sind fertig“, sagt er und die Tür knallt hinter ihm zu.

Ich überlege, ob ich ihm nachlaufen soll.

Und was willst du sagen? Dass es dir leidtut? Es wird nichts nützen.

Er ist weg.

Aber du hast den Artikel. Er wird *deine Karriere beflügeln. Lewis hat es selbst gesagt. Was auch immer Peyton sagt, du kannst es einfach leugnen. Wem wird die Öffentlichkeit jetzt glauben?*

Die Stimme in mir hat recht, aber bin ich wirklich so tief gesunken? Ein doppelzüngiges Wesen, das bereit ist, andere für seinen eigenen Vorteil zu zerstören? So bin ich nicht erzogen worden.

Ich seufze, lasse mich gegen die Wand sinken und rutsche auf den Teppich. Ich wische mir die Tränen weg, die kein Ende nehmen wollen.

Was nun?, frage ich mich.

Wie um alles in der Welt kann ich das wiedergutmachen?

Das kannst du nicht, kommt die Antwort.

Und das Gewicht dieser Wahrheit ist fast zu schwer zu ertragen.

Ich denke an die Zeit, die ich mit Peyton verbracht habe, und nicht nur an den Sex, so unglaublich er auch gewesen sein mag. Ich denke an die zwanglosen Gespräche, die Art und Weise, wie er sich mir gegenüber über seine Kindheit und seine Eltern geöffnet hat. Er hat mir Dinge erzählt, die er sonst niemandem erzählt hat. Was soll ich tun? Sie werden wahrscheinlich in jeder Uni-Zeitung und auf jeder Webseite von hier bis Kentucky erscheinen. Er wird ein bekannter Name sein.

Ich habe mir vielleicht endlich meinen Ruhm erkauft, aber damit habe ich mich selbst verdammt. Ich habe ihn zu Fall gebracht, nur um meine Karriere anzukurbeln.

Und das ist scheiße.

KAPITEL VIERUNDZWANZIG

PEYTON

Ich will nur noch nach Hause und schlafen. Ich muss irgendetwas tun, um diese ganze Scheiße zu verdrängen.

Ich gehe gerade die Auffahrt hinauf, als ich den Porsche meines Vaters in der Einfahrt parken sehe. Die Autos meiner Brüder sind nirgends zu sehen.

Ich bleibe auf der Stelle stehen. „Verdammt."

Ich überlege, ob ich mir irgendwo ein nettes schwarzes Loch in einer Bar suchen soll, in dem ich mich ertränken kann, aber ich weiß, dass ich mich früher oder später dem alten Mann stellen muss.

Also gehe ich weiter. Ich schaffe es bis zur Haustür und schließe sie auf. Dann trete ich direkt in die Falle.

Ich finde ihn im Wohnzimmer. Alissa, die baldige Ehefrau Nummer sechs, sitzt an der Frühstückstheke mit einem Glas Wein und ich frage mich, woher sie den wohl hat. Besonders, wenn man bedenkt, dass wir weder Wein trinken, noch die nötigen Gläser dafür haben. Ich kann sehen, dass noch mehr an ihr gemacht wurde. Ihre Lippen sehen jetzt aus wie ein Hotdog-Brötchen. Sie trägt einen Rock aus Seide und der Schlitz geht bis zu ihrem Oberschenkel. Das ist kaum Alltagskleidung.

Mein Vater sitzt auf der Kante des Sofas. Er steht auf, als ich den Raum betrete. „Peyton."

Ich schaue ihn an. „Vater, was führt dich hierher? Wo sind die anderen?"

„Ich habe sie weggeschickt. Ich dachte, es wäre das Beste, wenn wir allein reden."

Ich schaue zu Alissa hinüber. Sie trinkt den Wein, als ob er sonst schlecht würde – ein fairer Tausch dafür, dass sie meinen Vater regelmäßig ficken muss, nehme ich an.

Mein Vater sieht ebenfalls zu ihr und sie braucht einen Moment oder zwei, bevor sie begreift, was los ist. Sie steht auf und scheint etwas wackelig in diesen Stripperinnen-Absätzen zu sein. „Es war schön, dich wiederzusehen, Peyton", sagt sie, bevor sie zur Rückseite des Hauses schreitet.

Jetzt gibt es nur noch meinen Vater und mich. „Wenn du hierhergekommen bist, um über mich zu jammern, glaub mir, ich brauche das jetzt nicht."

Mein Vater macht einen vorsichtigen Schritt nach vorne. Ich habe ihn schon öfter in dieser Verhandlungsposition gesehen, und erkenne, dass ich vielleicht doch nicht von ihm zerfetzt werde.

„Sieh mal, mein Sohn", beginnt er und sein Ton ist weicher als sonst, „ich verstehe, dass ich nicht immer der beste Vater war. Ich war nicht für euch da." Er legt eine Hand auf sein Herz. „Ich verstehe das. Das tue ich wirklich, aber ich bin hier, um zu helfen."

Ich hatte fest damit gerechnet, dass er sein Versprechen einlösen würde, mir nicht mehr aus der Patsche zu helfen, aber diese neue und verbesserte Vaterfigur bringt mich ernsthaft zum Ausflippen. Das hier ist viel beängstigender.

„Ich habe die Geschichte heute Morgen gelesen. Ich möchte über diese Lehrerin reden, die dich erpresst hat."

Und da ist es.

All diese Enthüllungen über die Familie und er hat sich darauf versteift? Es ist unerwartet, das muss man ihm lassen. Aber anscheinend ist er hier, um seinen eigenen Arsch zu retten und den Familiennamen sauber zu halten. Oder zumindest will er ihn polieren. „Vater ..."

„Nein", sagt er in festem Ton und kommt näher, „was sie dir angetan hat, war krank. Mir wird übel, wenn ich nur daran denke. An diese ...", ich sehe, wie er sich abmüht, fortzufahren, „Pädophile."

Ich schaue weg, aber meine Augen können sich nicht beruhigen. Mein Kopf schwirrt. Dieses Wort laut zu hören, bringt alles wieder in Erinnerung, obwohl ich so hart daran gearbeitet habe, es wegzuschieben, es auszusperren und mit meinem Leben weiterzumachen.

„Ich wusste, worauf ich mich einlasse, Vater."

Er schüttelt den Kopf. „Nein, das wusstest du nicht. Sie hat dich ausgenutzt und ich bin hier, um dir zu sagen, dass wir das in Ordnung bringen werden. Und zwar alles. Darauf hast du mein Wort."

„Du kannst es nicht in Ordnung bringen. Es ist vorbei."

Er starrt mit schmerzverzerrtem Gesicht auf seine Füße, bevor er seine Augen wieder hebt. Sie sind glasig, als er es tut. „Ja, vielleicht, aber das heißt nicht, dass die Gerechtigkeit nicht gewahrt werden kann. Wir werden das in Ordnung bringen, und wenn wir schon dabei sind, werden wir uns diese Lorna schnappen."

„Hast du die Geschichte nicht gelesen, Papa? Du wurdest auch erwähnt."

„Wenn du denkst, dass mich das interessiert, Sohn, kennst du mich vielleicht nicht so gut, wie du denkst."

„*Ich* habe ihr diese Dinge gesagt. Ich habe sie an mich rangelassen und über meine Gefühle gesprochen."

„Das habe ich auch schon erlebt", lacht er. „Zu oft, aber das ist egal, weil das alles in einer Woche vergessen sein wird, aber die Sache mit dieser Lehrerin ... das kann ich nicht so stehen lassen."

Er legt seine Hand auf meine Schulter. Es wirkt unbeholfen und die Bewegung ist mir fremd. Aber es ist, glaube ich, das größte Zeichen der Zuneigung, das mein Vater mir je gezeigt hat. „Wir werden das durchstehen, mein Sohn. Wir stecken da zusammen drin und ich stehe hinter dir, egal was passiert."

Ich schließe für einen Moment die Augen und erlaube mir, auszuatmen und mich zu entspannen. „Es ist alles so verdammt beschissen."

Er nimmt mich am Hinterkopf und zieht mich an seine Brust, sein Herz schlägt gleichmäßig und stark. Ich möchte nachgeben und mich ganz von den Gefühlen einnehmen lassen, aber ich halte sie zurück – gerade so.

Mein Vater schnieft, hält mich mit beiden Händen vor sich und lächelt. „Man sagt, ein Vater sollte keinen Liebling haben, aber ...“

„... es ist Nolan, nicht wahr?“, scherze ich.

Er lässt mich los. Vielleicht merkt er, dass der Moment vorbei ist. Wir hatten unseren besonderen Augenblick und jetzt geht es wieder zur Sache. „Genug von der Geschichte. Wie gehts im Sport? Ich habe dein letztes Spiel gesehen. Du bist immer noch auf dem Vormarsch.“

„Vielleicht“, antworte ich.

Vater schaut auf seine Uhr. „Ich schätze, ich muss jetzt verschwinden. Alissa will einkaufen gehen.“ Er lehnt sich dicht an mich heran. „Ich würde mir lieber die Fingernägel einzeln abziehen lassen, aber wie man so schön sagt, eine glückliche Ehefrau ...“

„... bedeutet ein glückliches Leben“, beende ich.

„Man sollte meinen, dein Vater hätte die Sache mit der Ehe inzwischen im Griff, aber ich bin weit davon entfernt, perfekt zu sein, mein Sohn.“

„Was du nicht sagst“, scherze ich.

„Alissa!“, ruft er und sie erscheint wie aus dem Nichts. „Wir gehen.“

Sie geht an mir vorbei. Sie hat immer noch ihr Weinglas in der Hand, das auf wundersame Weise wieder aufgefüllt wurde. Wenn sie Wasser in Wein verwandeln kann, möchte ich nicht wissen, was sie mit meinem Vater macht. Sie lächelt, als sie geht.

Vater wartet einen Moment und nimmt wieder meine Schulter. „Was immer du brauchst, Peyton, ich bin da. Lass das nicht an dich ran."

Ich schlucke einen Kloß in meinem Hals hinunter. „Danke Papa, ich weiß das zu schätzen."

Er klopft mir auf die Schulter und nickt. „Meine Leute werden sich melden."

Er geht zur Haustür und dreht sich um, als er dort ankommt. „Und sag deinen Brüdern, sie sollen hier ein bisschen aufräumen. Hier drin stinkt es wie in einem Hundearsch."

Dem kann ich nicht widersprechen.

Das Haus ist unnatürlich still, nachdem er weg ist. Der Fernseher ist nicht an, Titus singt nicht in der Dusche, Phoenix schaut sich oben keine Pornos an. Es ist unheimlich.

Ich setze mich auf das Sofa, der Platz ist noch warm von meinem Vater.

„Was zum Teufel", sage ich zu mir selbst und lächle. Ich bin überrascht über sein Erscheinen hier. Und seine Worte. Ich bin froh, ihn auf meiner Seite zu haben, überglücklich. Aber ich bin immer noch sauer. Ich wurde von der einen Person verraten, der ich am meisten vertraut habe. Ich wurde völlig überrumpelt … ausgenutzt. Aber der Schmerz wird nur umso größer, je mehr ich versuche, ihn zu verdrängen.

Ich greife mir an den Kopf und schaukle auf der Stelle. „Scheiß drauf!“, schreie ich und suche nach etwas, das ich werfen kann. Ich finde aber nur ein ausgestopftes Kissen und werfe es an die Wand.

Lorna wird bekommen, was sie verdient. Aber meine Gedanken sind nur auf Erin fixiert. Sie hat mir das Herz herausgerissen und es zertrampelt. Sie hat unsere ganze Beziehung weggeschmissen. Aber für was? Ein bisschen Campus-Ruhm? Eine Schlagzeile? Ich dachte, ich bedeute ihr mehr als das.

Du hast offensichtlich überhaupt nicht gedacht.

„Halt die Klappe“, sage ich zu meinem Verstand und bin mir dabei bewusst, dass ich jetzt mit mir selbst rede und dabei tiefer in den Wahnsinn falle. Bald werde ich mich ausziehen und mir in den Hecken einen runterholen. Vielleicht ist das sogar besser, als rund um die Uhr an sie denken zu müssen.

Ich schließe die Augen und versuche, mein Gehirn zur Ruhe zu bringen, aber es ist ein führerloser Zug, der nur auf ein Ziel zusteuert.

Ich stehe auf. „Scheiß drauf.“ Ich wiederhole es. *„Scheiß drauf.“*

*

In den nächsten Tagen umarme ich die Lethargie. Ich tue nicht viel und ich fühle nicht viel. Ich lebe nur, um in diesem luziden Raum zwischen Leben und Tod zu existieren. Einfach gesagt, ich bin gefühllos – gegenüber allem und jedem.

Das bleibt von meinen Brüdern nicht unbemerkt, die immer wieder versuchen, mich aus dem Haus zu locken. Sie flehen mich an, mit ihnen auf die Piste zu gehen oder einfach nur etwas zu essen zu besorgen. Ich widerstehe und werde bald müde. Ich überlasse mich meinem eigenen Schicksal.

Es schien ihnen nichts auszumachen, dass sie in der Geschichte vorkommen. Titus schien sich sogar über all das zu freuen.

Ich schwänze drei Tage lang das Training und schalte mein Telefon aus, um die Flut von Nachrichten und Anrufen zu stoppen. Ich bin nur noch eine Schale der Person, die ich einmal war.

Mein Vater nutzt den Festnetzanschluss, um mich über die Situation mit Lorna zu informieren. Das muss ich dem alten Mann lassen. Er hat nicht gelogen. Er hat einen Anwalt und einen Ermittler engagiert, um Lorna zu durchleuchten. Sogar eine PR-Agentur arbeitet für ihn, um das öffentliche Image zu verbessern und „die Geschichte zu kontrollieren“, wie er mir sagte. Er hätte ein verdammt guter Politiker werden können, wenn sein Privatleben nicht so eine Katastrophe wäre. Er erzählt mir alles in täglichen Updates und Fragen. Ich antworte roboterhaft, aber ich bin weit weg von mir selbst. Ich bin immer noch gefangen in diesem Netz, aus dem ich nicht herauskriechen kann.

Der Trainer ist bestimmt stinksauer. Er ist bereits bei mir zu Hause vorbeigekommen. Genauso wie der Rest des Teams. Aber bis jetzt machen meine Brüder einen ziemlich guten Job und halten mir den Rücken frei. Noch ein paar Tage und ich wette, jemand wird die verdammte Tür eintreten. Aber bis dahin kann ich mich in meinem eigenen, selbst verschuldeten Elend suhlen.

Ich weiß, dass Erin versucht hat, anzurufen. Sie hat es auch bei Titus und Nolan versucht, die ihr aber beide gesagt haben, dass sie sich verpissen soll. Titus war besonders unhöflich, er zauberte scheinbar jedes Schimpfwort der englischen Sprache hervor. Er lieh sich sogar einige aus anderen Sprachen. Ich fühlte einen Stich der Schuld und einen Tropfen Empathie, aber der wurde schnell weggefegt, als ich an das dachte, was sie geschrieben hatte. Sie hat meine tiefsten Gefühle und Sehnsüchte mit Tinte für die Massen sichtbar gemacht.

Wenigstens hat sie nicht versucht, hier aufzutauchen. Sie hat nicht die Eier, sich hier blicken zu lassen.

Nein, scheiß auf sie und scheiß auf die Zeitung. Sollen sie ihren Moment im Rampenlicht haben. Sollen sie sich doch ihre eigenen Gräber schaufeln.

KAPITEL FÜNFUNDZWANZIG

ERIN

Ich bin mittlerweile ein fester Bestandteil der King-Residenz geworden und wirklich überrascht, dass noch niemand die Bullen gerufen hat. Ich habe versucht, Nachrichten zu schreiben, anzurufen, an die verdammte Tür zu klopfen – alles außer Steine gegen das Fenster zu werfen.

Es ist jetzt der siebte Tag und noch immer ist nichts von drinnen zu hören. Peytons Brüder tauchen auf, aber jedes Mal tun sie so, als ob ich nicht da wäre. Sie schieben sich an mir vorbei und gehen ihrer Arbeit nach. Ich flehe und bettle. Ich frage nach Peyton, aber ich bin nichts weiter als ein Geist für sie. Und ich kann es ihnen wirklich nicht verdenken.

Ich habe Lewis neulich meine Meinung gesagt, aber es schien ihn nicht zu interessieren. Selbst als ich ihm meine Kündigung aushändigte, zerriss er sie einfach in zwei Teile und sagte mir, es sei „das Beste so“ und dass ich „genau gewusst hätte, was passieren würde“.

Ich sagte ihm - *sehr* uncharakteristisch - er solle gehen und ein bestimmtes großes, lila Gemüse in eine bestimmte private Körperöffnung stecken. Amanda applaudierte mir auf dem Weg nach draußen. Ausnahmsweise schien sie mal ganz cool zu sein.

Ich klopfe schon den ganzen Morgen an die Vordertür. Die Sonne steht hoch am Himmel und lässt mich meine Entscheidung überdenken, eine gute Flasche Wasser zu Hause auf dem Tresen stehen gelassen zu haben. Ich schwitze wie ein Schwein. Aber ich stehe noch einmal auf, um zu klopfen. Dann rufe ich nach jemandem, der „bitte an die Tür gehen“ solle. Mein Finger geht zur Türklingel, bis mir einfällt, dass sie vor Tagen abgeschaltet wurde.

Ich will gerade endgültig aufgeben, als die Tür aufschwingt und Titus mit steinerner Miene vor mir steht. „Wenn du etwas zu sagen hast, dann sag es. Wenn die anderen merken, dass ich die Tür geöffnet habe, werde ich mit dir draußen stehen.“

Ich schlucke und mein Mund ist plötzlich trocken. „Ist Peyton da drin?“

„Ich glaube nicht, dass dich das etwas angeht.“

„Ich muss mit ihm sprechen.“

„Du musst nichts weiter, als dich aus seinem Leben zu verpissen.“

Das habe ich verdient. Aber wenn einer der Brüder bereit ist, mich einzulassen, dann ist es Titus. Ich hoffe nur, dass seine Fähigkeit zur Vergebung größer ist, als sein Wunsch, mich wegzuschicken.

„Bitte, Titus, ich weiß, ich habe Mist gebaut. Ich weiß, was ich geschrieben habe, hätte nie ans Tageslicht kommen dürfen. Darf ich mich wenigstens bei ihm und dir ein letztes Mal entschuldigen? Und sei es nur, um mich zu verabschieden.“

Ich halte Augenkontakt und kann sehen, dass Titus überlegt, was er tun soll.

„*Bitte*", dränge ich.

Er öffnet die Tür weiter und tritt zur Seite. „Oh, verdammt. Geh rein. Er ist oben."

Ich lege meine Hände zusammen und gehe hinein, bevor er die Chance hat, mich doch noch auszusperren. „Danke."

„Du hast fünf Minuten Zeit, dann rufe ich die anderen, verstanden?"

Ich renne praktisch die Treppe hoch und halte für einen letzten Atemzug inne, bevor ich den Türknauf zu Peytons Zimmer drehe.

Du schaffst das.

Ich gehe hinein und schließe die Tür hinter mir.

Peyton sitzt auf seinem Bett in einer Jogginghose und einem weißen Shirt. Es sieht nicht so aus, als hätte er das Zimmer in den letzten Tagen verlassen. Er hat dunkle Ringe unter den Augen und seine Schultern sind gebeugt.

Er beäugt mich misstrauisch. „Ich wusste, dass es Titus sein würde."

Ich zeige auf den Platz neben ihm auf dem Bett. „Darf ich?" Er antwortet nicht, also setze ich mich und presse meine Hände unbeholfen in meinen Schoß.

Ich muss schlucken, bevor ich sprechen kann, denn der grapefruitgroße Kloß in meinem Hals weigert sich, zu verschwinden. „Es tut mir leid, Peyton. Wirklich."

Er lacht, schüttelt den Kopf und holt eine Kopie des Artikels von seinem Nachttisch. Er schüttelt die Zeitung in seiner Hand. „War diese ganze Sache ein abgekartetes Spiel? War irgendetwas davon echt oder hast du mich nur benutzt? Sag es mir einfach. Sei ehrlich."

Sein Kampfgeist hat ihn verlassen.

„Peyton ..."

Er nimmt die Hände hoch. „Nein. Ich will es nicht hören. Und weißt du warum? Weil du alles so eloquent in diesem Artikel hier dargelegt hast, richtig?"

Ich nicke.

Er atmet aus. „Du hast ein wirklich gutes Bild von mir gezeichnet, hm? Ich schätze, du hast nur den Teil ausgelassen, in dem ich dich in den Arsch gefickt habe."

Und schon ist seine Wut wieder da. Ich verstehe ihn, aber das ist keine Entschuldigung. „Das ist nicht fair", protestiere ich und versuche, näher an ihn zu rücken. Doch er springt sofort zurück.

„Ich sollte meinen eigenen Artikel schreiben. Eine Gegendarstellung – es gibt doch noch die Meinungsfreiheit und all das, richtig?"

„Ich war verärgert, Peyton. Ich habe etwas Dummes getan, aber es ist vorbei."

Er steht auf. „Da hast du verdammt recht, es ist vorbei."

Ich greife sein Handgelenk, halte ihn auf. „Warte, bitte." Tränen stechen in meinen Augenwinkeln.

Er windet sich aus meinem Griff. „Warum?", fragt er und die Falten in seinem Gesicht sind fest gezeichnet. „Gib mir einen guten Grund, warum ich dich nicht aus dieser Tür werfen und nie wieder zurückblicken sollte. Denn willst du das Schlimmste von allem wissen, den wirklichen Knaller? Ich habe mich in dich verliebt." Er wirft seine Hände hoch. „Ja. Was für ein verdammter Trottel muss ich gewesen sein, um tatsächlich Gefühle für jemanden zu entwickeln und mich da draußen zu exponieren." Er schüttelt wieder den Kopf.

Ich versperre ihm den Weg und atme schwer. „Ich hatte nie die Absicht, dich zu verletzen. Das musst du mir glauben." Ich kann die Tränen nicht länger zurückhalten. „Wenn ich es zurücknehmen könnte ..."

Ich greife nach seiner Hand und dieses Mal lässt er mich sie nehmen. Ich füge die andere hinzu und merke, wie sehr ich ihn vermisst habe. *Uns* vermisst habe.

Ich lasse meine Tränen frei fließen und sie tropfen von meinem Gesicht auf den Boden. Es kommt alles auf einmal heraus. „Ich habe mich auch in dich verliebt. Ich habe Gefühle für dich und ich liebe dich. Ich wollte nie, dass diese Version des Artikels erscheint. Es war falsch und ich bin dumm. Aber du musst mir glauben, wenn ich sage, dass ich nicht ohne dich sein kann. Es tut mir leid. So, so, so leid. Das hätte nie passieren dürfen."

Er will etwas sagen, hält dann aber inne.

Ich drücke seine Hand ein wenig fester, verdrehe die Augen und weine wie ein Baby. „Verzeih mir. Bitte. *Bitte.*“

Der Sturm, den er loslassen wollte, hat sich aufgelöst. Er beugt sich vor und umarmt mich. Dann zieht er mich fester an sich, während ich mich an seiner Schulter ausweine. Ich bin mir ziemlich sicher, dass er auch weint.

„Ich habe dich vermisst“, sage ich ihm und bin kaum in der Lage, die Worte herauszubringen. „Ich habe dich so sehr vermisst.“

„Also war es echt?“, fragt er.

„Es war echt“, bestätige ich. „Es *ist* echt. Ich hätte dich nie so verletzen und dein Vertrauen nie so offen missbrauchen dürfen. Ich wollte nur weiterkommen und ausnahmsweise mal gewinnen.“

„Das kann ich verstehen“, sagt er, „aber es hat trotzdem wehgetan.“

„Ich weiß. Ich weiß“, wiederhole ich.

Wir halten uns in den Armen und die Zeit spielt keine Rolle mehr. Es mögen fünf, zehn, vielleicht zwanzig Minuten sein, bis wir uns voneinander lösen.

Ich versuche zu lächeln und wische mir über mein Gesicht und die Augen. „Wir sind ein schönes Paar, nicht wahr?“

Er nickt. „Das sind wir.“ Seine Augen sind rot und geschwollen, aber er lächelt. Das ist alles, was ich wollte.

„Glaubst du, dein Bruder wird kommen und versuchen, mich rauszuschmeißen?“

„So, wie wir uns aufführen? Nein, er hasst Liebeskomödien. Er wird sich fernhalten."

„Das ist nicht wirklich eine Liebeskomödie."

Er lacht darüber und lässt sich wieder an meiner Schulter nieder.

„Es tut mir so leid, wegen all dem", sage ich zu ihm.

Er wischt mir eine verfilzte Haarsträhne aus dem Gesicht und hält sie in seinen Händen. Ein Daumen streicht über meine Wange. „Ich glaube dir."

„Es ist nicht so schlimm auf dem Campus. Die Leute wollen dich unterstützen. Du hast Freunde."

Er lacht. „Habe ich das?"

„Ja, hast du."

Er überlegt eine Sekunde lang. „Weißt du, mein Vater hat dafür gesorgt, dass ich gestern einen Äquivalenztest machen konnte."

„Und?"

„Ich habe natürlich mit Bravour bestanden. Der Dekan hat ihm versichert, dass er die Ergebnisse akzeptiert, auch wenn die Schule mein Diplom außer Kraft setzt. Anscheinend bin ich nicht der erste Schüler, den Lorna versucht hat, für eine gute Note zu erpressen. Obwohl ich die Ehre habe, der Erste zu sein, den sie um ‚finanziellen Gewinn' erpresst hat. Mein Vater sagt, es gibt jetzt einen Haufen Jungs, die Anzeige erstattet haben. Alle sind minderjährig und Lorna ... du weißt schon."

„Das ist doch gut, oder?“, frage ich hoffnungsvoll.

„Sie wird wahrscheinlich ins Gefängnis gehen. Zumindest, wenn Vaters Anwälte etwas zu sagen haben. Sie wird auf jeden Fall ihre Lehrerlaubnis verlieren und sie wird sicher nicht mehr in der Lage sein, Jungs wie mich ins Visier zu nehmen.“

Davon hatte ich noch nichts gehört, aber es klingt vielversprechend. Wenn auch nur etwas Gutes aus diesem ganzen Schlamassel herausgekommen ist, dann bin ich zufrieden. Ich spreche diese Gedanken aber nicht aus. Ich will die Sache nicht gefährden.

Ich schaue in seine Augen und habe die Art vermisst, wie sie zu mir zurückblicken. „Kannst du mir verzeihen?“

Er antwortet nicht, sondern nickt nur. Er beugt sich vor, um mich zu küssen.

Und endlich, einfach so, kehrt die Welt zur Ordnung zurück.

EPILOG

FÜNF JAHRE SPÄTER

PEYTON

Ich hocke mich hin und lege eine Hand in das Gras. Ich schaue in die Menge. Der Lärm ist ohrenbetäubend. Ich kann es nicht glauben. Ich kann nicht glauben, dass dieser Moment wirklich stattfindet.

Wir hatten das ‚verdammt harte Training' in Crestfall, aber was man mit uns in der NFL ... macht. Sagen wir einfach, es lässt Mooney wie einen Teddybären aussehen.

Der Football liegt einen Meter vor mir. Der Touchdown wurde gemacht und der Sieg ist besiegelt. Ich dachte nicht, dass ich es schaffen könnte, und war mir sicher, dass die Uhr bereits abgelaufen war. Aber die Anzeigetafel zeigt den Touchdown an.

Es ist vollbracht.

Wir haben den gottverdammten Superbowl gewonnen.

Es gibt keinen Grund für einen Rückwärtssalto oder einen Gruß an die Menge. Ich bleibe einfach da und genieße den Moment ...

... bis ich von meinem gesamten Team erdrückt werde.

Sie heben mich auf ihre Schultern und tragen mich zur Seitenlinie.

Es ist verdammt surreal. All die Spiele in Crestfall in der Kälte um 5 Uhr morgens, die meinen Schwanz zu einem Eiszapfen werden ließen. Auch Mooney ist heute irgendwo in der Menge. Ich habe ihm einen guten Platz besorgt. Aber ich will nur eine Person sehen.

Der Lärm wird nicht leiser, je näher wir der Seitenlinie kommen. Wenn überhaupt, wird er noch lauter.

Ich werde wieder abgesetzt, schüttle Hände und umarme jeden, der vor mir auftaucht. Kamerablitze feuern wie Maschinengewehre und ich sehe eine fast geschlossene Wand aus blinkendem Licht, wohin ich auch gehe.

Und dann sehe ich sie. Sie trägt ein blau-weißes Trikot in Übergröße. Es war das erste Trikot, das ich bekam, als ich vor vier Jahren bei diesem Team anfing. Mit der Glücksnummer neun. Erin sagte, sie würde es als Glücksbringer tragen, aber ich will es ihr einfach nur ausziehen, sie nach Hause bringen und diese unglaubliche Sache richtig feiern.

Sie stürmt nach vorne und die Kameraleute teilen sich. Ich fasse sie um die Taille und wir beide drehen uns auf der Stelle, während die Kameras zu einem Hornissennest werden und der Jubel im Stadion das Dach zu heben droht.

Es ist Wahnsinn. *Das alles* ist verrückt. Aber als ich mich zurückziehe und sie ansehe – meine Frau, meine Seelenverwandte – wird mir klar, dass der Superbowl nicht der größte Sieg meines Lebens ist.

Sie küsst mich und ich schmecke den Geschmack von Zimt auf ihren Lippen. Sie hat auch ein paar Zuckerkörnchen auf ihrer Wange.

Ich wische sie weg, lächle und stelle sie wieder auf ihre Füße. „Warst du wieder an den Donuts?“

„Hey“, sagt sie und ihre Augen funkeln auf diese flüchtige Art, die nur wahres Glück zulässt. „Ich musste neun Monate lang ohne sie auskommen, weißt du noch? Ich hole nur die verlorene Zeit wieder auf.“

Ich sehe über Erins Schulter und erkenne, dass Mindy sich uns nähert. „Wo wir gerade dabei sind ...“

Wir drehen uns gemeinsam um, Mindy lächelt, als sie die wahre Freude in unserem Leben an uns übergibt. Es ist unsere einen Monat alte Evie.

„Ich dachte, sie würde sich bei dem ganzen Lärm aufregen“, sagt Mindy, „aber sieh sie dir an. Sie schläft wie ihr Vater an einem Sonntagmorgen.“

Erin nimmt Evie und hält sie zwischen uns. Ihr pausbäckiges kleines Gesicht ist so perfekt und unschuldig, dass ich gar nicht glauben kann, dass sie tatsächlich unser Kind ist. Ihr winziger Mund öffnet und schließt sich auf der Suche nach einem Nippel, den sie sicher nicht von mir bekommen wird.

Erin beugt sich vor, um mich erneut zu küssen. Dabei drückt sie Evie an meine Brust. „Nimm du sie“, sagt sie mir. „Nimm sie und genieße es. Ich werde nicht weggehen.“

„Na los“, drängt Mindy. Es macht mich wahnsinnig, sie in die Farben meines Teams gekleidet zu sehen. Ich sehe ihren Freund drüben an der Tribüne. Er winkt mir zu und ich winke zurück. Ein Wunder, wenn man bedenkt, dass der Kerl ein großer Banker an der Wall Street ist. Das Gegenteil von dem, was ich mir für Mindy vorgestellt habe. Aber Menschen ändern sich. Sie ziehen weiter. Sie passen sich an. Mindy ist natürlich immer noch dieselbe und wahrscheinlich die beste Patentante, die sich Evie je wünschen könnte.

Ich nicke Erin zu und nehme Evie in den Arm, als wäre sie der kleinste Football der Welt.

Ich gehe hinüber zur Tribüne und beginne, Hände zu schütteln. Ich kann das breite, alberne Grinsen nicht mehr aus meinem Gesicht vertreiben. Jetzt, wo es endlich geschehen ist. Ich halte inne, als mir ein Junge, von dem ich schwöre, dass er genauso aussieht wie ich in seinem Alter, ein Poster überreicht. Ich bin darauf in Kriegsbemalung zu sehen und habe ein Bein auf einer Kiste. Es war ein albernes Pressefoto, das wir machen mussten, aber als ich das Glitzern in den Augen des Jungen sehe und die Art, wie er mich mit solcher Bewunderung anschaut, wird es fast zu viel.

Ich nehme das Poster und den Stift. Dann unterschreibe ich es und reiche es ihm wieder. „Wie heißt du, Kleiner?“, frage ich ihn.

„Joshua“, quiekt er nervös.

Ich hocke mich hin und fasse ihm an die Schulter. „Willst du ein Footballspieler werden, Josh?“

Er richtet sich auf. „Ja. Ich will so werden wie Sie.“

„Wirst du hart arbeiten und lernen?“, frage ich den Jungen.

„Ja!“, strahlt er.

Ich streiche ihm durchs Haar und lächle seinen Vater an. „Ein braver Junge. Vielleicht sehen wir uns ja mal hier draußen.“

Ich werde weggezogen, aber ich kriege den Jungen nicht aus dem Kopf. Es ist so seltsam, zu denken, dass *ich* jetzt derjenige bin, der die Leute inspiriert. Nach allem, was passiert ist.

Evie gurrt und ihre Augen öffnen sich. Die Sicherheitsleute tun ihr Bestes, um die Medien zurückzudrängen, die so scharf auf dieses einmalige Foto sind, das auf jeder Nachrichtenseite und in jeder Zeitung landesweit erscheinen wird. Diesmal wird der Artikel ganz anders ausfallen als der, der in der Uni-Zeitung erschien, auch wenn er den Ablauf in Gang gesetzt hat, der mich hierher gebracht hat.

All diese Zeit. All die harte Arbeit.

Ich senke den Kopf und flüstere Evie zu: „Keine Sorge, Schätzchen. Sie sind nur wegen dir hier.“

*

Den ganzen Tag über kommen und gehen Leute, aber ich habe nur Augen für Erin. Es ist der totale und absolute Wahnsinn. Jeder will ein Stück von mir. Mindy musste gehen, also treffe ich meinen Vater im Tunnel mit Evie und einen weiteren Teamvertreter, der mir mit Evies Reisetasche und ihrem Lieblingsspielzeug entgegenläuft – einem Stofftier, das wie eine kaputte Muschel aussieht, aber, wie mir versichert wurde, eigentlich ein Herz ist.

Papa steht dort mit Titus. Mein Bruder ist wahrscheinlich die letzte Person, die ich hier erwartet hätte, nach allem, was in letzter Zeit in seinem Leben passiert ist.

Titus ist der Erste, der nach vorne tritt und mich in eine feste Umarmung zieht, wobei er darauf achtet, Evie nicht zu zerquetschen. „Heilige Scheiße. Du hast es tatsächlich geschafft."

„Danke. Ich weiß das zu schätzen, Mann. Wie läufts bei dir?"

„Gut", sagt er und nickt. „Könnte eigentlich nicht besser sein, aber das ist eine Geschichte für ein anderes Mal, hm?"

„Sehen wir uns später?"

„Auf jeden Fall. Du weißt, dass die Zwillinge auch hier sind, oder?"

„Wahrscheinlich trinken sie jede Bar hier leer", sinniere ich.

„Bevor ich die Chance dazu habe?", lacht Titus, „bestimmt nicht."

Ich schaue meinem Vater in die Augen und Titus löst sich von mir, damit ich auf ihn zugehen kann.

Der alte Mann setzt ein tapferes, stoisches Gesicht auf, aber ich kann sehen, dass er kurz davor ist, zusammenzubrechen.

Er steht vor mir und nickt einmal, bevor er nach vorne stürmt, um mich zu umarmen und mich fast zu erdrücken, während ich Evie zur Seite halte.

„Ich bin so stolz auf dich", sagt er und hält mich an den Schultern fest. „So verdammt stolz, mein Sohn."

Er hat jetzt eine Träne im Auge. Es ist vielleicht die erste Träne, die der mächtige Stone King je vergossen hat. Selbst als sein Team die Meisterschaft wegen eines einzigen Punktes verlor, zeigte er keine Emotionen.

Vielleicht liegt es an Evie. Er lächelt zu ihr hinunter und greift nach ihr, um sie von mir zu nehmen. Dann wiegt er sie in seinem Arm. „Und, wie geht es meiner Lieblingsenkelin?"

Sie sieht ihn kurz an, aber die Augen fallen ihr wieder zu.

Ich glaube, Papa ist tatsächlich nach New York gezogen, nur um näher bei ihr zu sein. Seit sie geboren wurde, ist es, als wäre er weich geworden – wie Butter an einem warmen Sommertag. Er ist einfach völlig vernarrt in unser Freudenbündel. Er gibt auch einen ziemlich guten Babysitter ab. Er hat zwar im Moment keine Frau oder Freundin – Alissa ist schon lange weg, und das ist auch gut so – aber er hat Evie und seine Söhne. Obwohl er in den letzten Jahren sicher zwanzigmal versucht hat, die Zwillinge zu verleugnen. Er hat uns. Vielleicht ist das alles, was er braucht?

„Peyton!" Jemand im Tunnel schreit nach mir. „Sie brauchen dich."

„Es ist okay", sagt Papa. „Geh nur. Genieße es."

„Kommst du mit Evie zurecht?"

Er sieht zwischen Titus und mir hin und her. „Ich habe euch Trottel doch auch großgezogen, oder?"

Eigentlich waren es meine Mutter und eine Reihe von Kindermädchen, die die harte Arbeit geleistet haben, aber ich lasse ihm seinen Moment.

Ich beginne wegzugehen. „Sieht so aus."

Ich winke und jogge los. Ich bin überrascht, dass ich noch die Energie dazu aufbringen kann, nachdem das Spiel da draußen so hart gewesen ist. Ich werde mich morgen miserabel fühlen. Aber heute Abend, mit Erin?

Ich bin auf dem Gipfel der Welt.

ERIN

Es ist 3 Uhr morgens, als die Tür aufgeht. Ich sitze am Esstisch in unserer Wohnung und feile am letzten Teil meiner Geschichte für den Sportteil. Ich weiß, dass ich noch ein paar Wochen im Mutterschaftsurlaub bin, aber ich wollte alles aufschreiben, solange es noch frisch in meinem Kopf ist.

Peyton kommt in einem weißen T-Shirt und Jeans herein. Seine Haare sind nass und er ist frisch geduscht. Ich habe die Team-Party um Mitternacht verlassen, Evie von Stone abgeholt und bin nach Hause gefahren. Ich wollte, dass Peyton sich mit seinen Mannschaftskameraden amüsiert. Er hat hart dafür gearbeitet. Er hat es verdient.

Er betritt die Wohnung und stellt seine Trainingstasche auf den Tisch. Dann kommt er herüber und küsst mich auf den Scheitel. „Ist sie unten?“

Ich lächle zu ihm hoch, nehme meine Brille ab und schiebe das Babyfon rüber, damit er es sehen kann. „Sieh selbst.“

Er beugt sich herunter und riecht umwerfend. „Hast du jemals jemanden gesehen, der so friedlich schläft?“

Ich schaue misstrauisch zu ihm auf. „Äh, ja. Dich.“

„Das ist Papas kleines Mädchen“, lächelt er und dreht sich zu meinem Laptop-Bildschirm um. „Nicht noch ein Exposé, hoffe ich.“

Ich schüttle den Kopf. „Das wirst du mir nie verzeihen, oder?“

Er kommt von hinten an mich heran und schlingt seine Arme um meinen Hals. „Leider nicht.“

Der Job bei der Zeitung war zu gut, um ihn abzulehnen. Außerdem fiel er perfekt mit Peytons Team-Wechsel zusammen. Ich hätte nie gedacht, dass ich mich für Sport interessieren würde, aber die Zeit mit Peyton hat mir die Augen für viele Dinge geöffnet, auch für Sport – nicht, dass ich Statistiken und Zahlen ausplaudere wie die anderen Reporter. Nein, meine Aufgabe ist es, die persönliche Seite des Sports zu ergründen. Ich soll die Geschichten in den Geschichten finden und tiefer eintauchen. Ich liebe das. Es hat mir Selbstbewusstsein gegeben und Respekt eingebracht. Ich konnte meinen Einfluss (und natürlich den von Peyton) nutzen, um lokalen Wohltätigkeitsorganisationen zu helfen und die Themen voranzutreiben, die mir am Herzen liegen – vor allem Kindesmissbrauch.

Als ich erfuhr, was Peyton durchmachen musste und was durch meine eigene Hand noch ans Licht gebracht wurde, wusste ich, dass ich Wiedergutmachung leisten musste. Lorna kam nicht ungeschoren davon. Weitere Jungen – einige Jungen, einige Männer – traten ans Licht, nachdem Peytons Geschichte erschienen war – insgesamt sechs oder sieben, die sie über die Jahre zu ihrer eigenen bösen Befriedigung missbraucht hatte. Stones Anwälte machten kurzen Prozess mit ihr. Sie bekam fünf Jahre. Nicht wirklich wahre Gerechtigkeit, aber für Peyton war es genug.

Die Auswirkungen meines Artikels hatten den gegenteiligen Effekt als erwartet. Weit davon entfernt, geächtet und ausgeschlossen zu werden, wurde Peyton umarmt und unterstützt. Crestfall, das muss man ihnen hoch anrechnen, hat sich wirklich für ihn eingesetzt und sogar eine professionelle Therapie für ihn organisiert. Und ich denke, es hat geholfen. Es half ihm zu erkennen, was Lorna ihm angetan hatte. Er sah die tiefere Wirkung dessen, was geschehen war und wie es sein Leben beeinflusst hatte.

Ich habe ihn unterstützt, so gut ich konnte, aber es war nicht immer einfach. Ein Jahr nach seinem Abschluss an der Uni lag immer noch kein Angebot auf dem Tisch. Erst als das erste Team anklopfte, ging es endlich aufwärts. Dann kam sein heutiges Team und ich bin mir ziemlich sicher, dass sie mit ihrer Wahl sehr zufrieden sind.

„Ich dachte, du wärst die ganze Nacht unterwegs und würdest feiern", sage ich zu ihm und lege meinen Kopf auf seinen Arm.

Er lässt mich los, schiebt meinen Stuhl zu sich und hockt sich zwischen meine Beine, damit wir uns von Angesicht zu Angesicht ansehen können. „Du weißt, dass ich meine Partyzeit hinter mir gelassen habe, nachdem ich dich kennenlernte."

„Aber du solltest mit deinem Team unterwegs sein und Spaß haben."

Er lächelt und ich sehe, wie sich in seinen Zügen eine gewisse Reife entwickelt. Der Junge ist verschwunden und an seiner Stelle befindet sich jetzt ein Ehemann und Vater. Jemand, der sich mit Leib und Seele seiner Familie widmet.

Natürlich sieht er immer noch umwerfend gut aus und ich wurde von wer weiß wie vielen Frauen heute Abend beneidet.

„Baby", sagt er mit leiser Stimme, „die beste Art, mich zu vergnügen, ist mit dir."

Ich lege meine Hände auf sein Hemd und lasse sie langsam bis zu seinem Gürtel hinuntergleiten. „Ich schätze, du willst heute Abend also glücklich werden? Es sind jetzt sechs Wochen vergangen, nehme ich an. Du musst *ziemlich* ausgehungert sein." Ich beginne, seinen Gürtel zu öffnen. „Wie willst du mich?"

Sein Mund bewegt sich zu meinem Ohr und das macht mich immer wieder an. Fünf Jahre und es ist, als wären wir immer noch zwei geile

Uni-Studenten, die versuchen, Mindy oder seine drei Brüder nicht aufzuwecken.

Er zieht sich zurück und ich sehe in diese dunklen, rauchigen Augen. Ich sehe unsere Hochzeit am Crescent Beach, unseren ersten Streit (darüber, wer die Fernbedienung kontrolliert). Ich sehe den Tag, an dem ich ihm nach dem Training sagte, dass wir bald zu dritt sein würden. Ich sehe das gleiche Maß an Angst und Freude, als er Evie im Entbindungssaal in die Hand bekam ... und wie er wie ein Klumpen Blei auf dem Boden zusammenbrach, als er mir zwischen die Beine sah. Ich sehe all das und weiß, dass ich damals die richtige Entscheidung getroffen habe. Als ich dem Bad Boy eine Chance gegeben habe und begann, unter die Oberfläche zu schauen und zu sehen, wer er wirklich war und wer er sein konnte. Ich sehe Liebe, wachsend und ewig.

Und ich sehe eine wachsende Beule in seiner Hose, bei der ich mir ziemlich sicher bin, dass sie mich bis zum Sonnenaufgang wachhalten wird.

Ich öffne den Gürtel, greife in seine Hose und finde, was ich suche. Ich bin immer wieder überrascht, wie schnell er für mich hart wird, obwohl ich jetzt Dehnungsstreifen habe und siebenundzwanzigjährige Panda-Augen. Er sieht über all das hinweg und sieht das Mädchen, in das er sich verliebt hat. Diejenige, die endlich den Partykönig von Crestfall zu Fall gebracht hat.

Ich beginne langsam, seinen Schwanz zu streicheln und schnurre dabei die ganze Zeit. „Bist du bereit, richtig loszulegen, großer Junge?“

Er greift nach vorne und zieht mich zu sich heran. „Baby“, lächelt er, „ich bin ein König. Ich wurde bereit *geboren.*“

###